WUNDERRAUM

Lesen ist ankommen.

Inhalt

Ein kleines Leben im Einfamilienhaus mit Garten, die zwei Kinder längst ausgezogen. Den Lebenstraum, Bücher zu schreiben, hat Margret aufgegeben. Als ihr Mann ins Krankenhaus muss, bleibt sie allein zurück – ein Zustand, der ihr fast gefällt. Sie beginnt, sich Fragen zu stellen. Ist Gert der Richtige? Hätte sie sich damals auf Andreas einlassen sollen? Zur Ablenkung gibt Margrets Bruder ihr die Tagebücher der verstorbenen Mutter zu lesen. Auf einmal ist sie mit einer Liebe konfrontiert, die Krieg und Vertreibung überstand – und ein Ereignis, über das nie jemand sprach. Bis Ingrid, die ältere Schwester, die jahrelange Distanz durchbricht und endlich zu reden beginnt.

CORNELIA
ACHENBACH

DARÜBER REDEN WIR SPÄTER

ROMAN

WUNDERRAUM

I

Margret steht am Küchenfenster und versucht, die Fliege nicht zu beachten, die über die roten Äpfel im Obstkorb krabbelt. »Ich komme dich besuchen«, hat Anna geschrieben, und Margret hat sich gefreut. Anna hätte schreiben können: »Ich komme euch besuchen«, aber Anna besucht nicht ihre Eltern. Anna besucht ihre Mutter. Denn auch wenn Anna ihren Vater liebt, wie Töchter ihre Väter nun einmal lieben, so ist es doch ihre Mutter, zu der sie fährt.

Gert wird beim Essen mit am Tisch sitzen, später vor dem Fernseher oder mit einem Buch (Krimi, skandinavisch oder deutsch) im Ohrensessel. Gert schneidet Salami für das Abendbrot, er holt Wein aus dem Keller oder streicht den Gartenzaun. Dann vergehen zwei Winter, und er streicht ihn noch einmal. Margret denkt: Gert verbringt sein halbes Leben damit, den Gartenzaun zu streichen.

Die Fliege hat das Ceranfeld erreicht und reibt sich die Hinterbeine. Margret sieht sie aus dem Augenwinkel.

Anna kommt mit dem Zug. Sie hat kein Auto, und sie sagt, dass sie auch keines will. Weil es gut sei, kein Auto zu haben, gut und günstiger. Vom Bahnhof aus ist es nicht weit bis zum Haus, »kommt bloß nicht auf die Idee, mich abzuholen«.

Draußen flimmert die Luft über dem Asphalt. Als Anna noch ein Kind war, hat sie sich im Sommer gerne auf den

Bürgersteig vor das Haus gelegt, beide Arme von sich gestreckt, zugedeckt von der Wärme der Sonne.

Die Fliege bewegt sich nicht mehr, ruht sich aus, scheint erstarrt. Es ist die Nähe zum Wald. Ständig haben sie Fliegen, Spinnen und Langbeine im Haus. An der Hauswand hinterlassen Nacktschnecken klebrige Spuren, auf dem Rasen liegen Hasenköttel.

»Wenn Fliegen ihre Beine reiben, heißt das, dass sie sich putzen«, hat Gert einmal erklärt.

Zwei Tempo-30-Straßen, eine Spielstraße, ein Wendehammer. Klinkerbau, gepflasterte Einfahrt, Garage, Küchenfenster, gepflegter Vorgarten. Das Haus, das Anna »Elternhaus« nennt. Margrets Haus. Margrets und Gerts Haus. Dazu zwei Kinder, Sohn und Tochter, ein Garten, zwei Autos, zwei Fahrräder, ein Tageszeitungsabonnement, WLAN, Rasensprenger, Geräteschuppen, Thermomix und Jägerzaun, ein Plattenspieler, Stereoanlage, Flachbildfernseher, ein barrierefreies Bad unten und ein in die Jahre gekommenes oben. Schlafzimmer, Küche, Esszimmer, Keller, Werkraum, Arbeitszimmer, Gästezimmer und zwei unbewohnte Kinderzimmer.

Margret hat in dem Kinderzimmer alles so gelassen, wie es war, als Anna vor sieben Jahren auszog. Natürlich hat Anna Dinge mitgenommen. Den größten Teil ihrer Kleidung, die Stereoanlage, ihren Fernseher. Aber der Rest ist so geblieben. Der Schreibtisch, das Bett, der Flickenteppich, die Bücher. Kinderbücher, Jugendbücher, Erwachsenenbücher. An den Buchkanten klebt Staub. Auf der Schreibtischlampe liegt Staub. Auf der Kommode: ein Herz, das Anna mit dem Finger in die dünne Staubschicht gemalt hat.

Margret öffnet den Schrank mit dem Putzzeug und holt die Fliegenklatsche heraus. Gert hat einmal gesagt: »Bring sie nicht um. Ist alles nur natürlich.« Margret betrachtet das grün glänzende Unwesen einen Moment lang und legt dann die Fliegenklatsche zurück.

Nur selten geht sie noch in Annas Kinderzimmer. Mal zum Lüften, mal zum Heizen. Damit sich kein Schimmel bildet. Aber in Wahrheit weiß sie nichts mit diesem angebrochenen Raum anzufangen. Ein Gästezimmer brauchen sie nicht, das gibt es schon. Nur Gäste gibt es selten. Und wenn Anna doch einmal da ist, an Weihnachten oder Ostern, dann ist es ganz schön, wenn sie in ihr altes Zimmer kann, ist es vielleicht, so der Gedanke, für Anna ganz schön, sich zu erinnern und zu wissen, dass das hier immer noch ein Zuhause ist und eine Rückkehr nicht ausgeschlossen.

Margret macht das Fenster weit auf, ein freundliches Angebot, doch die Fliege rührt sich nicht. Margret öffnet den Küchenschrank und holt einen Topf heraus. Blickt noch einmal nach draußen, wo Anna nicht zu sehen ist, dann zur Fliege, die still verharrt. Stülpt den Topf über das Tier, in das dann doch Bewegung kommt. Immer wieder prallt die Fliege gegen den Rand ihres metallenen Gefängnisses. Margret stellt die Herdplatte an, dreht den Herd voll auf, sieht das Lämpchen, das rot leuchtet.

Es klingelt an der Haustür. Margret stellt den Herd wieder aus, und das Lämpchen erlischt.

Anna klingelt, obwohl sie einen Schlüssel hat. Die Tür schnappt auf, Margret drückt ihre Tochter an sich, küsst sie, sagt nicht: »Du bist aber groß geworden«, denn das sagen nur Fremde, und überhaupt wäre »groß« falsch, groß wird

Anna nicht mehr, nur noch älter, aber darüber macht man sich in Annas Alter keine Gedanken, das kommt erst später.

»Da bist du ja.«

Margrets Blick fährt die Linien ihrer Tochter entlang. Vergleicht das Bild im Kopf mit der Wirklichkeit. Die Figur, die Haut, die Haare. Ihre Tochter in Jeans, T-Shirt, Sneakers im Retro-Look. Nichts, was schockt, alles ist an seinem Platz. Margret nickt. »Schön, dich zu sehen.«

2

Margret weiß, dass es keinen Grund für Annas Besuch gibt. Sie weiß, dass ihre Tochter denkt, dass sie sich *wieder einmal blicken lassen* muss. Um ihr und Gert eine Freude zu bereiten. Anna ist offenbar überzeugt davon, dass ihre reine Anwesenheit genügt, um ihre Eltern glücklich zu machen. Also besucht Anna sie von Zeit zu Zeit.

Michael kommt nur selten zu Besuch, Hamburg liegt etwas weiter, und er hat ja immer so viel zu tun. Dafür ruft er häufiger an, meistens sonntags kurz vor acht. Um Viertel nach acht will Gert den Tatort sehen. Am Telefon erzählt Michael, wie viel er arbeitet und dass es ihm leidtue, dass er sich so selten melde, »wir müssten echt mal wieder, wenn es etwas ruhiger wird«, sagt er dann, nur ruhiger wird es nie, und Margret ist froh darüber, dass ihr Sohn keine wirklichen Sorgen hat.

Als Margret zurück in die Küche geht, steht der Topf offen auf dem Herd, die Fliege ist verschwunden. Stattdessen ist da Gert und schneidet Brot, das in seinen Händen lächerlich klein wirkt. Er sei noch auf dem Markt gewesen, sagt er, ohne den Blick abzuwenden, er habe Käse gekauft und Brot und grüne Oliven ohne Stein. Margret nickt, »gut«, und schenkt Wein ein.

Anna erzählt von ihrem Volontariat und den Schwierigkeiten des Verlags, von Bezahlmodellen für Onlinejournalismus und dem Anzeigenrückgang im Print. Sie erzählt von Apps und Newslettern und macht immer wieder Pausen, um ihren Eltern Nachfragen zu ermöglichen, denn sie weiß, dass Margret und Gert nichts von dem verstehen, was sie da tut.

»Sie spricht mit uns wie mit Kindern oder alten Leuten«, hat Margret einmal über diese Art von Gesprächen gesagt, die Michael ihnen gar nicht erst zumutet, da weder sie noch Gert Ahnung von Medizin haben.

»Wir sind alte Leute«, hatte Gert entgegnet und gelächelt. Für ihn scheint es ein schöner Gedanke, alt zu werden. Alt wie einer seiner Bäume.

Gert arbeitet als Diplom-Forstwirt. Nächstes Jahr wird er in den Ruhestand gehen. Als die Kinder klein waren, malten sie ihren Vater mit Buntstiften in grüner Lodenjacke, mit Dackel und mit Schießgewehr. Einen Dackel hat Gert nie besessen, und in den Wald geht er in einer atmungsaktiven Baumwoll-Polyester-Jacke mit Windschutzleiste.

Eines dieser Kinderbilder hängt noch an der Korkpinnwand in der Küche. Daneben ein Bild von Margret, die einen Einkaufswagen schiebt, der an ein Spinnennetz erinnert. Darüber in angestrengter Kinderschrift: MAMA.

Margret räumt die Teller zu einem kleinen Stapel

zusammen, legt das Besteck darauf und stellt alles in die Küche. Seit jeher ist dies der Moment, in dem sich Gert (stöhnend) vom Tisch erhebt, um die Kellertreppe hinabzusteigen, wo zwischen Waschküche und Heizungsraum sein Werkraum liegt, in dem er jeden Abend vor dem Fernsehprogramm Dinge repariert oder lackiert oder abschleift.

Woran genau er da in dem schmalen fensterlosen Raum, der nach Terpentin, abgestandener Farbe und Holzleim riecht, allabendlich arbeitet, das weiß Margret nicht, und sie fragt auch nicht danach. Manchmal findet sich plötzlich ein neues Schuhregal im Flur oder ein windschiefes Vogelhäuschen im Garten. Oft sind diese Arbeiten grob und klobig, aber Margret sagt es ihm nicht, denn sie weiß, dass er insgeheim stolz ist auf das, was er da geschaffen hat, besonders wenn es sich im Alltag als brauchbar erweist. Was längst nicht auf alle seine Werkstücke zutrifft. Das Gewürzregal vom vergangenen Winter hatte so schmale Fächer, dass es nicht möglich war, auch nur eine Gewürzmühle darin unterzubringen. »Lass doch«, hatte Margret gesagt. »Gewürze kann man auch in Tütchen kaufen, die passen rein.« Aber das wollte Gert nicht. »Ich lasse mir doch von einem Regal nicht vorschreiben, wie ich meine Gewürze zu kaufen habe«, hatte er gesagt und das Gewürzregal zurück in seinen Werkraum gepackt. Das Holz ließe sich ja noch anderweitig verwenden.

Aus der Küche heraus sieht Margret Anna, die allein am Tisch sitzt und Wein trinkt. Für Margret immer noch ein ungewohnter Anblick. Ihre Tochter als erwachsener Mensch. Als alkoholtrinkender erwachsener Mensch. Als erwachsener Mensch, der es versteht, Alkohol in Maßen zu trinken. Und sie, die Mutter, die der Bitte ihrer Tochter nachkommt und ihr nachschenkt.

Als Anna 17 war, kam sie eines frühen Morgens nach Hause, schaffte es gerade noch, sich die Stiefel von den Füßen zu treten, die Jacke auszuziehen, ehe sie herzhaft in den Hausflur kotzte und sich anschließend elend in ihr Bett legte, wo sie sich in den wenigen verbleibenden Stunden der Dunkelheit von der einen Seite auf die andere wälzte, in ihrem Jammer die Kraft fand, mehrfach aufzustehen, um im Badezimmer das fortzusetzen, was sie im Hausflur begonnen hatte. Margret und Gert hatten in ihren Betten gelegen, hellwach; halb besorgt, halb amüsiert.

»Sollen wir aufstehen? Sollen wir etwas tun?«, hatte Margret gefragt, aber Gert hatte den Kopf geschüttelt.

»Sie wird es morgen noch zur Genüge bereuen«, hatte er gesagt. »Sie bereut es jetzt schon.« Dann hatte er sich zur Seite gedreht und war wieder eingeschlafen. Margret hatte gewartet, bis es im Kinderzimmer still wurde. Dann war sie aufgestanden, hatte lauwarmes Wasser in einen Eimer gefüllt und den Flur gewischt.

»Möchtest du noch Wein?«, fragt Margret. Anna sieht sie an und nickt. Im Herbst wird Michael heiraten, seine Frau wird Jessica heißen, und alle sollen sich freuen. Die Familie wird erweitert, und der nächste und schließlich auch einer der letzten Punkt auf der Liste wäre dann das Großelternsein. »Kommst du in Begleitung?«, fragt Margret, und natürlich ist das plump, aber nach Fragen zur Garderobe und einer günstigen Übernachtungsgelegenheit erscheint es ihr legitim, ihre Tochter auch nach einer Beziehung zu fragen.

Doch der Satz ist kaum gesprochen, noch hängen die Worte in der Luft, als sich Annas Gesicht verfinstert. Nur ein kleiner dunkler Schatten, der sich über die weichen Konturen, die gepuderten Wangen und die dezent nachgezogenen Augenlider legt, doch für Margret deutlich erkennbar. Pubertärer Zorn, Enttäuschung über die Berechenbarkeit ihrer Mutter, Ärger über diese Indiskretion.

Margret kennt diesen Gesichtsausdruck. Es ist ihr mütterliches Privileg, diese Emotionen heraufbeschwören zu können. Sie weiß: Hätte irgendwer sonst diese Frage gestellt, hätte Anna sie rasch beantwortet, schnell abgetan, und es wäre keine große Sache gewesen. Aber bei ihr, ihrer Mutter, ärgert Anna sich, und für Margret ist das nichts anderes als ein Zeichen einer gesunden Mutter-Tochter-Bindung, kurz gesagt: Liebe.

Margret weiß, dass Anna ihr verzeihen wird, wenn sie wieder im Zug sitzt, der sie Kilometer um Kilometer fort vom Elternhaus bringt, der genug Abstand schafft zwischen der Familie, damit sie sich wieder daran erinnern kann, wie gut es doch ist, einander zu haben.

3

In der Mitte des Gartens steht ein Apfelbaum. Eine Rose ist in den Baum hineingewachsen, schmiegt sich eng um den Stamm und lässt lange dornenbesetzte Triebe aus der Baumkrone hängen. Seit Jahren bleiben die Äpfel des Baums klein, kümmerlich und ungenießbar, während die Rose beständig wächst. Gert hätte sie gerne abgeschnitten, um den Baum zu retten, doch Margret hat gesagt: »Lass sie doch. Sie blüht so schön.«

Es ist heiß. Ein gnadenloser Sommer. Gert mäht den Rasen, ein monotones Brummen, das den Schädel vibrieren lässt.

Margret sitzt auf der Holzbank, die vor dem Haus im Schatten steht. Um ihre Füße herum krabbeln Ameisen die warmen Steinfliesen entlang. Schwer beschäftigtes Gewusel, wohl koordiniert, doch für Margret unverständlich. Warum strömen die Ameisen von der rechten Steinmauer über die Terrasse bis zum Vorgarten, da sie doch nichts zu transportieren scheinen? Wieso gelten Ameisen überhaupt als intelligent? Weil sie die Dinge im Kollektiv angehen und so als kleine Tiere in der Lage sind, Großes zu bewegen? Sind sie dann nicht vielmehr stark als schlau? Wie groß kann die Intelligenz des Einzelnen sein, der sich dem Strom fügt und nie stehen bleibt, um diesen zu hinterfragen?

Margret schließt die Augen. Es ist ohne Belang. Sollen sie doch morden, fressen und zerstören. Solange sie es nur in ihrem Haufen tun und nicht den Weg in ihre Küche finden.

Gert kämpft mit dem Kabel. Wenn man es überfährt, kann das böse enden, und böse enden bedeutet im ganz bösen Falle: Stromschlag, tot. Sagt Gert. Margret hat es nie überprüft, hat nie ins Internet geschaut oder in ein Buch oder Gartenmagazin, ob das überhaupt stimmt oder ob das Rasenmäherkabel, wenn man es denn überfährt, nicht einfach nur kaputt ist. Aber auch das ist unangenehm, daher: besser mal nicht übers Kabel fahren.

Margret steht auf, was Mühe kostet und nicht ohne Seufzen geht. Ihre Beine fühlen sich schwer an, der Rücken steif.

»Wenn man morgens aufwacht und einem tut nichts weh, dann ist man tot«, hat ihr Vater immer gesagt.

Margret öffnet die Tür zum Schuppen und schiebt ihr Fahrrad auf die Straße. Sie will nur *einmal kurz ins Städtchen* fahren, wie sie sagt, doch Gert hört sie nicht, der Rasenmäher ist zu laut. Also fährt sie los.

Die Strecke am Regenrückhaltebecken entlang, über staubigen Asphalt, vorbei an Klinker in Rot und Weiß und rund geschnittenen Buchsbäumen bis zum Edeka, wo sie immer das Gleiche kauft. Brot, Milch, Joghurt, irgendwas an Obst und Gemüse, eine Flasche Weißwein, zwei Flaschen Bier. Das kriegt sie alles noch gut in den Fahrradkorb, ohne dass es zu wackelig wird.

An der Kasse sitzt wieder ein neuer Azubi, was aus den beiden Vorgängern geworden ist, weiß sie nicht. Aber die Vorvorletzte, die arbeitet immer noch hier, packt morgens oft die Gemüsekisten aus. Ob das in der Edeka-Rangordnung über oder unter der Kasse steht, weiß Margret ebenfalls nicht. Vielleicht gehört Gemüsekisten auspacken ja in den Bereich Logistik und ist recht angesehen.

Margret zahlt bar und lehnt Treuepunkte ab. Nein, keine Deutschlandcard. Besserer Überblick, geschützte Daten. Geht auch schneller, wobei Margret nicht weiß, warum ihr das wichtig ist. Ihren Einkauf verstaut sie in einem Jutebeutel, den sie in den Fahrradkorb stellt. Sie steigt auf, tritt in die Pedale, rollt im Leerlauf den kleinen Hügel abwärts, denkt noch kurz, dass es ja doch ganz schön ist, diese Sonne, dieser blaue Himmel, diese Vögel, die Wärme auf der Haut, schließt kurz die Augen und lässt den Lenker los, aber nur ganz kurz, denn auf Höhe des Regenrückhaltebeckens wird sie von einem Krankenwagen mit Blaulicht und Sirene überholt, der in die Straße mit dem Wendehammer einbiegt und anhält vor dem Haus mit Garten und Zaun und schiefem Vogelhäuschen, Annas Elternhaus, Michaels Elternhaus, das Haus von Margret und Gert, das Haus, in dem es still geworden ist und nur die Ameisen weiter ihrer Wege gehen, ganz so, als ob sie nicht bemerkt hätten, dass die Welt aufgehört hat, sich zu drehen.

4

Vor dem Haus parkt ein schwarzer BMW. Früher, erinnert sich Margret, da sagte man, es sei dumm, dunkle Autos zu kaufen. Die heizten sich im Sommer zu sehr auf. Heute haben alle Klimaanlagen. Der Wagen gehört ihrem Bruder Bernhard, der vieles im Leben besser gemacht hat als sie und sich daher einen schwarzen BMW mit Klimaanlage leisten kann.

Margret sieht ihren Bruder selten, ihre Schwester nie. Sobald sie nach Süddeutschland fährt und aus dem Fenster die Berge erblickt, wird ihr schwer ums Herz, erfasst sie eine Enge, die sie sich nicht erklären kann.

Bernhard sagt: »Familie ist wichtig«. Das sagt er einfach so und erklärt nicht, warum sie das ist. Vater und Mutter sind tot, es gibt nur noch sie, die Geschwister, und wenn Margret nicht in den Süden fährt, dann kommt der Bruder eben ab und zu vorbei, er fährt ja gerne Auto, und selten bleibt er länger als für einen Kaffee, aber egal, es geht ja nur darum, sich *mal wieder zu sehen* und Wein vorbeizubringen.

Margret hat ihm gesagt, das sei nicht nötig, badischen Wein gebe es auch bei Getränke Hoffmann an der Hauptstraße, doch Bernhard sagt, das sei nicht dasselbe.

Aber jetzt kommt er ohne Wein. Jetzt will er ihr *zur Seite stehen.* »Wein wäre mir lieber«, sagt sie, und er lässt es sich gefallen.

Gert liegt in der Uniklinik in einem Schwebezustand zwischen lebendig und tot. Ein Nachbar hat ihn fallen sehen, ist über den Zaun gesprungen und hat den Krankenwagen gerufen.

Margret war zu spät.

»Ich weiß nicht, wie du mir jetzt zur Seite stehen willst«, sagt Margret, während sie in der Küche Kaffee kocht. Bernhard steht hinter ihr, dickbäuchig, kurzatmig. Mit einem Taschentuch wischt er sich den Schweiß von der Stirn. »Du machst mir nur zusätzliche Arbeit«, sagt Margret und versucht, verärgert zu klingen, denn mit leisen Tönen wird sie ihren Bruder nicht erreichen.

Bernhard antwortet nicht, sondern holt zwei Teller aus dem Küchenschrank und stellt sie auf den Esstisch. Irgendwo in diesem Haus wird es schon Kuchen geben. Erwartungsvoll lässt er seinen Körper auf einen der Holzstühle sinken, den Blick auf den leeren Teller vor sich gerichtet.

Margret stellt die Kaffeekanne geräuschvoll auf den Tisch. »Bernhard, du kommst wirklich ungelegen.«

»Familie kommt nie ungelegen«, sagt er. »Wo ist sie überhaupt? Wo sind die Kinder?«

»Sind schon wieder weg. Sie kommen am Wochenende noch mal.«

»Am Wochenende erst?«

»Die müssen arbeiten, und was sollen sie auch hier? Niemand weiß, wann Gert wieder aufwachen wird. Sie können nichts tun.«

Ungeschickt legt Bernhard seine breite, weißbehaarte Hand auf die Hand seiner Schwester. Ein feuchtes fünfbeiniges Tier. Margret zuckt zurück. Kurz legt sich ein Schatten auf ihr Gesicht, nur einen Augenaufschlag lang, aber Bernhard bemerkt ihn doch, von wegen keine leisen Töne, und er sieht sich bestätigt in allem, in seiner Sorge, in seinem Kommen, in seinem Daraufbestehen, aber es ist nur eine kleine Wolke, und kurz darauf wird Margrets Gesicht wieder hell. Ein Umstand, der sie selbst ratlos macht, sie fast in den Wahnsinn treibt.

Sie wünscht sich ja, dass es ihr so ginge, wie Bernhard es sich vorstellt. Dass da etwas wäre – ein Krampf im Herzen, ein Stich, Unruhe. Aber wenn sie in sich hineinhorcht, ist da kein Tosen, kein Aufschrei, keine Unordnung. Da ist nur Leere, ein Hohlraum, in dem man sich verlieren kann. Sie ruft in sich hinein, aber nichts kommt zurück.

Ein Schock wird es sein, eine Ohnmacht, sagt sie sich. Vermutlich sind die Gefühle noch gar nicht bis zu ihren Synapsen vorgedrungen, vielleicht handelt es sich auch um einen dieser Fälle von kompletter Verdrängung. Denn was wäre sie für ein Mensch, wenn das spurlos an ihr vorbeiginge? Da schlägt doch ein Herz, sie kann es doch hören.

Es ist gesagt, was die Ärzte sagen. Es ist gesagt, dass da niemand mehr ist von Gerts Seite. Keine Eltern, kein Onkel, keine Tante, keine Geschwister. Da ist nur noch er, er noch ein bisschen. Die Versicherungen, die Vorsorge, die Verfügungen, mit alldem kennt Bernhard sich aus, also legt

Margret ihm die Papiere vor, damit er etwas zu tun hat, während sie aus dem Fenster blickt, den Rasen sieht, der nur bis zur Hälfte gemäht wurde.

Draußen scheint die Sonne, die es nicht kümmert, was unter ihr geschieht. Margret hört die Nachbarskinder im Garten spielen. Sie haben ein Planschbecken aufgebaut, und Margret hört das Geräusch des Wasserstrahls, der aus dem Gartenschlauch auf das Plastik trifft. Die Kinder sind längst zu alt für das Planschbecken, aber es ist heiß, was sollen sie sonst tun?

»Ich habe dir etwas mitgebracht«, sagt Bernhard. Auf diesen Moment hat er den ganzen Besuch lang hingearbeitet, und Margret hört die Unsicherheit in seiner Stimme.

Sie weiß längst, dass es um den Lederkoffer geht. Ihr Bruder hatte ihn schon bei der Begrüßung in der Hand und hat ihn ohne Erklärung neben das Sofa gestellt. So, als sei die Zeit noch nicht reif für ihn. Aber jetzt ist sie es, und natürlich kennt Margret den Koffer. Es ist der Koffer ihrer Mutter.

Sie starb vor fünf Jahren, Krebs, Gott hab sie selig. Bernhard hat es bis heute nicht geschafft, ihren Besitz zu ordnen, zu sortieren, zu spenden oder wegzugeben.

Als ihre Mutter starb, hatte Margret zu ihm gesagt: »Schmeiß alles weg.« Was wollte er noch mit den Möbeln, den alten Kleidern und Schuhen? »Ruf beim Roten Kreuz an, frag, ob die was gebrauchen können«, hatte sie gesagt. Was Bernhard in diesem Moment zu seiner kleinen Schwester sagen wollte: herzlos, kalt und abgebrüht. Was er tatsächlich sagte: nichts. Stattdessen mietete er einen Container an (»kann ich mir ja zum Glück leisten«) und ließ den gesamten Hausrat seiner Mutter dort einlagern. Da er auch zu seiner Frau Melanie immer häufiger nichts sagte, verbrachte er viele Sonntage damit, die Stücke durchzugehen.

Anfangs kam er mit der Sache noch gut voran, so dass er sich sicher war, den Container-Mietvertrag nach drei Monaten wieder kündigen zu können. Viele Möbel konnten tatsächlich direkt auf den Sperrmüll, wobei er sich wunderte, dass die braune, durchgesessene und – bei allem Verständnis für seltsame Modeerscheinungen – völlig unansehnliche Couch doch noch von ein paar Studenten weggetragen wurde. Die Anrichte und der Kleiderschrank, das hatte Bernhard schnell erkannt, waren ein Fall für einen Antikmöbelhändler. Aber so einen musste er erst einmal finden. Und ehe er einen suchen konnte, musste er erst einmal wissen, was diese Möbel überhaupt wert waren. Einen Experten brauchte er also auch noch. Für die Möbel und das Porzellan und das Silberbesteck. »Willst du das denn nicht haben?«, hatte er Margret gefragt. Dass Ingrid kein Interesse haben würde, wusste er. Aber bei seiner jüngeren Schwester hoffte er noch. Doch Margret sagte: »Was soll ich denn damit? Es liegt nur in irgendwelchen Schubladen rum. Zum Essen nimmt man es ja doch nie her.« Und da Bernhard bereits ein Porzellanservice und ein eigenes Silberbesteck besaß (von Melanies Mutter geerbt) und Melanie befand, dass es damit nun auch gut sei, verkaufte er es schließlich und überwies seinen Schwestern je ein Drittel des Erlöses, auch wenn diese sagten, dass das nicht nötig sei, da er ja den Ärger habe mit *dem ganzen Plunder*.

Irgendwann beging Bernhard dann den Fehler, neben den Großbauteilen (Möbeln usw., wie gehabt) sich auch noch mit alldem intensiver zu beschäftigen, was Margret als »Papierkram« bezeichnete. »Das ist doch für die Tonne, tu dir das nicht an«, hatte sie gesagt. Dort landeten dann auch die Hauswirtschaftsbücher und Telefonbücher aus vielen Jahren, immerhin. Aber die alten Urlaubskarten? Die seien doch *herrlich*, fand Bernhard. Und die Fotoalben? Konnte man die einfach so wegwerfen? Fotos der lächelnden Eltern am Gipfelkreuz, mit Wanderstöcken, die Hände auf die Oberschenkel gestützt, stolz und erschöpft in Kärnten. Weg damit? Und die Bücher? Das seien doch *Klassiker*. Die Buddenbrooks, die Deutschstunde, der Mann ohne Eigenschaften. Die müssten doch *in jedem Haushalt* stehen. Die könnte man doch spenden, an benachteiligte Familien zum Beispiel oder an Flüchtlinge. Und irgendwann ließ Margret ihn einfach machen und sagte auch dann nichts mehr, als er damit anfing, die Fotoalben Seite für Seite zu studieren und einzelne Bilder, um die es doch *nun wirklich schade* gewesen wäre, in extra dafür gekauften Schachteln abzulegen, um sie anschließend in neue Fotoalben einzukleben.

Der Nachlass ihrer Mutter ist längst nicht mehr der Nachlass ihrer Mutter. Er ist Bernhards neues Hobby, seine Modelleisenbahn, seine Briefmarkensammlung, sein Bonsai-Bäumchen. Margret hatte nichts damit zu schaffen. Bis jetzt. Bis zu diesem Moment, in dem Bernhard diesen Lederkoffer in ihr Haus schleppt und im Wohnzimmer neben ihr Sofa stellt.

»Was ist in dem Koffer?«, fragt Margret.

»Die Tagebücher unserer Mutter.« Bernhard senkt den Blick. »Ich bin erst vor Kurzem darauf gestoßen.«

Margret findet in einem Küchenschrank Kekse. Sie dreht

und wendet die Packung in der Hand, sucht nach dem Verfallsdatum, findet es, murmelt: »Weg damit«, und Bernhard ist sich nicht sicher, ob sie die Kekse oder die Tagebücher meint.

»Viel ist es nicht«, sagt er, steht auf, nimmt seiner Schwester die Kekspackung aus der Hand und reißt die Papplasche auf. »Fast nur Fotos und Zeichnungen. Aber die wenigen Seiten, die unsere Mutter geschrieben hat. Über Vati, über den Krieg. Ich dachte erst, ich behellige euch nicht damit. Aber als Gert plötzlich. Es kann so schnell gehen, Margret.«

»Sei still.« Margret schüttelt den Kopf, sieht ihren Bruder an. Wie er da steht in seinem Hemd und der gebügelten Hose. Die Haare, früher rötlich und dicht, inzwischen licht, die Kopfhaut gerötet und mit orangenen und braunen Leberflecken übersät. Würden Sie diesem Mann eine Versicherung abkaufen? Nein? Ist auch egal. Bernhard ist seit acht Jahren im Ruhestand.

»Warum kommst du gerade jetzt damit?«, fragt sie.

»Weil ich sie erst vor Kurzem entdeckt habe. Weil ich ja eh herkommen wollte. Und weil ich dachte, dass sie dich vielleicht. Dass du jetzt vielleicht etwas Zeit hättest ...«

»Jetzt, da Gert ...« Sie schüttelt den Kopf.

»Ich hatte einfach plötzlich Angst. Jetzt ist noch Zeit, Fragen zu stellen und nach Erklärungen zu suchen. Und zu verzeihen.«

Margret sieht ihren Bruder verwundert an, sieht noch einmal genau hin, auf die gerötete Haut und die Flecken und die grobporige Nase, während Bernhard die Kekse direkt aus der Packung isst und seiner Schwester keinen anbietet. »Ihr seht euch so ähnlich«, hat ihre Mutter oft gesagt.

Doch Margret sieht das nicht. Sie ist viel kleiner als ihr Bruder. Zierlich war sie früher, nun etwas rundlich um Hüfte und Bauch. Ihre braunen Haare haben nur einen leichten Rotstich, und während Bernhards Augen hell und wässrig wirken, sind ihre dunkel, fast schon schwarz. Kleine Stecknadelköpfe, die ihrem Gesicht etwas Maushaftes verleihen.

»Die sind noch gut«, sagt Bernhard kauend und gibt die Kekspackung schließlich doch noch ab. Mit der Hand fährt er sich über den Mund. »Den Koffer lasse ich dir hier. Den nehme ich nicht wieder mit.«

»Dann nimmst du ihn eben beim nächsten Besuch mit«, sagt sie, aber ihr Bruder lächelt nicht. »Wirf zumindest mal einen Blick hinein«, sagt er und verabschiedet sich. Er wolle ja nicht stören, sagt er, und Margret weiß, dass sie darauf etwas erwidern sollte.

5

Margret lernte Gert zu einer Zeit kennen, von der es heute heißt, dass die Menschen so frei waren wie nie zuvor. Eine Zeit, an die man sich heute erinnert und fragt, wo all die Freiheiten geblieben sind und warum die Jungen all das verspielen, wofür ihre Eltern einmal gekämpft haben.

Margret käme nie auf die Idee, von sich zu behaupten, für etwas gekämpft zu haben. Sicherlich hat sie sich während des Studiums in Freiburg den Demonstrationszügen angeschlossen. Die gab es ständig und überall. Womöglich war man nur zufällig auf der Kaiser-Joseph-Straße unterwegs, um etwas bei Hertie einzukaufen, und schon war man Teil einer Demonstration, die hier entlangzog. Margret sympathisierte mit den Besetzern des Dreisamecks, unterschrieb auf der Liste gegen das AKW Whyl, trug Hosen und keinen BH (zumindest eine Zeit lang nicht) und kiffte ein bisschen. Doch statt für etwas aufzustehen und sich gegen etwas zu stellen, ließ sie sich treiben vom Strom ihrer Kommilitonen, die sehr ernst waren und wild entschlossen. Zumindest die, die wahrgenommen wurden. Vielleicht waren es gar nicht so viele. Vielleicht waren die meisten Studenten nichts weiter als graue Mäuse, Kopien ihrer biederen Nazi-Eltern, dazu geschaffen, weiter auf der Welle des Wohlstands zu schwimmen und am Ende Verwaltungsbeamte zu werden oder Hausfrauen, Kinder großzuziehen und Bausparverträge abzuschließen und einfach nur froh zu sein, sich *etwas aufgebaut* zu haben. Aber die grauen Mäuse fanden sich nicht wieder auf den Fotos, die damals um die Welt gingen, die heute gezeigt werden in Phoenix-Dokumentationen über die wilden 60er, 70er, 80er Jahre. Die grauen Mäuse waren langweilig und immer schon da und würden vermutlich auch immer da sein.

Margret und Gert waren immerhin wild genug, um ihre Eltern aufzuregen und um Margrets Bruder zu verärgern, aber zu folgsam, um heute stolz auf damals sein zu können.

Wer sie einander vorgestellt hat, weiß Margret nicht mehr. Aber sie erinnert sich noch gut an den Moment, in dem Gert in ihr Leben trat und es auf ein bestimmtes Gleis setzte, das geradewegs zu einem Garten mit Zaun und einem Haus an einem Wendehammer führte.

Mit angezogenen Knien saß sie auf der Wiese hinter der Mensa, neben ihr Menschen, damals Freunde, heute fast vergessen, und irgendeiner, dessen Namen sie nicht mehr kennt, winkte einem groß gewachsenen schmalen Mann in grauer, ausgestellter Hose und gestreiftem Polohemd zu. Gerts braune Haare waren etwas länger, aber gepflegt, außerdem war er rasiert, was Margret gefiel.

Aus seiner Tasche zog er eine Roth-Händle und zündete sie sich an. Er beachtete Margret nicht, sondern setzte sich auf die andere Seite des Kreises und damit ihr gegenüber. Die Diskussion war eine politische, Margret trug wenig dazu bei, aus dem steten Gefühl heraus, nicht informiert genug zu sein, zu wenig zu wissen über Filbinger und die ganzen *Schweine*, nichts beitragen zu können, um das Gespräch voranzubringen.

Auch Gert sagte nicht viel, dafür lachte er. Margret wusste, dass es viele Studenten nicht gut fanden, in einer Diskussion über Filbinger zu lachen, aber Gert lachte, und Gert lachte auch bei Gesprächen über Hitler und die Olympischen Sommerspiele in München. Später würde er noch über den Nato-Doppelbeschluss lachen, über Stammheim und immer wieder über den *Spiegel*. Über den lachte er besonders gern.

Statt zu demonstrieren, ging Gert im Schwarzwald wandern. »Jedes Mal ein Stich ins Herz«, sagte er beim Anblick der abgestorbenen und kargen Fichten, der toten Bäume, die wie Marterpfähle auf den Bergen standen. »Jeder Stamm ein Gipfelkreuz«, sagte er. Kurz darauf wurden die ersten Plakate gegen das Waldsterben durch die Freiburger Innenstadt getragen.

Margret begleitete ihn auf seinen Märschen, hörte ihm zu, wenn er über sauren Regen und Abgase sprach, verschwieg jedoch, wie viel Schönheit sie beim Anblick der Endzeitlandschaft auf der Hornisgrinde empfand, wie groß ihre Sehnsucht nach einer wirklichen Katastrophe war, die dann ja auch kommen sollte, aber erst Jahre später und zu einem Zeitpunkt, an dem in Deutschland eine einzige Frühwarnstation für Radioaktivität stand, und zwar genau hier im Schwarzwald, auf dem Schauinsland.

Im April 1986 schlugen die Zeiger heftig aus. Einen Monat später wurde Michael geboren.

6

Draußen startet ein BMW, und drinnen ist es still. Margret räumt die Kekse zur Seite und stellt die Kaffeetassen in die Spülmaschine. Sie sollte ins Krankenhaus fahren. »Er spürt Ihre Anwesenheit«, hat eine Krankenschwester gesagt, und Margret hat gewürgt. Ihre Abneigung gegen Krankenhäuser sei krankhaft, sagt Margret, aber ihre Freundin Rita sagt: nein. »Ein ganz natürlicher Überlebensinstinkt«, sagt sie, denn: »Erst kommt das Krankenhaus, dann kommt das Grab«. Aber das stimmt nicht. Da ist mehr. Abneigung ist eigentlich gar nicht das richtige Wort, wenn Margret es genau bedenkt. Da ist keine Abneigung. Da ist Panik. In den schmalen Gängen des Krankenhauses, in diesem Geruchsgemisch aus Schweiß, Fäulnis und Desinfektionsmittel, meint sie keine Luft mehr zu bekommen. Wenn sich die Fahrstuhltür öffnet und ein Bett in die Kabine geschoben wird, darauf ein Mensch, blutend und bandagiert, mit Schläuchen aus Nase, Mund oder Bauch, die in Plastiksäckchen voll Urin oder Eiter enden, ein Mensch, halb sediert, halb schwachsinnig, vielleicht ansteckend, womöglich bald tot, da murmelt Margret eine Entschuldigung, da verlässt sie den Aufzug und sucht nach Treppe, Fluchtweg, Exit, im Notfall bitte einschlagen.

Ja, sicher doch. Sie geht ins Krankenhaus. Jeden Tag. Sie wird nicken, wenn die Ärzte Worte sagen wie »beidseitiger Thalamusinfarkt« und »Herzrhythmusstörungen« und »Schluck-Echo« und »äußerst selten«. Sie wird alles unterschreiben, was von ihr zu unterschreiben erwartet wird. Sie wird nicht hysterisch werden, sondern vernünftig sein und geduldig warten und für alles Verständnis haben. Gerne lässt sie sich beraten, gerne liest sie die Patienteninformation und die Broschüren für Angehörige. Gerne lässt sie sich die Kontaktdaten von Selbsthilfegruppen geben, und gerne steht sie auch anschließend für eine Evaluation zur Verfügung.

Aber erst einmal muss sie sich hinsetzen. Etwas ausruhen. Nur kurz hier auf das Sofa, einmal eben die Beine hochlegen. Besuch ist ja doch immer etwas anstrengend, vor allem ihr Bruder.

Sie setzt sich, die Küchenuhr tickt. Draußen erbarmungsloser Vogelgesang und Bienengesumme.

Margret blickt zur Fensterfront. Die Gardinen könnten mal wieder gewaschen werden. Wann hat sie die weißen Leinenvorhänge das letzte Mal abgenommen und zur Reinigung gebracht? Sie kann sich nicht erinnern. Und das braune Stoffsofa? Wann wurde es zuletzt abgesaugt? Und hat sich Gert eigentlich um die Regenrinne gekümmert? Käme sie da selbst dran, wenn sie sich auf die Leiter stellen würde?

Neben dem Sofa steht der Koffer und glotzt sie an.

»Es ist egal«, sagt Margret. Sie greift nach dem Koffer und schüttelt den Kopf. Er ist leicht, und sie hört, wie in seinem Inneren lose etwas von links nach rechts rutscht, wenn sie ihn anhebt. Sie legt den Koffer auf das Sofa und öffnet die beiden schweren Lederlaschen, klappt den Deckel nach oben und schüttelt immer noch den Kopf. Eine automatisierte Bewegung, von links nach rechts und zurück. Nein, nein, nein, nein, nein.

Drei schmale Bändchen liegen auf dem karierten Futter. Eine einfache Tüte hätte wahrlich für den Transport gereicht, doch der Koffer der Mutter hat mehr Gewicht.

Vorsichtig streicht Margret über die raue Oberfläche der Einbände, nimmt schließlich eins der Bücher in die Hand. Sie schlägt es auf. Sie liest.

Es ist nun vier Wochen her, seit ich das letzte Mal etwas von Erich gehört habe. Ich weiß, dass vier Wochen keine Zeit sind in diesen Tagen. Nacht für Nacht muss ich Ingrid nun aus dem Schlaf reißen und sie in den feuchten Keller schleppen. Das fällt mir manchmal nicht ganz leicht, da sich das Werden eines zweiten Sprösslings lebhaft bemerkbar macht. Der Krieg steht vor der Grenze, Flüchtlingsströme kommen aus dem Saargebiet, aus dem Raum Aachen. Elend, Panik überall. Erich steht jetzt an der Westfront. Mit einem unbrauchbaren rechten Arm. Ingrid weiß von alldem nichts. Wenn sie nicht wäre und das Kleine unterm Herzen – was würde mich hier noch halten?

Das Holzpferd hat Erich für sie geschnitzt. Wenn ich sehe, wie sie damit spielt, ganz versunken in ihre eigene Welt, dann wird mir warm auch in den kältesten Nächten. Und noch ist da dieser große Wunsch. Zurückkehren zu können in unsere alte Wohnung in Bensberg, ihr ein Zimmerchen einzurichten und mit ihr im Garten die Brombeeren zu pflücken. Wer jetzt wohl dort haust, in unserer guten Stube? Man mag es sich gar nicht ausmalen.

7

Michael verspätet sich, die Deutsche Bahn, und ob Anna überhaupt kommt, weiß Margret nicht.

In dem Raum stehen Geräte mit Kabeln, Displays, Schläuchen. Geräte, die zischen, piepen, surren, blinken. Je stärker Margret versucht, nicht auf die Geräusche zu achten, desto lauter werden sie. Chinesische Wasserfolter. Jedes *Pling!* ein Hammerschlag auf den Kopf.

Vor ihr Gert, grau im Gesicht, einem Gesicht, das zur Hälfte von einem Beatmungsgerät verdeckt wird, grau wie das Bettzeug, unter dem sein Körper liegt, der jeden Tag stärker in sich einzufallen scheint.

»Alter Mann«, flüstert sie und legt ihre Hand auf seine, zieht sie aber rasch zurück. Seine Haut fühlt sich kalt an.

»Bist du noch da drin?«, flüstert Margret. Die Antwort ist ein Zischen, ein Piepen, ein Surren, ein Blinken.

Sie steht auf, geht drei Schritte vor, hier endet der Raum, dreht sich um, drei Schritte zurück, ein Blick auf die Uhr. Im Nachbarbett liegt ein älterer Mann, auch er stumm, die Augen geschlossen, der Körper verbunden mit rätselhaften Maschinen.

Margret kramt das japanische Pfefferminzöl aus der Handtasche, reibt sich ein paar Tropfen unter die Nase gegen die Übelkeit und den Geruch. Scharf brennt es auf der Haut.

Krankenhäuser. Voll von Keimen und Gestank. Wer kann hier gesund werden? Das nächste Mal sollte sie Ohropax mitnehmen. Zischen, Piepen, Surren.

»Mama.« Michael steht plötzlich vor ihr. Groß und schlank und in einem sauberen hellblauen Hemd, die Haare mit etwas Gel zur Seite gekämmt. Er umarmt sie kurz, blickt dann zu seinem Vater, dann auf die Zahlen und Wellenlinien auf den Geräten. Ob er als Augenarzt die Codes lesen kann?

»Ich kenne den behandelnden Arzt noch aus meiner Praktikumszeit«, sagt Michael. »Papa ist hier in den besten Händen.«

Krankenhausseriensätze, gemacht, um künftige Witwen zu beruhigen. Aber Margret ist ruhig. In den besten Händen. Mehr kann niemand verlangen.

»Wollen wir in die Cafeteria gehen?«, fragt sie. Unnötig, an einem Bett von jemandem zu stehen, der nicht antwortet. Als würde man eine kleine Andacht halten. Unnötig, dieses Rumgesitze in Kirchen, in denen alles passiert, nur nichts Göttliches oder Menschliches, und unnötig, das Rumgestehe vor traurig beblumten Gräbern auf Friedhöfen, auf denen man mit dem Verstorbenen zu Lebzeiten nie Zeit verbracht hat. Plötzlich wird Margret von einer Wut gepackt. Wütend ist sie auf ihren Mann, sie kann dieses Stehen und Glotzen nicht mehr ertragen. »Komm schon«, sagt sie zu ihrem Sohn und ist schon aus der Tür, ehe der nach seiner Tasche greifen kann.

In der Cafeteria überdeckt der Geruch von Kaffee das

Desinfektionsmittel. Es gibt Käsekuchen mit Mandarinen aus der Dose.

»Wie geht es dir?«, fragt Michael, doch diese Frage kann Margret nicht beantworten. »Erzähl du von der Hochzeit«, bittet sie ihn, also spricht er im Konjunktiv über das, was Jessica *sich so vorstellt.*

Jessica ist die Frau, die Michael heiraten wird und die Margret kaum kennt. Michael ist mit ihr gegen Ende seines Studiums zusammengekommen. Jessica ist Zahnärztin, Michael hat sich auf Augenheilkunde spezialisiert, beide fahren Ski und wohnen in Hamburg-Eimsbüttel, es ist kaum auszuhalten. Und je mehr Michael erzählt, desto schneller fährt Margrets Gabel in die puddingartige Masse auf ihrem Teller.

»Es fühlt sich nicht richtig an, in diesem Moment über eine Hochzeit zu reden«, sagt Michael schließlich, doch Margret schüttelt den Kopf. »Dein Vater hätte gewollt, dass …«, und dann natürlich der Ziegelstein, der einem jeden Tag auf den Kopf knallen könne, und die Feste, die man feiern müsse, wie sie fallen.

»Hier steckt ihr also.« Anna steht vor ihnen, das Mobiltelefon in der Hand. Keiner hat ihre Anrufe gehört, im Krankenzimmer war auch niemand, aber jetzt habe man sich ja gefunden, was soll sie nun tun?

»Es gibt nichts zu tun, wir können nur abwarten«, sagt Margret. Und da auch Anna schlecht im Abwarten ist, bestellt sie Kuchen, von dem Schuldgefühl, in dieser Situation überhaupt Appetit zu haben und an Kuchen zu denken, bereits von ihrer Mutter und ihrem älteren Bruder befreit.

Sie reden nicht über Gert, sie reden über Ina, weil es leichter ist, über Ina zu reden als über Gert.

Ina ist Annas beste Freundin seit der Schulzeit. Sie wohnen zusammen. An der Tür ihrer Wohnung hängt ein Schild aus Salzteig: »Ina und Anna«. Sie haben es in der dritten Klasse gebastelt. Momentan müsste es aber »Ina oder Anna« heißen. Sie leben im Schichtdienst aneinander vorbei. Und wenn sie sich begegnen, dann ist es auch nicht gut. Weil Anna abends wieder nicht mitgehen will. Weil Ina beim Heimkommen so einen Lärm gemacht hat. Weil Anna keine Lust mehr auf Festivals hat. Beide wissen, dass eine von ihnen bald ausziehen sollte. Abschied vom Big-Lebowski-Poster, von der Korkpinnwand mit den vergilbten Konzerttickets, von der Ikea-Stehlampe Magnarp, die Anna in jeder zweiten WG, jeder dritten Arztpraxis sieht. »Irgendwann werde ich einen Stadtplan aufhängen und alle Orte markieren, an denen ich Magnarp schon einmal gesehen habe«, sagt sie, und Margret lacht und schämt sich nicht. Im Zimmer von Gerts behandelndem Arzt, der, bei dem er in guten Händen ist, steht auch eine Magnarp-Stehlampe.

»Ich denke, Ina wird bald mit Marc zusammenziehen«, sagt Anna. Sie werde dann die Wohnung behalten, mit ihrem Gehalt könne sie sich das inzwischen leisten.

»Wirst du alleine darin wohnen?«, fragt Margret und merkt schnell, dass sie damit einen Schritt zu weit gegangen ist, wieder einmal. Aber ihre Tochter ist diesmal großzügig und schüttelt den Kopf und sagt – und das freundlich: »Mama, frag doch direkt nach Roman.«

»Na gut, also was ist mit Roman?«, fragt Michael. Als großer Bruder ist es leichter.

Mit Roman ist etwas, aber das ist kompliziert. Anna muss ihn schützen vor dem erbarmungslosen Urteil der Familie, das gar nicht anders ausfallen kann als zu seinen Ungunsten. Daher nur die groben Daten: Alter, Wohnort, man kennt sich von da und da und durch den und den, und alles Weitere werde man sehen.

Die Kinder müssen wieder gehen, das ist es, was Kinder tun müssen. Beim Verlassen des Krankenhauses werden sie von schönem Wetter überrascht. Menschen, die sich die Jacken ungeschickt um die Hüfte gebunden haben, Kinder mit Eiswaffeln, ein plätschernder Brunnen, der die Stadt zu viel Geld kostet und in Kürze zurückgebaut werden soll.

Michael zieht eine Sonnenbrille aus der Innentasche seiner Jacke. Zu viel Licht.

»Wie geht es jetzt weiter?«, fragt Anna in offener Ahnungslosigkeit. »Wir können nur abwarten«, wiederholt Michael, und es fehlt nur noch das Beten, aber immerhin ist Michael ein wirklicher Mediziner und glaubt daher nicht. Eine kurze Umarmung, jeder gegen jeden, ein »Ruf an, wenn du etwas brauchst« und ein »Ich melde mich, wenn es Neuigkeiten gibt«, dann entfernen sie sich strahlenförmig von ihrem zischenden, piependen, surrenden Zentrum.

8

Unter der Kellertreppe steht eine Kommode, und auf dieser Kommode steht ein Bild. Ingrid, Margret und Bernhard zusammen auf einer Bank, ein Frühlingsvormittag, sonnig, aber noch kalt, so dass sie Jacken tragen müssen. Es ist das jüngste Foto, das von den drei Geschwistern existiert. Entstanden ist es nach dem Kaffeetrinken bei der Beerdigung ihrer Mutter. Gert hat es gemacht. Bernhard hat gefragt, ob sich das denn gehöre. Fotos an Beerdigungen. Gert hat mit den Schultern gezuckt, und da sie eh schon auf dieser Bank saßen, einfach abgedrückt.

Bernhard sieht auf dem Foto aus, als würde er lächeln, doch es ist die Sonne, die ihn blendet. Margret zieht beim Versuch, zu Gert und gegen die Sonne zu blicken, die Nase kraus. Ingrid schaut zur Seite.

Margret weiß nicht, warum ihre Schwester den Kontakt zur Familie meidet. Da sie ihn aber selbst nicht wirklich sucht, fragt sie Ingrid nicht danach. Die ältere Schwester ist nur ein unwesentlicher Teil ihrer Kindheit gewesen. Ingrid wuchsen Brüste, als Margret Haare wuchsen. Ingrid erlebte ihre erste Periode, Margret ihre ersten Schritte. Der Sommer, in dem Margret ihren ersten Milchzahn verlor, war der Sommer, in dem Ingrid das Elternhaus verließ.

Jetzt wohnt Ingrid am Stadtrand von Berlin. Dort, wo es traurig wird.

»Du musst da raus«, hat Bernhard zu ihr gesagt, mehrmals. »So kann man doch nicht wohnen«, hat er zu ihr gesagt, und Ingrid hat geantwortet: »Hast du mal auf die Klingelschilder gesehen? So wohnen sehr viele Menschen.« Aber wer in Südbaden in einem Einfamilienhaus mit Garten und Blick auf Weinberge lebe, der könne sich das vermutlich nicht vorstellen.

Ingrid hat keine Kinder und nie geheiratet. Arm ist sie nicht. Sie hat als Sachbearbeiterin in der Verwaltung gearbeitet und sparsam gelebt. Sie könnte anders wohnen. »Wozu denn?«, fragt sie. »Ich habe alles, was ich brauche. Nun lasst mich.«

Also ließen sie Ingrid, doch auch das half nichts. Von der großen Schwester kam nichts. Kein Anruf zum Geburtstag, keine Karte zu Weihnachten, keine Einladung zum Familientreffen.

Margret erinnert sich an keinen Groll, keinen Streit oder sonst eine Auseinandersetzung. Da ist keine besondere Abneigung. Aber nun mal auch keine besondere Zuneigung. Und schließlich ist Margret das Leben mit Gert, Michael und Anna doch gegenwärtiger als Bernhards Ausführungen über guten Wein, zuverlässige Autos und rentable Geldanlagen und Ingrids Schweigen.

Wenn jemand fragt: »Margret, hast du Geschwister?«, antwortet sie: »Ja, aber wir sehen uns nur selten. Die Entfernung und der Alltag«, daraufhin Schulterzucken und Themenwechsel.

9

Es war nicht immer leicht, die Jüngste zu sein. Margret erinnert sich an einen Winter, in dem es über Wochen so kalt war, dass der See komplett zufror. Die Kinder aus dem Dorf verbrachten den ganzen Tag auf dem Eis, Ingrid und Bernhard zogen mit den Kufen ihrer Schlittschuhe glitzernde Muster auf die Fläche und fuhren Runde um Runde, die Wangen vor Kälte und Anstrengung gerötet, während Margret versuchte, ihnen in ihren Stiefeln hinterherzuschlittern. Meistens endete es damit, dass sie am Rand stand, ein Rotzwurm von der Nase bis zum Mund hängend, und ihren Geschwistern zurief, sie sollten doch nicht so schnell fahren, woraufhin diese ihr lachend winkten.

Jeden Abend saß sie bei ihrer Mutter und jammerte, dass sie auch Schlittschuhe haben wolle. Die sagte: »Du bist dafür noch zu klein. Warte, bis du so groß bist wie Bernhard. Dann bekommst du auch welche.« Doch Margret wusste, dass sie keine bekommen würde – sie würde nur Bernhards Schlittschuhe erben. So war es mit allem, was sie besaß. Alles hatte vorher entweder Ingrid oder Bernhard gehört. Ihre eigenen zerrissenen Hosen hat ihre Mutter am Ende nicht einmal mehr geflickt. »Die braucht ja nun niemand mehr«, hat sie gesagt, und zum Spielen täten sie es noch allemal.

Also stand Margret im Schilf, das sie überragte, und sah den großen Geschwistern dabei zu, wie sie ihre Kreise drehten und sich an Pirouetten versuchten. Sah, wie groß sie schon waren, und ahnte, wie lange es dauern würde, bis Bernhards Schlittschuhe ihr passen würden. Die beiden riefen ihr zu: »Geh nach Hause, Gretchen, du erkältest dich noch«, aber wirklich nett klang es nicht. In Wahrheit wollten sie Margret loswerden, um endlich nicht mehr nach der kleinen Schwester schauen zu müssen.

Also lief Margret schließlich nach Hause, die Augen brannten vor Kälte und Tränen. Sie nahm sich fest vor, es allen zu zeigen. In dieser Nacht, wenn alle schliefen, würde sie sich rausschleichen. Ihre dicksten Socken würde sie sich über die Füße ziehen, alle Paare auf einmal. Dann würden ihr Bernhards Schlittschuhe schon passen. Und wenn am Morgen alle erwachten, würden sie erst einmal einen Schrecken kriegen. »Wo ist denn unser Gretchen?«, würden sie sich fragen. Und dann würden sie sie suchen. Und am Ende würden sie sie finden – auf dem See, wo sie bereits eine Pirouette nach der nächsten drehte.

Doch so weit kam es nicht.

Auf dem Weg nach Hause packte sie auf einmal ein Mann an der Schulter. »Was ist denn mit dir los?«, fragte er. Es war ein großer, dürrer Mann, mit ungepflegten braunen Haaren, die unter einer speckigen Fliegermütze hervorschauten. Seine Nase war rot und knollig, feine Äderchen zeichneten sich an den Wangen ab, der Bart am Kinn schien halb gefroren.

Nie mit einem fremden Mann reden, hatte ihr die Mutter eingetrichtert, »sonst klaut der dich noch«. Aber das war ihr in diesem Moment egal. Außerdem war ihr dieser Mann nicht fremd. Zumindest nicht völlig. Sie wusste, dass er als Schuster arbeitete und Mutter ihre Stiefel zu ihm brachte, wenn der Absatz abgebrochen war oder die Sohle ein Loch hatte.

»Was ist denn mit dir los?«, fragte er noch einmal, und Margret blickte ihm trotzig in das Gesicht. »Schlittschuhe«, sagte sie. »Schlittschuhe sind los.«

Und dann erzählte sie ihm alles. Der Schuster hörte zu und sagte schließlich: »Müssen es denn unbedingt Schlittschuhe sein?« Margret schüttelte den Kopf. Der Mann hatte offenbar nichts von dem verstanden, was sie ihm so wortreich berichtet hatte. Aber dann sagte er: »Tun es nicht auch ein paar Schraubendampfer?« Margret sah ihn groß an. »Montierbare Schlittschuhe. Kannst du an deine Straßenschuhe schrauben.« Sie nickte. »Ja sicher. Die tun's auch.«

»Dann komm mal mit. Ich glaube, ich habe noch ein paar alte in meiner Werkstatt.«

Kurze Zeit später war Margret wieder am See. Aber diesmal stand sie nicht am Rand zwischen Steinen und Schilf, sondern mitten auf dem Eis – auf ihren eigenen, wenn auch rostigen Schlittschuhen. Nach zwei Schritten plumpste sie das erste Mal auf den Hintern, aber das machte nichts, machte überhaupt nichts. Ingrid und Bernhard unterbrachen ihren Kreis und glitten zu ihrer kleinen Schwester. »Wo haste die denn her?«, wollte Ingrid wissen, und da erzählte Margret die Geschichte von dem Schuster. Ingrid zuckte mit den Schultern, aber Bernhard lachte. »Na, da haste ja mal Glück gehabt.« Und dann hakte er sich links bei ihr ein und Ingrid rechts. Zu dritt fuhren sie über das Eis und die Sonne verbrannte ihre Nasen, und sie schwitzten und keuchten weiße Luft, bis sie abends nach Hause kamen und Mutter auf die Schlittschuhkufen zeigte und fragte: »Was ist das?«

Noch glühend vom Tag erzählte Margret von ihrer Begegnung mit dem Schuster. Mutter fand die Geschichte allerdings gar nicht lustig. »Du kommst jetzt sofort mit«, sagte sie und packte Margret am Kragen. Ohne ein Wort der Erklärung gingen sie zum Schuster. Dort knallte Mutter ihm die Schraubendampfer vor die Füße. »Unterstehen Sie sich, meine Tochter zu sich in die Werkstatt zu locken«, sagte sie, während Margret stumm zu ihren Füßen blickte und sich nicht traute, dem Schuster ins Gesicht zu sehen.

Fortan musste Bernhard kaputte Absätze zur Reparatur bringen. Ingrid und Margret sollten sich vom Schuster fernhalten und die Straßenseite wechseln, wenn sie ihm im Dorf begegneten. Außerdem sollte Bernhard seine Schlittschuhe mit Margret teilen. Doch auch mit fünf Paar Socken über den Füßen half es nichts – die Schuhe waren ihr hoffnungslos zu groß. Also stand Margret wieder am Rand und sah den anderen Kindern auf dem See zu. Oder blieb gleich zu Hause. Das Wetter sei gut und die frische Luft gesund, sie solle doch draußen spielen, sagte ihre Mutter, aber Margret sagte: »Winter ist blöd.« Da musste sie auf ihr Zimmer. Was ihr gleich war, denn da war sie nun eh am liebsten. Lag auf ihrem Bett und sah sich Bilder in Büchern an, die sie noch nicht lesen konnte. Doch zu Heiligabend durfte sie runterkommen, wo echte Kerzen am Baum brannten, so dass der ganze Raum nach Wachs roch.

Margret kann sich nicht erinnern, ob sie sich jemals in ihrem Leben mehr über ein Geschenk gefreut hat als über die rostigen Schraubendampfer, die sie aus dem roten Papier wickelte. Verständnislos sah sie ihre Eltern an, bis ihr Vater sagte: »Ich habe sie dem Schuster abgekauft. Damit alles seine Ordnung hat.« Margret fand es damals zwar ziemlich dumm von ihrem Vater, für etwas zu bezahlen, das ihr zuvor geschenkt worden war, aber am Ende war es ihr gleich. Nur ihre Mutter schien an diesem Abend verstimmt. Stumm saß sie die meiste Zeit ein Weinglas umklammernd auf dem Sessel, den Blick starr auf den Tannenbaum gerichtet. Doch das war eine Sache unter Erwachsenen, nach der Kinder nicht zu fragen hatten.

10

»Einen Laden wie diesen hier wird es in zehn Jahren nicht mehr geben«, sagt Rita.

»Dann wird es auch mich hier nicht mehr geben«, sagt

Margret. Sie steht auf einer Trittleiter im Schaufenster und versucht, einen Stoffaffen auf einem Trapez anzubringen. Ein Spektakel für die Passanten. Unter dem Trapez noch mehr Stoffaffen. Einer mit einer Trommel, einer mit einer Trompete, einer mit Becken. Um sie herum eine Eisenbahn, die losfährt, wenn die Kinder auf einen Knopf draußen an der Fensterscheibe drücken.

»Ihr verkauft hier kein Spielzeug, ihr verkauft eine Idee. Nostalgie in Tüten«, sagt Rita.

Tatsächlich kommen eher selten Eltern mit ihren Kindern in »Binders Spieltraum«. Die Zielgruppe des Ladens: gut situierte Großeltern. Menschen, die ihre Enkel verwöhnen wollen. Denen es egal ist, dass ein Teddybär 85 Euro kostet. Wichtig sei doch die Qualität, etwas aushalten müsse es. Nicht so ein Billigkram aus China. Nichts aus dem Internet. Dass auch der Spieltraum inzwischen einen Online-Shop betreibt, müssen sie ja nicht wissen.

Der Affe hängt, jetzt muss Margret noch ein Zirkuszelt aufstellen, aus dem ein Elefant marschieren soll. Den Stoff für das Zelt hat sie selbst genäht.

Ein bisschen Rita: Rita trägt ihr Haar champagnerblond und auf der Haut alles, was es bei Douglas gibt. Kennengelernt hat Margret sie kurz nach Michaels Geburt, als sie meinte, sich ein Hobby zulegen zu müssen. Jeden Mittwochabend besuchte sie einen Töpferkurs der Volkshochschule, in dem sie sich schrecklich langweilte, so dass sie lieber mit der Leiterin des Französischkurses, der vor dem Töpfern stattfand, plauderte, immer häufiger mit ihr noch in das Café zwei Straßen weiter ging, bis sie sich irgendwann den Umweg über den Kurs sparte und sich direkt mit Rita verabredete.

Einmal war Rita verheiratet. »Das Verrückteste, was ich in meinem Leben je gemacht habe«, sagt sie. Und dann noch in den frühen Siebzigern, was für eine Verschwendung.

Rita sagt Sätze wie: »Ich habe doch noch mein ganzes Leben vor mir.« Unerhört, dieses an einen einzigen Mann zu verschenken. Denn für Rita muss es l'amour fou sein. Und nach drei Jahren Beziehung ist es nicht mehr romantisch, im Bett Wein zu trinken, sondern eine Form von Alkoholismus. Es wird lästig, abends tanzen zu gehen und sich vorher herauszuputzen, wenn von Anfang an klar ist, mit wem man am Ende nach Hause geht. Rita will Jean Paul Belmondo, aber immer wieder und in anderer Form. Ein ewiges Erobert-werden-Wollen. Eigene Kinder? Nie den Wunsch danach verspürt, Enkelkinder wären hingegen nett. Das ist es, was Rita will. Aber natürlich sagt sie ganz oft, wie toll doch Margrets Leben sei, wie schön so ein Ruhepol wie Gert, das Leben mit den Kindern, diesen tollen Kindern, dass sie der Nachwelt etwas hinterlasse, im Alter nie einsam sein werde, während sie, Rita, in einem Pflegeheim vor sich hin vegetieren werde und so weiter.

Das Schaufenster ist fertig, ein kleiner Junge mit Schirmmütze und Rotzfahne steht vor dem Fenster und drückt den Knopf, die Eisenbahn fährt los. Die Mutter will weiter, »Leon, kommst du bitte.« Aber Leon kommt nicht. Die Eisenbahn hält an, Leon drückt den Knopf. »Leon, wir müssen noch einkaufen, sonst gibt es heute kein Mittagessen.« Leon ist das Mittagessen egal.

»Eltern hassen euch«, sagt Rita und lächelt.

»So geht es den meisten Spielzeuggeschäften«, sagt Margret. Rita blickt auf die Uhr, sie muss los, leider leider, denn ohne sie läuft nichts an der Volkshochschule. Margret bleibt allein im Geschäft. Jörg Binder, der Junior, ist im Lager und zählt Stoffaffen.

Vormittags kommen nur wenige Kunden zu Binders Spieltraum. Viele, gerade die Jüngeren, wollen sich informieren und dann günstiger im Netz bestellen.

Mitten im Ausnahmezustand ist Alltag eingekehrt. Gert schläft einen langen Traum, und wenn jemand Margret nach ihm fragt, sagt sie die immer gleichen Sätze, zieht die Schultern hoch und schüttelt den Kopf. Nein, keine Neuigkeiten, wir können nur das Beste hoffen. Der Schock dauert an, das Leben geht weiter, das Warten auf die Traurigkeit auch.

Jörg Binder hat Margret angeboten, zu Hause zu bleiben, sich *eine Auszeit zu nehmen.* Doch zu Hause warten nur der Lederkoffer und Gedanken, die ihr in den letzten Tagen unheimlich geworden sind.

Das Telefon klingelt. Kein Kunde, es ist Anna.

»Mama, wie geht es dir, bist du dir sicher, dass, soll ich nicht doch lieber?«

Anna ruft jeden Tag an, Michael jeden zweiten. Ob er die Hochzeit lieber verschieben solle, bis Papa, hat er gefragt, schon wieder. Und sie hat wieder geantwortet: Nein, bloß nicht, denn wer kann schon sagen, ob und wann. Er könne sich nicht vorstellen, unter diesen Bedingungen zu feiern, hat er gesagt, und sie hat geantwortet: in guten wie in schlechten Zeiten. Wer nur feiern kann, wenn alles gut ist, der feiert nie.

Auch Anna sollte feiern. Sie ist verliebt, sie weiß es nur nicht. Aber Margret weiß es. Bis auf Ina und Jonas, mit denen Anna schon zur Schule ging, kennt Margret niemanden aus Annas Freundeskreis. Sie kennt nicht die Namen der anderen Volontäre, der Kollegen, und selbst der Name von Annas Chefredakteur fällt nur selten. Aber Roman Havermann taucht in Gesprächen auf, immer wieder. Egal, worum es geht, beiläufig in Sätze eingebaut, aber doch von Bedeutung, denn bei jeder Erwähnung steht er einen kurzen Moment lang im Raum, nimmt ihn für sich ein und ist Teil von etwas, und sei es ein aus Pflichtgefühl geführtes Telefonat zwischen Tochter und Mutter.

Anna hat ihn bei einem Interview kennengelernt, Margret hat es gelesen. Roman Havermann ist Schriftsteller, ausgerechnet. Von allen Dingen, die man tun könnte, muss er ausgerechnet Bücher schreiben. Einen Bestseller hat er geschrieben. In einem Alter, in dem sich Margret noch einredete, dass ihr Erfolg nicht wichtig sei.

Was er schreibt, ist nichts, was Margret gerne lesen würde. Eines dieser Bücher voll Abgründen, Drogen, Krankheit und Verstümmelung, über eine Welt, an der man nur verzweifeln kann.

Anna hat mit ihm gesprochen, weil er aus der Region kommt, hier auch noch eine Wohnung hat, aber die meiste Zeit in Berlin lebt, was Autoren um die 30 ja tun sollten.

»Frau Schniewind.« Jörg Binder steckt seinen bohnenförmigen schmalen Kopf aus der Tür, die zum Lager führt. Frau Schniewind, und es klingt wie ein Befehl. »Gehen Sie ruhig. Sie sehen ja, dass nichts los ist, ich komme hier schon zurecht.« Margret dreht sich zu ihrem Chef um, der halb so alt ist wie sie, ein weißes Hemd mit blauem Karomuster trägt, das er in seine Jeans gesteckt hat. Ein rötlicher Drei-Tage-Bart versucht, ihn älter aussehen zu lassen, und Margret hat sich schon öfters gefragt, wie es Jörg Binders Frau wohl findet, dass ihr Mann sich hauptberuflich mit Spielzeug beschäftigt. »Schatz, wie war dein Tag?« »Ach, die Teddybären machen mir Sorge. Sie gehen schlecht. Aber sie sind doch ein Klassiker, wir können doch nicht nur diesen Bling-Bling-Kram anbieten, wir haben doch auch einen Bildungsauftrag.«

»Frau Schniewind?«, sagt er noch einmal, und Margret zuckt zusammen. Er legt eine Hand auf ihre Schulter und sieht sie mit einem Blick an, sorgenvoll-verständnisvoll, ein Blick, mit dem ein Sohn seine allmählich vergreisende Mutter ansieht, eine alternde Frau, die man nicht mehr ernst nehmen kann, von der nur noch zu hoffen bleibt, dass sie denn in Würde, wenn es einmal.

»Gehen Sie nach Hause. Ruhen Sie sich aus.« Margret nickt und steht auf. Die Peinlichkeit dieser Situation lässt sich nur lösen, indem sie hier verschwindet.

Ausruhen muss sie sich nicht. So gut wie in den vergangenen Nächten hat sie seit Jahren nicht mehr geschlafen, auch das beunruhigt sie. Ist es nicht so mit Ehepaaren, die seit Jahren zusammenleben, dass sie es kaum ertragen, allein in einem so großen Bett zu schlafen? Dass ihnen die Nähe des anderen fehlt, sein Atmen, sein Geruch, das Gewicht, das die andere Seite der Matratze beschwert? Doch wie selbstverständlich hat Margret den Platz in der Mitte des Bettes für sich beansprucht, hat sich spinnenförmig ausgestreckt, ist binnen Sekunden in einen traumlosen Schlaf gefallen, der nur von dem Gesang der Vögel gestört wurde, die im Apfelbaum saßen und unnachgiebig nach ihr schrien.

Margret schließt ihr Fahrrad auf, das in dem kleinen Ständer vor Binders Spieltraum steht. Sie tritt in die Pedale. Vom Fahrradweg auf die Straße und von dort rechts ab durch die Kleingartensiedlung. Deutsche Flaggen hängen schlaff an ihren Masten, es riecht nach gegrilltem Fleisch. Margret tritt schneller und schließt die Augen, breitet kurz die Arme aus und legt den Kopf in den Nacken, spürt ein Kribbeln, das viele Jahre zurückliegt.

Fahrrad fahren. Etwas, das sie immer geliebt hat und Gert auch. Zusammen sind sie durch Holland gefahren, mit ihren Rädern bis ans Meer, um dort zu zelten. Stundenlang an Feldern entlang im immer gleichen Rhythmus, vor ihr Gerts gleichmäßig vor und zurück gleitender Rücken, Schweiß zwischen den Schulterblättern, der sich auf dem T-Shirt abzeichnete, sein Keuchen und die angespannten Wadenmuskeln. Ein schöner Anblick, der ihr Lust bereitete, an Ort und Stelle das Zelt aufzubauen.

Ein Hund bellt, Margret schrickt auf und bremst. »Passen Sie doch auf« und »Träumen Sie etwa?« Ein Mann, vermutlich ihr Alter, mit Hut auf dem Kopf und kleinem, verfilztem Hund an der Leine. Margret antwortet nicht, sondern steigt ab und schiebt demütig den Rest des Weges. Gert auf dem Fahrrad, das Zelt, der Schweißabdruck auf dem T-Shirt und das ferne Kribbeln. Verschwunden.

II

Und am Ende ist Margret allein. Ein Esstisch, ein Stapel Karten, ein endloses Solitär bei Wein, erst ein Glas, dann eine halbe Flasche, und schließlich, es wird ja auch Zeit, die Wahrheit.

Die Wahrheit liegt in keinem Lederkoffer und steht auf keiner Kommode. Nichts in diesem Haus mit Garten in verkehrsberuhigter Lage weist auf die Wahrheit hin. Margret hat die Wahrheit tief vergraben, und das schon vor vielen Jahren. Margret hatte gehofft, so der Wahrheit entkommen zu können. Die Zeit heilt alle Wunden, heißt es, doch für Margret machte die Zeit alles nur schlimmer.

Ihre Kinder lernten laufen, lernten sprechen, kamen in den Kindergarten und in die Schule. Sie lernten lesen, schreiben, rechnen, waren das erste Mal verliebt, wurden das erste Mal enttäuscht. Schlugen die Türen zu, dass das Haus bebte, brüllten sie an und machten Vorwürfe. Zogen schließlich aus und erinnerten sie, die zurückblieb, daran, wie mutlos sie gewesen war in all den Jahren.

Die Wahrheit hat einen Namen, und der Name lautet Andreas.

Zu jedem anderen Zeitpunkt ihres Lebens wäre Andreas ein Geschenk gewesen. Doch sie lernte ihn kennen, als Michael ein Kleinkind war und Anna sehnsüchtig gewünscht. Damals wollte Margret sich noch ein Nest bauen, ein Zuhause haben. Vater, Mutter, Kind spielen. Ein Leben mit Gert und Garten und Kindern und weiterarbeiten an ihren Texten, wozu Gert sie stets ermutigte, und wenn das nicht klappen sollte, dann wenigstens unterm Apfelbaum sitzen und lesen.

Letztlich hätte sie Andreas ohne Gert nie kennengelernt.

Als Margret Andreas das erste Mal begegnete, war Michael knapp drei Jahre alt. Nach dem Wegzug aus Freiburg, dem Einzug in die erste gemeinsame Wohnung, der Hochzeit und der Geburt ihres ersten Kindes sei es an der Zeit, dass sie auch mal wieder an sich denke, hatte Gert gesagt. Margret hatte geantwortet, dass sie bei der Hochzeit und Michaels Geburt durchaus an sich gedacht habe. Aber sie wusste, was er meinte. Gert wollte kein Hausmütterchen an seiner Seite. Das passte nicht zu seiner Vorstellung einer modernen Beziehung, modern für die damalige Zeit, was bedeutete: Der Mann hilft im Haushalt und wechselt Windeln, die Frau hat eine politische Meinung und verdient ihr eigenes Geld. Er sei ein politischer Mensch, sagte Gert damals, was auch immer er damit meinte. Und: »Ich will nicht so enden wie mein Vater.«

Margret sollte wieder arbeiten. Aber Margret wollte nicht arbeiten. Michael füllte ihre Tage erstaunlich gut. Doch bald würde er in den Kindergarten kommen, dann hätte Margret endlich wieder Zeit, sagte Gert. Und wenn es nach ihm gegangen wäre, hätte Margret das schon viel früher wieder gehabt: Zeit. Zum Schreiben, zum Arbeiten.

Im Lokalteil der Tageszeitung hatten sie Anzeigen geschaltet und nach einer Kinderfrau für Michael gesucht.

Margret schlug Zeit im Kaufhaus tot, trank alleine Kaffee in einem Bistro, während eine Unbekannte auf ihren Sohn aufpasste. Ihr erschien das irrsinnig. Wenn sie nach Hause kam, haftete ein fremder Geruch an Michael. »Daran gewöhnt man sich«, hatte Gert gesagt. Und: Das werde sich schon finden. Aber es fand sich nicht. Margret hatte nach jeder Heimkehr das Bedürfnis, Michael in die Badewanne zu stecken und ihn reinzuwaschen von dem Seifen-, Parfum-, Handcremegeruch einer anderen Frau. Ohnehin war es eine Farce, ein Selbstbetrug, diese engagierte Suche nach einer Kinderfrau. Denn von vornherein stand fest, dass Michael kein Einzelkind bleiben sollte. Was sollte sich Margret da eine Stelle suchen für ein, maximal zwei Jahre?

»Du hast damals Zeit mit deiner Promotion verplempert«, sagt Rita, deren Stelle als Französischlehrerin an der Volkshochschule auch nicht gerade einem Künstlerleben an der Côte d'Azur entspricht, doch zumindest beklagt sich Rita nie darüber. Eine Eigenschaft, die sie unangreifbar macht: Rita beschwert sich nie. »Wenn du vor Michaels Geburt schon gearbeitet hättest, wäre es dir leichter gefallen, wieder ins Berufsleben einzusteigen.« Und Margret sagt dann: »Hätte, hätte, Fahrradkette.«

Da Gert Margrets Bedenken nicht ernst nahm, geschah es an einem Nachmittag im Oktober, dass Gert im Garten Laub zusammenrechte, während Margret die Lade des Schnapsschranks herunterklappte, Williamsbirne und Kirschwasser aufschraubte, zu drei Vierteln in den Abfluss goss und lange nachspülte. Die Flaschen füllte sie mit Wasser auf. Abends kochte sie Wild, von Gert selbst geschossen, dazu Klöße und Rotkraut. Gert erzählte irgendetwas über den Hauskredit und eine Tilgung, was Margret nicht interessierte. Zum Nachtisch gab es Vanilleeis und heiße Himbeeren. »Was für eine Völlerei.« Gert war glücklich und forderte einen Verdauungsschnaps. Er entschied sich für Birne, die Chance stand bei 50/50. Gert kippte das kleine Glas in einem Zug herunter und blickte Margret anschließend fragend an. Nie mehr haben sie seither eine Kinderfrau zu sich ins Haus geholt.

Doch als Michael ins Kindergartenalter kam und sie ohnehin keine Kinderfrau mehr brauchten, Margret aber immer noch nicht schwanger war, als sie nicht auszusprechen wagten, dass es sein könnte, dass sie wohl auch nie wieder schwanger werden würde, als der Beischlaf nicht mehr befriedigend war, nur noch belastend, war es Gert, der seiner Frau vorschlug, die Promotion wiederaufzunehmen. Eine Universität gebe es hier doch auch. Nicht so eine gute wie die Freiburger, sicherlich, aber es werde schon reichen.

Lustlos setzte Margret einen Brief an das Germanistische Institut auf, berichtete von ihrem Promotionsversuch an der Freiburger Universität, von ihrem Aussetzen wegen ihrer Schwangerschaft und war sich schließlich sicher, dass die akademischen Mühlen derart langsam (und umständlich) mahlten, dass es schier unmöglich sein müsste, die einmal begonnene Promotion an einem anderen Ort fortzuführen.

Drei Wochen später kam die Antwort. »Nach Absprache mit der Universität Freiburg würden wir uns sehr freuen …«, und so weiter. Margret konnte es nicht fassen. Nun sollte sie einen ihr völlig unbekannten Doktorvater kennenlernen und von Neuem bewertet und benotet werden. Herausgerissen werden aus einem Leben zwischen Elternzeitschriften und dem Bestellen ihres Gartens. Plötzlich lag eine Welt vor ihr, eine völlig neue Landschaft, und Gert nickte nur wissend und zufrieden darüber, dass sie beide nun nicht so sein würden wie seine Eltern.

Das Telefon klingelt. Die Gegenwart ruft an. Und zwischen Vergangenheit und Zukunft ist es immer sie, die stiefmütterlich behandelt wird.

12

»Du solltest nicht allein sein in diesem großen Haus«, sagt Rita. »Es bringt dich auf dumme Gedanken.«

»Ich wünschte, ich wäre einmal allein. Bernhard war hier und dann die Kinder. Und jetzt rufst du an.«

»Trinkst du Wein?«

»Ich mache es mir gemütlich.«

»Was tust du den ganzen Tag?«

»Ich atme.«

Einen Moment lang ist es still am anderen Ende der Leitung.

»Ich mache mir Sorgen um dich«, sagt Rita.

»Ich weiß. Das tun alle.«

»Lass uns essen gehen.«

»Bitte nicht.«

»Kino, Theater, irgendwas.«

»Bitte nicht.«

»Sitzt du am Esstisch? Legst du Karten?«

»Ja.«

»Und welches Buch liegt auf deinem Nachttisch?«

»Moby Dick.«

»Überleben nur auf einem Sarg möglich. Lies was anderes, Margret.«

Margret antwortet nicht.

»Wenn deine Geister kommen, schreib sie auf, Margret. Vergiss nicht, dass du das kannst.«

Aber Margret weiß nicht, was Rita meint, sie weiß nur von einem Geist, der seit Jahrzehnten durch ihr Leben spukt, im Auto neben ihr sitzt und die vorbeiziehende Landschaft kommentiert, der im Restaurant den freien Stuhl neben ihr einnimmt und auf die Schwächen der gesellschaftlichen Konversation hinweist und offensiv gähnt, der abends beim Tatort mit einem Glas Wein hinter ihr steht und ihr zuflüstert: »So hast du dir das alles nicht vorgestellt, nicht wahr?«

»Geister sind gefährlich«, sagt Rita. »Sie haben keine Fehler.«

Aber doch, Margrets Geist hat viele Fehler. Er ist selbstverliebt und eitel und laut. Unzuverlässig, treulos und feindselig ist er. Er verurteilt seine Mitmenschen auf grausamste Art und Weise. Es ist schwer, vor Margrets Geist zu bestehen. Man darf nicht gewöhnlich sein und Dinge sagen, die schon tausendmal gesagt wurden, denn dann hat man vor dem Geist verloren. Bis zum Äußersten betriebene Bildung auf jeglichem Sachgebiet ist nötig für diesen Geist, und ständig muss man an sich arbeiten, an seinem Körper, seinem Intellekt. Man muss auf seine Ernährung achten und Dokumentationen im Spätprogramm sehen. Jede Minute ist kostbar und lebenswert, und es wäre eine Schande, nicht zu toben, zu lachen, zu fluchen, zu weinen und zu vögeln. Was soll diese Existenz, fragt der Geist, die nur darauf ausgerichtet ist, alt zu werden? Sicher durch das Leben zu kommen, eingelullt in Selbstvergessenheit und ohne Sinn für das Schöne, Wahre, Gute? Aus dem Drang heraus, vor den Konventionen zu bestehen, sich nicht mehr zu erinnern an das, was man einmal sein wollte oder wie die Dinge sein könnten, wenn man sich seinen Ängsten stellt und all seinen Lügen. Warum es sich so einfach machen und so bequem, wenn man es doch besser weiß?

Margrets Geist ist darauf aus, sie zu quälen. Ihr ständig die eigene Mittelmäßigkeit vor Augen zu führen. Und zugleich liebt sie ihren Geist und sehnt sich danach, ihm zu gefallen, Anerkennung zu finden in seinen Augen.

Der Geist ist der Grund, warum Margret aufgehört hat zu schreiben. Ihre Texte waren einfach nie gut genug.

»Gretchen«, sagt Rita in likörseligem Tonfall und zieht Margret aus dem Jenseits. »Du warst seit Jahren nicht mehr so lange allein wie in diesen Tagen. Allein mit all deinen Sorgen. Wenn du willst, kannst du gerne eine Zeit lang bei mir wohnen oder ich bei dir, ich könnte mich ein paar Tage krankmelden.«

Doch Margret will das nicht. Sie ist nicht allein. Sie hat keine Langeweile. Nein, mit einem Mal hat sie das Gefühl, unglaublich viel zu tun zu haben. Mit sich, mit ihrem Geist und mit dem Koffer ihrer Mutter.

13

In den Bücherregalen im Flur, die vom Boden bis an die Decke reichen, stehen Bücher großer Autoren und verschämt und an die Seite gedrängt der schmale Band, den Margret vor mehr als dreißig Jahren zu Papier gebracht hat. Erschienen in einem dieser linken Kleinverlage, die in den 70ern von Autoren aus dem Boden gestampft wurden, die es unmoralisch fanden, mit Büchern Geld verdienen zu wollen, und in denen man leicht publiziert werden konnte, wenn man die richtigen Ideen vertrat.

Den Verlag gibt es schon lange nicht mehr, und Margrets Buch kann man nirgendwo mehr kaufen. Sie weiß nicht, wie oft es verkauft wurde. Vielleicht hundert Mal? Und wären es dreimal so viele – es spielt keine Rolle. Sie wagt es nicht, den Band in die Hand zu nehmen und aufzuschlagen. Sie erinnert sich kaum noch an das, was sie geschrieben hat, und hofft, es bald vollends vergessen zu haben.

Dass das dünne Büchlein, keine 150 Seiten lang, überhaupt noch hier steht und nicht längst in eine der Kisten auf dem Dachboden oder – für Margret denkbar – im Müll gelandet ist, liegt an Gert. »Ich bin stolz darauf, ich will es hier stehen haben«, hatte er gesagt, und einmal sogar: »Ich bin stolz darauf, mit einer Schriftstellerin zusammenzuleben.« Doch sie hatte höhnisch gelacht und all ihre Unzulänglichkeiten aufgezählt, woraufhin Gert sie nie wieder als Schriftstellerin bezeichnete.

Der Flur führt in Gerts Arbeitszimmer, und hier steht der Computer. Sie selbst brauche keinen eigenen, hat sie ihm gesagt, ein Familiencomputer reiche völlig aus.

Es ist nicht das neuste Modell, warum sollte es auch? Margret schaltet ihn nur an, um Briefe an Krankenkassen und Versicherungen zu tippen, um den Kindern zu schreiben und um Dinge zu bestellen, die es im *Städtchen* nicht gibt. Um Reiserouten zu suchen oder Dinge nachzuschlagen, die sie nicht kennt und ihr Brockhaus auch nicht.

Gerts Fragen nach neuen Kapiteln sind schon lange verstummt. An jenem unglücklichen Tag in der Uni-Bibliothek begann die Zeit der begonnenen Dinge. Margret begann ihre Promotion, sie begann einen Text und noch einen und noch einen. Nichts brachte sie zu Ende. Neustart folgte auf Neustart, Anfang auf Anfang. Nach Annas Geburt noch ein letzter Versuch, das Herz quoll über vor Gefühlen, sie musste sie doch nur aufschreiben. Oder eine Ausbildung zur Buchhändlerin, wäre das nicht? Nein, war es nicht. Es war auch die Zeit der angefangenen und nie zu Ende geführten Gespräche.

Michael hatte Probleme in der Schule, war schmächtig und sensibel und konnte sich schlecht gegen seine Klassenkameraden durchsetzen. Und Anna war noch so klein – wie hätte Margret da eine Ausbildung machen können? Zugleich fühlte sie sich zu alt für neue Wege. Nach der Wende war die Arbeitslosigkeit groß, was sollte sie sich quälen, Gert hatte eine gute Stelle, der Haushalt füllte die eine Tageshälfte, die Kinder die andere, und wenn es doch einmal eng werden sollte, wenn sie doch einmal etwas brauchte, dann hätte sie jederzeit – Rita sagte ausdrücklich: jederzeit – die Möglichkeit, an der Volkshochschule kreatives Schreiben zu unterrichten. Schließlich habe sie Literaturwissenschaft studiert, sei eine verlegte Autorin, ja, sie pausiere gerade, aber es sei doch nur eine Frage der Zeit, bis.

Bis.

Bis heute.

Bis jetzt.

Bis zu genau diesem Augenblick, in dem Margret an sich heruntersieht, ihre braune Stoffhose betrachtet, unter der plumpe graue Wollsocken hervorschauen, und ihre eigene Lächerlichkeit auf einmal keine Rolle mehr spielt.

Sie steht im Arbeitszimmer, betrachtet den schwarzen Monitor, in dem sich der Blick verlieren kann.

Überlegt es sich anders.

Zieht eine dünne Jacke über, verlässt das Haus, ohne sich von jemandem zu verabschieden, ohne jemandem zu sagen, wann sie wieder zurück sein werde, warum sie überhaupt gehe, wohin sie wolle und ob sie nicht auf dem Rückweg dieses oder jenes mitbringen solle.

Sie geht zur Haltestelle und steigt in den nächsten Bus. Wolken ziehen träge vorbei, machen Platz für ein Blau, das von Kondensstreifen gebrochen wird. Niemand wartet auf sie, niemand erwartet sie. Eine Frau mit einem Korb, aus dem eine Lauchstange ragt, steigt ein, ein Mann mit einem Koffer und eine alte Frau mit krummem Rücken, den Blick auf den Boden gerichtet, denn das ist die entscheidende Richtung, da geht's lang.

Margret blickt aus dem Fenster, der Friedhof zieht vorbei, ein Kindergarten, eine Kirche. Dazwischen: Bäume, ein Mann mit Hund, eine junge Frau auf einem Fahrrad, die über Kopfhörer Musik hört.

Sie legt den Kopf an die kühle Scheibe, fühlt sich schläfrig, weiß aber, dass sie nicht schlafen könnte, würde sie es versuchen. Horcht in sich hinein und verliert sich. Schwebend, ankerlos. Zugleich der Krampf, der sie schüttelt. Weil sich die Dinge nicht anfühlen, wie sie sich anfühlen sollten. Weil sie nicht in der Lage ist, die Emotionen abzurufen, die natürlich wären. Sie hört sich leise fragen: »Was bin ich nur für ein Mensch?«

Die alte Frau dreht sich zur Seite, war da etwas? Oder nur die eigenen Gedanken?

Irgendwann steigt Margret aus, ziellos, planlos, folgt dem Strom der Fußgängerzone, landet auf dem Markt und kauft einen Strauß Sonnenblumen, geht zurück zur Haltestelle, wie gerne würde sie noch weiter fahren, raus aus der Stadt und ins Nirgendwo. Aber noch lebt Gert und noch ist sie verpflichtet diesem Mann gegenüber, den es aus heiterem Himmel traf, der plötzlich im Garten lag, neben ihm der verstummte Rasenmäher. Und hätte nicht gleich der Nachbar reagiert, der zur selben Zeit die Äste seines Kirschbaums schnitt, damit sie nicht zu weit über den Zaun ragten, dann wäre die Sache wohl eindeutig ausgegangen. Nun war es ein Unentschieden.

Zu Hause angekommen, den Strauß ins Wasser gestellt, kurz geärgert über diese Lebenszeitverschwendung, Sonnenblumen wachsen im eigenen Garten. Den Fernseher angestellt, ein zur Routine gewordener Handgriff. Nach Hause kommen, Fernseher an, Stimmen hören. Nachmittagsprogramm mit Kochsendungen und Tipps fürs Leben, dazu ein Glas Wein, Karten legen. Aber was sonst so beruhigend wirkt, einlullend und gemütlich, erscheint Margret an diesem Tag unerträglich und hohl. Schon lange hat sich der Geist darüber amüsiert, was sie sich so ansieht.

Sie steht auf, einmal noch zum Kühlschrank, nur ein kleines Glas, dann geht sie in Gerts Arbeitszimmer, setzt sich vor den Computer, dessen schwarzer Bildschirm magnetische Kräfte auf ihren Kopf auszuüben scheint. Legt die

Hände auf die staubige Tastatur, blickt auf die schwarze Wand, als würde dort jeden Augenblick eine Antwort erscheinen. Sie stößt sich vom Tisch ab, dreht sich dreimal auf dem Bürostuhl im Kreis, kommt zum Stehen, ihr Blick fällt auf den Lederkoffer. »Wer nicht schreiben kann, der sollte lesen.« Margret macht eine Handbewegung, als würde sie eine Fliege verscheuchen. Still soll er sein, der Geist. Sie steht auf, klappt den Koffer auf, nimmt das erste der kleinen Bücher und beginnt zu lesen.

Sie liest, während die Blumen im Garten ihre Blüten schließen und hinter der erloschenen Scheibe des Fernsehers das Nachmittagsprogramm in das Vorabendprogramm wechselt. Dann setzt sich Margret wieder auf den Bürostuhl, drückt den Knopf, dass der Monitor blau aufleuchtet, und öffnet ein Fenster. Weiß liegt die Seite vor ihr. Margret setzt die Finger auf die Tastatur, wie sie es in dem Kurs »Schreiben mit zehn Fingern« einmal gelernt hat. Asdf jklö.

Die Liebe meiner Mutter

Es ist nun vier Wochen her, seit ich das letzte Mal etwas von Erich gehört habe. Ich weiß, dass vier Wochen keine Zeit sind in diesen Tagen. Nacht für Nacht muss ich Ingrid nun aus dem Schlaf reißen und sie in den feuchten Keller schleppen. Das fällt mir manchmal nicht ganz leicht, da sich das Werden eines zweiten Sprösslings lebhaft bemerkbar macht. Der Krieg steht vor der Grenze, Flüchtlingsströme kommen aus dem Saargebiet, aus dem Raum Aachen. Elend, Panik überall. Erich steht jetzt an der Westfront. Mit einem unbrauchbaren rechten Arm. Ingrid

weiß von alldem nichts. Wenn sie nicht wäre und das Kleine unterm Herzen – was würde mich hier noch halten?
Das Holzpferd hat Erich für sie geschnitzt. Wenn ich sehe, wie sie damit spielt, ganz versunken in ihre eigene Welt, dann wird mir warm auch in den kältesten Nächten. Und noch ist da dieser große Wunsch. Zurückkehren zu können in unsere alte Wohnung in Bensberg, ihr ein Zimmerchen einzurichten und mit ihr im Garten die Brombeeren zu pflücken. Wer jetzt wohl darin haust, in unserer guten Stube? Man mag es sich gar nicht ausmalen.
…
Viel zu selten komme ich zum Schreiben, viel zu viel passiert in diesen Tagen, die doch nur Tage sind, aber all die Jahre zuvor überlagern. Ich vermag nicht aufzuschreiben, was alles geschehen ist, bin mir jedoch sicher, keinen Augenblick davon je wieder vergessen zu können. Zu sehr haben sich die Bilder in mein Herz gebrannt. Ich hatte mich nun entschlossen, mit wenigen Koffern und Ingrid im Kinderwagen zu meinen Eltern ins Havelland überzusiedeln. Wie schwer mir der Abschied von der Wohnung fiel, kann ich gar nicht beschreiben. Ich ahnte, dass es ein Abschied für immer sein würde. Tage und Nächte lang habe ich mit mir gerungen. Und doch gibt es auch in diesen dunklen Wochen Licht, von dem ich berichten will.
Erich war nur kurz an der Westfront. Es dauerte ganze drei Tage, da war auch sein linker Arm zusammengeschossen. Das Schicksal wollte es, dass der Lazarettzug, dessen Ziel er nicht kannte, ihn nach Berlin brachte. Stellt euch vor: nach Berlin! Ganz in die Nähe! Sieben Wochen nach der Trennung konnte ich meinen Mann dort im Lazarett Tempelhof besuchen. Nur wenige Tage später wurde unser Bernhard geboren. Die Familie war wieder vollzählig beisammen, nur etliche Kilometer östlich

vom geliebten Heim entfernt. Von dort berichteten Bekannte Schauergeschichten. In unsere Wohnung wurden zwangsweise Familien hineingestopft, die Bewohner wechselten dauernd, jeder ließ etwas mitgehen. Wie es nun dort aussieht, wissen wir nicht. Die Verbindung ist abgebrochen, denn auch diese Gebiete sind nun besetzt.

Jetzt sind wir seit drei Monaten wieder glücklich vereint, so glücklich, wie das heute eben überhaupt möglich ist.

...

Lange habe ich nichts geschrieben, der Sinn stand mir nicht danach, selbst heute fällt es mir noch schwer. Wir sind müde, träge, schwerfällig geworden und ganz ohne Eingebungen und Einfälle. Was liegt alles hinter uns! Möge es das Schwerste unseres Lebens gewesen sein. Ich mag nicht darüber schreiben, doch bewahren werde ich es in meinem Inneren, es ist leider nicht mehr ungeschehen zu machen, und den Kindern werde ich davon berichten, wenn sie groß genug sind, diese Zeiten zu verstehen. Gott sei Dank haben sie das vergangene Jahr gut hinter sich gebracht. Ingrid litt unter schlimmem Magen- und Darmkatarrh. Die letzte Reise bedeutete für Groß und Klein unendliche körperliche und seelische Strapazen. Ingrid wog nur noch neun Kilo, inzwischen hat sie es wieder auf elf gebracht. Sie spricht jetzt in ganzen Sätzen. Der kleine Naseweis fragt mich den ganzen Tag: »Mama, was ist das?«

Bernhard ist feingliedrig, aber kräftig. Sein Kullerbauch ist museumsreif! Klein wirkt er neben Ingrid. Sie ist groß gewachsen für ihr Alter, die Haut gebräunt und gegerbt wie Leder, ihre Augen funkeln schwarz. Aber auch Bernhard entwickelt sich prächtig.

So lange habe ich nicht von unseren Lütten geschrieben. Ob sich Bernhard eines Tages grämen wird, nicht als Berliner das Licht der Welt erblickt zu haben? Bin ich doch froh, dass wir es überhaupt noch rechtzeitig ins Krankenhaus geschafft haben! Fast wäre er im Zug geboren worden! War ich doch auf dem Weg zu Erich im Lazarett und das Kind noch längst nicht fällig. Da bekam ich so ein Ziehen im Rücken. Doch die ganze Strecke bis Berlin kein Halt mehr auf der Strecke. Also habe ich nach einem Schaffner Ausschau gehalten, und als der endlich gefunden war, hab ich ihm gesagt: »Sie halten jetzt sofort den Zug an, ich muss in ein Krankenhaus, ich habe Wehen. Sonst ziehe ich die Notbremse.« Also hielt der Zug tatsächlich an. Per Anhalter fuhr ich ins Krankenhaus nach Nauen, und dann ging alles ganz schnell. »Na, der konnte es aber kaum erwarten«, hat der Arzt gesagt, das werde ich nie vergessen. Die Krankenschwestern hatten keine Augen für mich. Ich kann es ihnen nicht verdenken. Was ist ihnen schon ein kleines, gesund geborenes Menschlein nach all dem, was manch eine von ihnen gesehen haben muss? Als müsste man sich schämen, in diesen Zeiten ein kleines Licht vor sich her zu tragen. Zu dritt sind wir dann zu Erich ins Lazarett gefahren. Kein Ort für Kinder. Aber das Jungchen sollte doch einmal seinen Vater kennenlernen. Und schließlich sind sie noch so klein, was kann es schon mit ihnen machen? Bernhard konnte kaum klar sehen und Ingrid gerade mal anständig reden.

Neben Erich lag ein Mann mit halb verkohltem Gesicht und braun getränktem Verband um den Kopf. Ich habe gesehen, dass sie es gesehen hat. Aber sie sollte doch ihren Vater sprechen, das war doch wichtig. Und schließlich ist es eben die Welt, in der sie aufwächst. Vielleicht ist es ein Segen, dass sie das Vorher nicht kennt, dass sie nicht weiß, was es heißt, ein festes Zuhause zu haben, ein eigenes Zimmer und Spielzeug und einen Garten voll Brombeersträuchern. Anders als ich ist sie es gewohnt, bei Alarm

in den Keller zu gehen und Hunger zu haben. Ich hingegen denke oft an unsere alte Wohnung und träume nachts von ihr. Was noch da sein wird von unseren alten Möbeln?
Wir leben in einer Zeit, in der ich froh darüber bin, dass es Erich noch nicht besser geht und dass sein Arm schlecht heilt. Was ist schon ein Arm? Wenn er denn nur verhindert, dass er wieder ins Feld geschickt wird.

…

Nun rückte auch uns der Krieg immer mehr auf den Leib. Fliegeralarm auf Fliegeralarm, Angriffe auch auf die kleinsten Städte und Bahnknotenpunkte. Da entschloss ich mich, mit den beiden Würmchen aufs Land zu einem Onkel zu gehen. Engländer und Amerikaner schossen schon über die Elbe herüber, der Russe stand noch hinter Berlin. Erich war mit seinem kaputten Arm nach Schleswig-Holstein verlegt worden, wir konnten nicht mehr mit, mit jedem Augenblick erwarteten wir den Übergang der Truppen. Doch es kam anders! Die Westfront stand – und wir sahen den Russen mit Riesenschritten auf uns zukommen. Nicht abreißende Flüchtlingsströme zogen über die Elbe, was sollte ich tun? Es gab nur noch Notbrücken, schmale Stege, ich konnte mit keinem Kinderwagen rüber und die Kinder auf dem Arm und ohne Gepäck? Es wäre ein Wahnsinn gewesen. Dennoch sah ich die Gefahr auf mich zukommen. Die Verbindung zu meinen Eltern war abgebrochen. In der Ferne hörten wir die Kämpfe, sahen die dichten Rauchschwaden. Am Tag stand ich auf der Landstraße, um die Flüchtenden auszufragen. Von meinen Eltern fehlte jede Spur, und ob Erich heil nach Lübeck gekommen war, wussten wir auch nicht.
Anfang Mai wurden wir überrollt, und von der nächsten Zeit zu berichten, erlasst mir. Manch einer wird sie mitgemacht

haben, andere hörten davon, und ich sage allen: Es ist kein Bericht übertrieben. Nun, ich will mich bemühen, das zu vergessen. Ich bin gesund geblieben und habe auch meine Eltern wiedergefunden, wenn auch in einem ziemlichen Trümmerhaufen, der sich mein Elternhaus nennt. Auch den Sommer habe ich in keiner guten Erinnerung. Wir haben viel gehungert und manche Angst ausgestanden. Die Kinder wurden sehr elend durch Ruhr und Keuchhusten. Die ersten Evakuierten wagten den Heimweg über die Elbe und die grüne Grenze. Ich gab laufend Briefe an meine Schwiegereltern mit, um von dort etwas über meinen Mann zu erfahren, hoffte aber immer vergeblich auf Antwort. Im September packte mich dann das Reisefieber, und mit leichtem Gepäck machte ich mich auf den Weg. Die Kinder blieben bei meinen Eltern. Das Herzklopfen über die Ungewissheit, wie ich in der alten Heimat alle antreffen möge und was ich für Nachricht über Erich bekommen würde, spüre ich heute noch, wenn ich davon berichte. Mit dem Kohlenzug bin ich gereist, aber über die Grenzen kam man nur zu Fuß. Ein Russe hat mich abgefangen. Sein ganzer Arm hing schon voll Uhren, und schließlich hing auch meine daran. In Siegen angekommen dann die frohe Nachricht: Die Schwiegereltern lebten! Das Haus hatte zwar allerlei Treffer mitbekommen, aber vor allem: Erich war aus englischer Gefangenschaft entlassen und spielte Landwirt bei einem Onkel unweit von Bensberg. Sofort wollte ich zu ihm – aber wie? Ich hielt einen völlig fremden Mann auf einem Motorrad an, setzte mich mit auf die Maschine und ließ mich mitnehmen. Nach so viel Strapazen, überfüllten Zügen und schwierigen Grenzüberschreitungen wollte ich doch nicht so kurz vor dem Ziel aufgeben. Das letzte Stück musste ich zu Fuß gehen. Es führte einen steilen Berg hinauf. Ein Mann auf

einem Ochsenkarren kam mir entgegen, der über das träge Tier schimpfte. Und als er mir so näher kam, erkannte ich ihn: Erich! Mit fünf Zentner Zwetschen, die er gerade zum Trockenofen fahren wollte. Er brauchte einen Moment, um mich zu erkennen, hielt mich für eine dieser Hamsterfrauen, und wir beide waren so gerührt, dass uns das Schicksal wieder zusammengeführt hatte. Ein paar Wochen später schafften wir es, wieder die gesamte Familie zusammenzubringen, die Kinder waren durch Entbehrungen, Unregelmäßigkeiten und Strapazen so krank an Brechdurchfall, dass ich das Schlimmste befürchtete. Als Erich schließlich in all dem Flüchtlingstrubel und -elend zu uns fand und plötzlich, es war schon Herbst, im Garten meiner Eltern stand, da war Ingrid so geschwächt und durcheinander, dass sie den eigenen Vater kaum wiedererkannte.
Bei dem Onkel haben wir es jedoch kaum länger als ein Jahr ausgehalten. Es war eine wahre Tyrannei, so niedrig, so gemein, so heimtückisch, wie ich es dir nicht schildern kann.

…

Meine letzten ausführlichen Aufzeichnungen sind Jahre her, und inzwischen schreiben wir 1950! Langsam ging es seither bergauf. Zuerst lebten wir weiter recht kümmerlich und wohnten sehr beengt. Tagsüber und bis in die halbe Nacht hinein bemalten Erich und ich Holzteller und Dosen und tauschten sie gegen Lebensmittel ein. Es war ein einträgliches Geschäft, aber es zehrte an den Nerven. Die Kinder bekamen manchen Puff und mussten oftmals zurückstehen. Sie gingen in den Kindergarten und spielten nachmittags meist draußen mit anderen Kindern.
Im Herbst 1947 wurde Ingrid an der Rachenmandel operiert. Bernhard war nie ernstlich krank, litt aber häufig an Bronchitis und Ohrengeschichten. Im Allgemeinen entwickelten sich

beide gut, waren aber immer zierlich dabei. Im April 1948 kam die große Wende, als Erich endlich wieder eine Anstellung als Studienrat bekam. Fast hatte man ja vergessen, dass man einst einen Beruf gelernt hatte! Der Anfang zum Aufstieg in ein normales und geregeltes Dasein war gemacht. Seit fast zwei Jahren leben wir jetzt in einer Wohnung am Kaiserplatz. Ingrid geht inzwischen zur Schule, Bernhard besucht weiter den Kindergarten, wird aber im Sommer ebenfalls eingeschult. Ich hoffe, dass das Wandervogeldasein damit ein Ende nimmt. Ich sehne mich so sehr nach Ruhe und einem geregelten Leben. In den vergangenen Jahren hat sich bei vielen mehr ereignet, als ein gewöhnliches Menschenleben aushalten kann. Doch mittlerweile scheint es nicht einmal mehr ausgeschlossen, dass noch ein weiteres Kindlein diese Familie komplettieren könnte.

Margret hält inne. Hier endet das Büchlein. Nicht alles ist für sie leserlich. Einiges ist in Sütterlin geschrieben, doch ab 1941 galt die Deutsche Normalschrift, so dass zumindest die letzten Seiten leichter zu entziffern sind.

Vor ihr auf dem Bildschirm blinkt ein kleiner Strich, fordert sie dazu auf, den Text fortzuführen, aber Margret kann die Geschichte ihrer Mutter nicht zu Ende schreiben. Sie kann sie nur abschreiben, kopieren, verbreiten, aber nicht verbreitern. Kein Wort der Ausschmückung, keine Fantasie, wo so viel Grauen. Nur wenige Monate, wenige Jahre, zusammengefasst auf wenigen Seiten und doch zu viel für ein ganzes Leben.

Nie hat sie mit ihren Eltern über die Kriegsjahre gesprochen, nie hat ihre Mutter davon erzählt. Sie kennt nur Geschichten aus der Zeit davor und der Zeit danach.

Geschichten von schulfrei für Ingrid zum Kartoffelkäfersammeln. Sie weiß, dass Bernhard mit ganz dunklem Haar auf die Welt kam, das irgendwann komplett ausfiel und rötlich nachwuchs. Und sie weiß, dass ihr Vater als »kriegsversehrt« galt und mit einem Granatsplitter im Kopf lebte, worunter sie sich nichts vorstellen konnte, nur, dass es anfangs von Seiten der Ärzte hieß, er könne damit glatt 65 Jahre alt werden – eine Zahl, die ihr als Kind beruhigend hoch erschien, ein stattliches Alter. Am Ende brachte es ihr Vater auf knapp 80 und schlief friedlich ein. Den Granatsplitter nahm er mit ins Grab.

Margret selbst kam zu einer Zeit auf die Welt, in der es sich nicht lohnte, ein Tagebuch zu führen. Es war die Zeit von Ludwig Erhard, dicken Zigarren und Sauerbraten. Die Zeit, in der Kinder unter dem lamettabehängten Weihnachtsbaum Lieder von Engeln sangen, auf der Straße Fußball spielten, in der Schule Gedichte auswendig lernten und sich ab einem gewissen Alter dann doch fragten, was ihre Eltern eigentlich einst.

Kein Wort hat ihre Mutter über Margret geschrieben. Stattdessen hat sie einen Haushalt geführt. Auch das Gedichteschreiben – aus der Kriegszeit liegt ein ganzer Band voll gereimter Zeilen vor – hat sie eingestellt. Ob sie weiterhin gemalt hat, weiß Margret nicht. Sie kann sich nicht daran erinnern, ihre Mutter je malend gesehen zu haben. Woran sie sich erinnert: ihre Mutter beim Würfeln oder beim Doppelkopf. Ihre Mutter, die Gästen Schaumwein in schalenförmigen Gläsern nachschenkte, und Gäste kamen viele. Ihre Eltern, die sich die Mäntel überzogen und einen letzten Blick in den hohen Spiegel im Flur warfen, ehe sie sich zum Kegelabend verabschiedeten, Ingrid sollte auf die Kleinen aufpassen.

Auf die Wohnung am Kaiserplatz folgte ein Häuschen mit Garten und Obstbäumen im äußersten Süden der noch jungen Republik. Nie hat ihre Mutter mit Margret Brombeeren gepflückt. Dafür hat sie mit Ingrid Mathe gebüffelt.

Margret sieht sich auf einer rot-weiß-gewürfelten Decke auf dem gefliesten Balkon sitzen, ein Sonnenschirm spendet orangenes Licht. Neben ihr die beiden Stoffpuppen, die sie durch die Kindheit begleiteten und stark unter Margrets fantasievollem Spiel zu leiden hatten. Auf der anderen Seite der Fensterscheibe ihre Mutter und die große Schwester, Kopf an Kopf über ein kariertes Heft gebeugt, am Zirkel drehend, mit dem Lineal und dem Bleistift geheimnisvolle Dreiecke und Linien ziehend. Die große Schwester sollte Abitur machen, das galt es unter allen Umständen zu erreichen. Wenn das erst einmal geschafft war, wenn Ingrid tatsächlich eine Universität besuchen konnte, wenigstens eine anständige Ausbildung machen würde, dann wäre Bernhard an der Reihe. Margret konnte derweil spielen.

Und ihr Vater?

Verließ jeden Morgen in Anzug und Krawatte das Haus, denn so ein Beruf war der des Lehrers zu jener Zeit. Nachmittags korrigierte er, las schwere Bücher oder löste Kreuzworträtsel. Seine Arme konnte er nie wieder vollständig anheben, aber für die Kegelkugeln reichte es.

Erich, eine Liebe, die sich Margret kaum auszumalen vermag. Nur der Tod konnte diese Beziehung am Ende scheiden, eine Trennung zu Lebzeiten wäre nicht möglich gewesen.

Ihre Mutter, die sich selten im Ton vergriff, selten laut wurde, lieber einmal zulangte und die Ohren verdrehte. Ihre Mutter, die stets ordentlich und dezent gekleidet war in Weiß und Beige und Pastell, die schlichte Perlen trug und ein zitroniges Parfum, die SWF 1 hörte beim Geschirrspülen und die Simmel mochte. Ihre Mutter hinter einem Fremden auf einem Motorrad. Im Streit mit einem Schaffner. Ein Lazarett besuchend.

Kegeln, Doppelkopf, Schaumwein. War es das, das Glück? Hatten ihre Eltern davon geträumt, als sie Hunger litten, Erde fraßen, Todesängste ausstanden? War ihre Mutter glücklich gewesen in dieser Ehe, für die sie todesmutig gekämpft hatte? War es das gewesen, woran sie dachte, als sie im Luftschutzkeller saß und es am Himmel donnerte?

Margret legt die Hände an den Kopf. Sie übersieht etwas. Ihre Gedanken sind hohl, es schmerzt. Sie denkt in den falschen Dimensionen, setzt falsche Maßstäbe, das weiß sie selbst, dafür braucht sie keinen Geist. Die Gleichung geht nicht auf, und für Fragen ist es jetzt zu spät.

14

Abschreiben ist nicht Schreiben, und doch ist Margret erschöpft. Sie schlüpft in flache Schuhe, schiebt das Fahrrad aus der Garage, die untergehende Sonne blendet sie. Vorbei an dem Klinker und den Buchsbäumen, dem Regenrückhaltebecken und Edeka. Sie fährt schnell und achtet wenig auf rote Ampeln, dann eben über den Gehweg, bloß nicht anhalten. Außer Atem erreicht sie das Krankenhaus, ihr

Herz schlägt schnell. Ihr Haar ist strähnig, über die Schläfe rinnt Schweiß. Luft anhalten bis zur Intensivstation ist nicht möglich, sie würgt, schafft es aber bis in Gerts Zimmer, Gert, der grau vor ihr liegt, die Haare am Kopf klebend, ein Mensch an der Maschine. Und es zischt und es piept und es surrt und es blinkt. Und es zischt und es piept und es surrt und es blinkt. Und in diesem Rhythmus, und es surrt und es blinkt, gelingt es Margret schließlich, und es zischt und es surrt, ruhig zu werden, blinkt.

Sie weiß nicht, wie lange sie so neben Gerts Bett gesessen hat, den Kopf ohne Gedanken, die Augen leer, nur das Herz ein Stein, der sie zu Boden zieht.

Die Einsamkeit des Hauses ist nicht unbemerkt geblieben. Es ist schon dunkel, als Margret heimkehrt, die Tür aufschließt und das Wohnzimmer betritt, in dem das Lämpchen des Anrufbeantworters rot leuchtet. Zwei Anrufe in Abwesenheit. Nicht erreichbar war sie für ihre Kinder, die beide Nachrichten hinterlassen haben.

Michael: Wie geht es Papa, hat er noch diese Schluckbeschwerden, wann startet die Phase B, bist du dir sicher, dass wir die Hochzeit wirklich, falls ja, müssten die Einladungen jetzt wirklich langsam, noch können wir die ganze Sache abblasen, wenn man ohnehin den Rest seines Lebens, wohler wäre mir, was meinst denn du, ruf doch bitte mal zurück.

Anna: Fahre am Wochenende spontan zu Roman nach Berlin, schaffe es leider nicht, kann vermutlich eh nicht helfen, sag aber bitte, wenn du was brauchst, dann lasse ich alles stehen und liegen. Kannst du schlafen? Ist Rita da? Was sagen die Ärzte? Papa schon auf der anderen Station? Ruf doch mal an, wenn du Zeit hast.

Zeit.

Es gab mal eine Zeit, in der Margret keine Zeit hatte. In den ersten Jahren mit den Kindern wurde ihr Gert fremd, so selten kamen sie dazu, sich zu unterhalten, sich zu spüren und daran zu erinnern, was überhaupt dazu geführt hatte, dass sie nun da saßen in diesem Haus mit diesen beiden kleinen Menschen, die sie kaum zu Wort kommen ließen, die sich an ihre Beine klammerten, die abwechselnd riefen: Hunger, vorlesen, Eis essen, brauche ein Pflaster, habe Durst, darf ich auf den Spielplatz?

Die Rechnung, ein zweites Kind in die Welt zu setzen, damit das erste einen Spielkameraden hatte, ging nicht auf. Anna war ein kugelbäuchiges, pausbäckiges Baby, saß auf dem Wohnzimmerteppich und stapelte Holzklötze, während Michael in die Welt seines Playmobilpiratenschiffs versunken war und es vermutlich nicht einmal gemerkt hätte, wenn seine kleine Schwester den verführerisch rosa Weichspüler direkt aus der Flasche getrunken hätte.

Statt miteinander zu spielen, stritten sich die Geschwister, befanden sich in einem permanenten Konkurrenzkampf um Margrets Aufmerksamkeit, schenkten einander nichts, so dass Margret jedes Gummibärchen einzeln abzählte und die Eieruhr stellte, wenn es darum ging, wie lange man in der Badewanne bleiben durfte, damit der andere auch ja keine Minute länger als man selbst. Am Ende ging die Sache jedoch so aus, wie sie wohl zwischen vielen Geschwistern ausgeht: Man hatte sich nichts zu sagen. Michael stand mit Gert im Werkraum, verlötete Schrott und wünschte sich zum Geburtstag einen Computer, bis er ihn schließlich bekam, während Anna in ihrem Zimmer saß und ernsthafte Bücher las und traurige Musik hörte.

In der Pubertät schienen sich Bruder und Schwester kaum zu kennen. Auf dem Pausenhof vermieden sie jeglichen Blickkontakt. Das gemeinsam eingenommene Mittagessen – ein Versehen. Der gemeinsame Familienurlaub inklusive fünfstündiger Autofahrt an die Nordsee – eine Zumutung, oder wie Anna zu dieser Zeit gesagt hätte: die reine Agonie. Das waren die Wörter, die sie damals mochte.

Im Arbeitszimmer blinkt noch ein einsames grünes Lämpchen, der Bildschirm des Computers ist schwarz, leuchtet jedoch blau auf, sobald Margret die Maus bewegt. Doch mehr will Margret nicht über ihre Mutter schreiben.

Es erscheint ihr mit einem Mal ungehörig, so viel über sie erfahren zu haben. Sie hat das Gefühl, zu tief vorgedrungen zu sein, die Schublade einer Kommode geöffnet zu haben, die Eltern gewöhnlich mit einem »Das geht dich nichts an!« zudonnern.

So eine Kommode hat es gegeben. Nicht in der Wohnung am Kaiserplatz, sondern in dem Haus, das sie sich endlich leisten konnten, in dem kleinen Örtchen in Südbaden, das im Zweiten Weltkrieg fast völlig zerstört worden war und zu jener Zeit noch nicht eingemeindet. Ein kleines Fleckchen Erde mit einem ewig plätschernden Dorfbrunnen, in den Margret und Bernhard im Sommer ihre Füße steckten, während Ingrid dafür zu alt war. Hier war nun auch endlich ein Garten, in dem man die Kinder sich selbst überlassen konnte.

In diesem Haus, das man heutzutage als »Liebhaberobjekt« bezeichnen würde, gab es im Elternschlafzimmer eine Kommode voller Kostbarkeiten. Die Seife ihrer Mutter, die

Perlenkette ihrer Mutter. Kleine silberne Döschen ohne Inhalt. Und die Wäsche ihrer Mutter. Schwarze und beige Seidenstrümpfe, Höschen mit Spitze, wattierte Büstenhalter. Margret erinnert sich gut, wie es sich anfühlte, über diese verbotenen Schätze zu streichen, daran zu riechen und sie sich selbst anzulegen. Erwischt wurde sie bei diesen Streifzügen durch das Intimleben ihrer Eltern nie. Was für ein seltsames Gefühl, welche Scham sie überkam, wenn sie versuchte, sich ihre Mutter in dieser Unterwäsche vorzustellen. Fast fühlte sie sich verraten von ihren Eltern, die tagsüber so anständig gekleidet waren und darauf achteten, dass man beim Essen nicht den Ellbogen auf den Tisch legte. Das Ansehen ihrer Mutter war nach dem Griff in die Kommodenschublade nachhaltig erschüttert, und wenn sie ihre Mutter betrachtete, wie sie in Kittelschürze in der Küche stand und Spargel schälte und Schlager aus dem Radio mitsang, kam es ihr in den Sinn: Lügnerin.

Allein: Die Schublade in der Kommode war nie dazu gedacht, Teil von Margrets Welt zu sein. Und die Tagebücher? Für wen hatte ihre Mutter die geschrieben? Für sich selbst als Erinnerungsstütze? Nicht doch. Wer ein Tagebuch führt, hat dabei einen Leser im Sinn, einen direkten Adressaten, aber wer könnte der sein, wenn nicht die eigenen Kinder?

Margret geht zum Telefon und wählt eine lange Nummer. Es läutet dreimal, dann hört sie die Stimme ihres Bruders, der sein Erstaunen zu überspielen versucht.

Nein, nichts Neues von Gert. Weiter alles in der Schwebe und zum Warten verdammt. Aber Mutters Tagebücher, die hat sie nun doch, soweit es ihr denn möglich war. Und Ingrid sollte sie auch.

»Du weißt, dass Ingrid kein Interesse hat an allem, was mit der Familie zu tun hat?«, sagt er. »Ich habe die gesamten Tagebücher einscannen lassen, für den Fall, dass sie verloren gehen. Ich habe sie ihr geschickt. Aber ich glaube nicht, dass sie meine E-Mail gelesen hat. Zumindest hat sie mir nie darauf geantwortet.«

Sie hört ein Knacken und ihren Bruder, der am anderen Ende der Leitung hustet, ein kurzes Rascheln am Hörer, so, als würde er kurz die Hand darauflegen.

»Bist du krank?«

Nein, nicht doch. Nur eine leichte Erkältung, nicht der Rede wert.

»Ich will ihr die Bücher bringen. Wenn ich erst mal da bin, wird sie mich schon reinlassen. Und dann wird sie die paar Seiten schon lesen.«

»Du? Dein Mann liegt im Koma. Du kannst jetzt nicht weg. Du kannst nirgendwo hin. Du musst doch für ihn da sein.«

Margret nickt, ja sicher doch, das wird schon so sein. Die Waagschalen liegen gleichauf, und ehe sich keine von ihnen senkt, ist das jetzt ihr Leben. Ein Zischen, ein Piepen, ein Surren, ein Blinken.

15

Gibt es im eigenen Haus verbotene Schubladen? Womit hat sie ihre Kinder schockiert? Vor einigen Jahren, als sie und Gert beschlossen, es doch noch einmal mit Sex zu probieren, hatten sie einen Vibrator und Gleitgel angeschafft.

Dazu schwarze Spitzenwäsche samt Strapse, die sie nach einer einmaligen Anprobe vor dem gnadenlosen Badezimmerspiegel direkt aussortierte. Der Vibrator langweilte sie bereits nach wenigen Einsätzen, störte regelrecht, da er ihr albern vorkam, wie eine elektrische Zahnbürste mit Plastiküberzug, den sie sich zwischen die Beine schob, der aber wenig in ihr auslöste. Das Gleitgel hatte etwas mehr Erfolg, wurde aber samt den anderen Albernheiten sorgsam in eine Kiste gepackt und im Nachtschränkchen verstaut, das stets abgeschlossen war. Der Schlüssel für den Nachtschrank hängt seit jeher am Schlüsselbrett im Keller, an dem sich mit den Jahren allerhand Schlüssel angesammelt haben, deren Bestimmungen Margret entfallen sind. Es wäre den Kindern ein Leichtes gewesen, an einem dieser langweiligen Sonntagnachmittage auf Entdeckungsreise zu gehen und verwundert festzustellen, dass die Eltern ein Sexualleben hatten oder sich zumindest darum bemühten.

Viele verbotene Schubladen hat es in der Zeit gegeben, in der Anna und Michael beschlossen, keine Kinder mehr zu sein. Das Gras, das sie in einer Socke in Annas Kleiderschrank fand, nahm Margret stillschweigend an sich und rauchte es an einem Abend zusammen mit Rita »zur Strafe«, bis die Wangen vor Lachen schmerzten. »Eine Socke. Was für ein miserables Versteck«, sagte Rita, musste jedoch anerkennen, dass »der Stoff« zu ihrer Zeit doch ein anderer gewesen war. Milder, sanfter. Am nächsten Morgen dröhnte Margrets Schädel, so dass sie sich nicht sicher war, wer denn hier bestraft worden war. »Wenn du schon kiffen musst, dann versteck das Zeug bitte besser«, hatte sie schließlich zu Anna gesagt, die daraufhin rot anlief und viele halbe

Sätze hervorbrachte, um ihrer Mutter zu verdeutlichen, wie harmlos das Ganze, und ihre Schulnoten seien doch gut und überhaupt. Margret hörte sich das Geständnis an und versuchte, nicht aus der Mutterrolle zu fallen, war sie doch insgeheim erleichtert, dass es hier tatsächlich nur um etwas Gras für Anna, Ina und Jonas ging und nicht um Pillen und Pülverchen, die ganz andere Dinge mit dem menschlichen Körper und Bewusstsein anstellen konnten.

Michaels Verstecke waren raffinierter, und vermutlich wären seine Schätze nie entdeckt worden, wenn nicht eines Tages die Spülmaschine ausgelaufen wäre. Die Küche stand unter Wasser, und Gert musste sämtliche Blenden an den Küchenschränken abnehmen. Hinter einer dieser Blenden, die verdächtig locker saß, fand er schließlich eine angebrochene Packung Marlboro und drei Playboy-Hefte. Auch darauf mussten sie irgendwie reagieren, also hielt Margret Michael einen kurzen Vortrag über Frauenfeindlichkeit, und Gert wies seinen Sohn auf die Gefahren des Rauchens hin, obwohl er selbst erst Vater hatte werden müssen, um es sich abzugewöhnen.

Die Kinderzimmer dienen seit Langem nur noch als Ausstellungsräume. Hier gibt es nichts mehr zu entdecken.

Margret öffnet den Kleiderschrank im Schlafzimmer, fährt mit den Fingern über Gerts Anzüge, Jacken, Hosen. Die ordentlich aufeinandergestapelten Hemden und T-Shirts. Die Shorts und Krawatten. Alles liegt offen vor ihr.

Sie geht in das Zimmer mit dem blinkenden Computer, zieht die Schreibtischschubladen auf, greift hinein und nimmt das Papier heraus, blättert es durch und findet nichts außer Arbeit, unbeschriebene Briefumschläge und

Druckerpapier. In den Regalen: Fachliteratur. Leitz-Ordner. Öffnet sie, sieht sie durch, reißt alles aus dem Regal, von einer plötzlichen Hysterie erfasst, klappt die Bücher auf, schüttelt sie, auf dass etwas herausfallen möge, eine Postkarte, ein Brief, ein Foto – irgendetwas. Der Taschenkalender auf dem Tisch. Ein Termin, den sie nicht nachvollziehen kann, ein Name, der ihr nichts sagt, eine rätselhafte Abkürzung – irgendetwas? Aber der letzte Eintrag liegt fünf Wochen zurück. Dienstag, 9.30 Uhr: Frisör.

Margret blickt um sich, sieht das Chaos, das sie in ihrer Raserei verursacht hat, befindet, dass es damit noch nicht genug ist, steht auf und rennt in den Keller, öffnet den Werkraum. Farbe, Terpentin, Leim, Staub und grelles, kaltes Licht aus einer Leuchtstoffröhre. Wie konnte Gert nur so viele Stunden in diesem Licht arbeiten, fragt sie sich.

Sie dreht sich einmal um die eigene Achse, atmet diesen Geruch ein, der ihr vertraut ist, obwohl sie so selten hier war, in diesem Raum, doch dieses toxische Gemisch war immer Teil von Gert: Walderde, Schweiß und Farbe. In den Regalen Dosen und Pinsel, Schraubenkästen und Werkzeugkisten. Auf dem Boden einzelne Latten und der Beginn eines kleinen Häuschens voller Schlupflöcher, ein Insektenhotel, wie unsinnig, wo es im Garten bereits so viele Bienen, Hummeln und Ohrenkneifer gibt. In jeder Ecke summt und zirpt und krabbelt es, so dass oft genug das, was draußen sein sollte, nach drinnen gelangt, sich über den Obstkorb hermacht und über alles Süße, das nicht fest verschlossen ist.

Ihr Blick bleibt schließlich am Schraubstock hängen, an dem, woran Gert zuletzt gearbeitet hat. Ein Stück Holz, handtellergroß und weich. Kiefer vermutlich, denn damit hat er gerne gearbeitet. Die Form gleicht einem schiefen L oder einer Sieben. Margret löst den Schraubstock, nimmt es heraus, dreht es in der Hand, riecht daran, fährt mit den Fingern über die sauber abgeschliffenen Kanten. Sie hat keine Ahnung, was es darstellen soll.

Endlich.

16

Margret geht nicht in die kleine Buchhandlung, die sie sonst so liebt und in der man sie mit Namen begrüßt. Sie geht in die große Kette in der Einkaufsstraße, in der es längst nicht mehr nur Bücher, sondern vor allem Geschenkartikel gibt. Erst sucht sie im Erdgeschoss im Bereich »Belletristik« unter »H«, dann bei den Krimis, am Ende wird sie bei den Bestsellern fündig. Roman Havermann, Bestseller-Autor.

Das Buch ist nicht sehr dick, »Golden Boy« heißt es, benannt nach der ersten Erzählung. Mit einem Erzählband zum Bestseller, der Geist hätte es kaum für möglich gehalten, denn oft genug verglich er Leser mit der Kundschaft eines Schlachters. Reichlich müsse es sein. Viele Seiten für das gute Geld, viel Fett, das lange vorhält. Wer will sich schon mit Erzählungen oder gar Gedichten aufhalten? Davon wird man nicht satt.

Margret schlägt die erste Seite auf:

»Ich bin die, die Substanzen frisst, deren Namen sie nicht kennt. Pülverchen und Pillchen, weiß wie Schnee und rot wie Blut. Wie

ein fetter Goldfisch schwimme ich im Glas, und Kevin beugt seine Fresse darüber und schüttet das Pulver in dicken Klumpen hinein, mjomm-mjomm-mjomm, ja, er heißt wirklich Kevin und keiner macht Witze darüber, zu lange her, so sind wir nicht. Nur zwei verlorene Seelen in einem Goldfischglas. Sicher hat mich Kevin gefickt. In den Arsch und in den Mund. Aber spielt das eine Rolle? Kevin hat so viele gefickt, ich schätze, er erinnert sich nicht mal mehr daran, dass wir gefickt haben, aber völlig okay. Kann ja nicht alles im Kopf behalten. Da muss so viel Wichtigeres rein. In den Kopf. In dem die Gedanken dröhnen, so laut, dass ich meinen Mund nicht mehr hören kann.«

»Entschuldigung, interessieren Sie sich dafür?«

Margret zuckt zusammen. Eine junge Frau steht vor ihr. Jung und groß und schlank. Schwarzgerahmte Brille, schwarzgefärbte Haare, gerade geschnittener Pony und roter Lippenstift.

»Ich weiß nicht so recht«, sagt Margret.

Die junge Frau nickt. Sie trägt Jeans so eng wie Strumpfhosen, es gibt ja kaum noch andere Hosen, egal, wie unvorteilhaft sie aussehen. Wer hat sich diese Mode einfallen lassen, die kein Kaschieren mehr möglich macht, die alles serviert und nichts mehr verschweigt?

»Ich denke nicht, dass Ihnen das gefallen wird«, sagt die Frau. Sie kann die Hosen tragen. Sie ist dünn. Sie sieht nach Kunst aus. Margret nach Haushalt. Aber dann erinnert sich Margret daran, dass auch diese Frau in dieser unbedeutenden Stadt lebt und in einer Buchhandlung arbeitet, die Fast Food serviert.

Sie nickt. »Ja, gut möglich. Ich will es trotzdem kaufen.«

Die Frau zuckt mit den Schultern. Ein verkauftes Buch ist ein verkauftes Buch.

»Möchten Sie es einpacken lassen?«

Margret schüttelt den Kopf. »Es ist für mich.«

Sie sieht das Stirnrunzeln, aber bitte. Da ist das Buch, und hier ist das Geld.

In einem Jutebeutel, im wackeligen Schwank von Margrets Schritten, findet »Golden Boy« den Weg durch die Fußgängerzone dieser Stadt: Esprit, Douglas, H&M und Bodyshop, alles da und nichts dabei, was diese Einkaufsstraße von einer anderen unterscheiden und ein Gefühl von Verbundenheit aufkommen lassen könnte.

Zurück im Haus findet das Buch keinen Platz im Bücherregal, sondern im Schlafzimmer, geschützt in der Schublade des Nachttisches zwischen Gleitgel und Vibrator, denn Anna hat geschrieben: »Ich komme dich am Wochenende besuchen.«

17

In einem Raum in dieser Welt zischt es und surrt und piept und blinkt, aber Magret liegt in einem dunklen, stillen Zimmer. Es ist kühler geworden, und sie sollte das dickere Bettzeug hervorholen. Aber noch ist das Bett so bezogen wie vor Gerts Unfall, und so soll es bleiben, bis Gert sich für eine Seite entschieden hat.

Gerts Unfall. Oder: Anfall? Oder: Umfall?

Nächste Woche wird er die Intensivstation verlassen, haben sie gesagt. Phase B wird starten, haben sie gesagt. Doch weit wird Gert nicht kommen, im Neubau für die Frührehabilitation stehen 26 Normalbetten bereit, neun Überwachungsbetten, dazu drei Betten auf der neurologischen Intensivstation. Gert wird in eines der neun Betten gelegt werden, und wieder wird es Monitore geben und Apparate, die Geräusche erzeugen und Licht und rätselhafte Muster. Sie hat es nachgelesen, es steht auf der Seite der Klinik: »Die durchschnittliche Verweildauer liegt derzeit bei 44,6 Tagen.«

Und danach?

Der Digitalwecker zeigt 4.12 Uhr, Margret steht auf. Als Anna noch klein war, sind sie öfters so früh aufgestanden. Das Kind hatte sich geweigert zu schlafen. Sie waren am Ende, Gert kaum noch in der Lage, morgens in den Forst zu fahren. Von Michael waren sie das nicht gewohnt, in ihrer Naivität hatten sie sich in den ersten Babyjahren sogar beklagt, wenn sie am Sonntagmorgen um 7 Uhr Laute aus dem Kinderzimmer vernahmen.

Aber Anna war anders.

Würden die beiden sich nicht ähnlich sehen, hätten sie nicht dieselben festen braunen Haare, dieselben hellen Augen, dieselben vollen Lippen, über die sich Michael ärgert und die Anna so anziehend machen – man könnte meinen, dass diese beiden Menschen nichts miteinander gemein haben.

Michael, der sich als Kind damit zufrieden gab, wenn er in seinem Zimmer eine Kiste Lego auskippen und daraus Burgen und Häuser bauen konnte. Dem es schwerfiel, im Kindergarten Anschluss zu finden und der bei Kindergeburtstagen am liebsten bei den Müttern am Tisch saß und

Kuchen aß, während die anderen Kinder mit den Masters of the Universe spielten.

Anna hingegen.

Anna.

Anna brüllte die ersten Wochen ihrer Existenz, so viel Wut war in dem Kind, Empörung darüber, dem warmen Mutterleib entrissen worden zu sein. Nur wenn sie aß oder schlief, war dieses Baby ruhig. Die Hebamme und der Kinderarzt wussten auch keinen Rat, sagten nur: »Das wächst sich aus.«

Ja sicher tut es das. Kein Kleinkind, kein Schulkind, kein Jugendlicher schreit sechs Stunden am Tag aus Leibeskräften. Das tun sie nicht. Aber was sie tun: sich im Supermarkt schreiend auf den Boden werfen, auf dem Spielplatz den Verstand verlieren vor lauter Wut darüber, dass andere Kinder andere Vorstellungen haben, Mensch-ärger-dich-nicht-Spielbretter umwerfen und zerreißen, Löcher in die Kinderzimmertür treten und durchs ganze Haus brüllen: »Entschuldige, dass ich geboren bin.«

Nein, ein Schreibaby schreit irgendwann nicht mehr. Aber ein jähzorniger, unsteter Charakter, der bleibt.

»Sie hat eben Temperament«, hat Gert einmal gesagt und gelächelt.

Gert, der nie laut wurde, der über die größten Gemeinheiten der Weltgeschichte lachen konnte, in allem das Absurde sah und Probleme am liebsten mit seinen Händen löste. Egal, wie sehr Anna ausflippte – Gert stand einfach da. Alles prallte ab an seiner Borke. Er stand da und dachte darüber nach, was Anna eigentlich so aufregte und ob in all dem kleinkindlichen Wahnsinn, all der pubertären Hysterie nicht doch auch eine gewisse Logik steckte, die ihm womöglich entging. Und so grübelte er, und Anna tobte bis zur völligen Erschöpfung und endete schließlich in Gerts Armen, die sich um das verschwitzte und völlig ermattete Mädchen schlossen. Denn auch wenn Gert selten verstand, wie man Annas Raserei verbal begegnen konnte – am Schluss eines jeden Sturms waren da einfach seine Arme und sein Brustkorb, an den sich das Mädchen schmiegte, und solange die Sache so ausging, war für ihn alles gut.

Wenn Eltern sagen, dass sie beide Kinder gleich lieb haben, dann lügen sie. Wie kann man zwei Menschen »gleich lieb« haben? Genau gleich? Nein, es ist unmöglich, es klingt nur gut. Gert hatte Anna immer lieber. Er mochte es, dass sie sich nichts gefallen ließ von ihren Lehrern, von den Jungs, von den Mitschülern, dass sie ihren eigenen Kopf hatte und einen ausgeprägten Gerechtigkeitssinn.

Bei all der Wut war Anna immer voll Zärtlichkeit. Michael konnte schon früh alleine einschlafen. Er brauchte die Ruhe, die Abwesenheit jeglicher Ablenkung, um zu sich zu kommen und in den Schlaf zu finden. Anna hingegen brauchte als Baby das Nest. In der Zeit, in der sie nur brüllte, schlief sie meist direkt auf Margrets Arm ein, und Margret sagte in diesen schweren ersten Wochen oft zu Gert: »Wäre dies hier unser erstes Kind gewesen, hätte es kein zweites gegeben.« Aber auch Jahre später, als Anna längst sprechen und laufen konnte, als sie ohne Stützräder Fahrrad fuhr, ihr Seepferdchen machte und die ersten Buchstaben und Zahlen malte, fand sie Nacht für Nacht den Weg ins Elternbett, wo bereits ein Kopfkissen für sie bereitlag.

Während Margret damals überlegte, wie man Anna dieses

Schlafverhalten abgewöhnen könnte, sagte Gert schlicht: »Lass sie nur.« Sagte es, weil seine eigenen Eltern kaum Körperkontakt zu ihm gewollt hatten und weil er es anders machen wollte. Es anders zu machen als die eigenen Eltern war einer der Grundsätze von Gerts Erziehung.

Und so lagen sie morgens zu dritt nebeneinander, im Sommer überzog ein leichter Schweißfilm das kleine Menschlein mit der weichen Haut, das nur in Unterhemd und Unterhose zwischen ihnen lag und noch mit geschlossenen Augen im ersten Moment des Aufwachens mit den Händchen einmal nach links griff, einmal nach rechts, sich vergewisserte, dass alle da waren, wo sie sein sollten, und sich dann auf die Seite drehte, bis Gert seinen Arm hob, so dass es sich in diesen warmen Bogen legen konnte. So lagen sie da, im Dunst des anderen, während einen Raum weiter Michael bereits aufgestanden war und auf dem Teppich mit den aufgedruckten Autostraßen Fantasiewelten aus Lego baute. Erst, wenn sie die Tür in sein Reich öffneten und ihn zum Frühstück riefen, nahm er an der Familie teil. Und hätten sie ihn in diesen Tagen nicht gerufen, wer weiß, ob er überhaupt auf die Idee gekommen wäre, sein Zimmer zu verlassen.

Doch irgendwann kam er. Nicht zu ihnen ins Bett, nicht, um sich anzukuscheln, sondern um Fähigkeiten zu erlernen. Kam zu Gert in den Werkraum und ließ sich alles zeigen. Klebte und schraubte und hämmerte zunächst Sinnloses zusammen, später dann schiefe Segelbötchen, Holzschwerter und am Ende sogar eine kleine Schubkarre, an der er, kaum war sie fertig gestellt, jegliches Interesse verlor und sie daher großzügig Anna vermachte.

4.12 Uhr. Nicht mehr wirklich Nacht, noch nicht wirklich Tag. Margret steht auf, zieht sich Strümpfe über die Füße, schlüpft in ihren Bademantel. Langsam geht sie durch das Haus, wobei sie selbst nicht weiß, auf wen sie hier eigentlich Rücksicht zu nehmen glaubt.

Der Computer im Arbeitszimmer blinkt ihr auffordernd zu. Hatte sie ihn denn nicht heruntergefahren? Sie setzt sich an den Schreibtisch, betrachtet kurz das Foto, das hier steht: Vater, Mutter, Sohn und Tochter. Lächelnd, vom Fotografen vor einem schwarzen Hintergrund gestapelt. Anna mit Pferdeschwanz und Zahnlücke, Michael in einem Ringelpullover, sie selbst in einem kastanienbraunen Pullover, den goldenen Creolen, die sie immer noch gerne trägt, die Haare schulterlang, die Haut glatt und leicht gebräunt. Gert sieht aus wie immer.

Sie bewegt die Maus, der Bildschirm leuchtet blau. Margret setzt sich, zieht Luft durch die Zähne, legt die Finger auf die Tastatur und schreibt.

Die Liebe meines Sohnes

Was ist das nur für eine Welt, in der sich ein junger Mann, der so vieles richtig gemacht hat in seinem Leben, dem Vorwurf ausgesetzt sehen muss, etwas fade geraten zu sein? Schlank und groß gewachsen und mit vollem Haar. Kein Eintrag ins Strafregister, keine Tätowierung. Das Studium zielstrebig absolviert, mit festem Freundeskreis und fester Freundin. Michael, ein Augenarzt, Jessica, eine Zahnärztin, beide Skifahrer und finanziell unabhängig. Niemand muss sich um diese jungen Menschen sorgen, die gut erwachsen geworden sind und ihre Steuererklärung

machen. Sie sind auf der Spur. Neid und Missgunst sind ihre größten Feinde. Und womöglich Langeweile?
Aber nein, noch nicht, noch reisen sie, nach Südamerika und New York und Thailand und Südafrika. Sie haben Projekte: eine Hochzeit, ein Haus, ein Kind, vielleicht ein zweites, muss man sehen. Sie haben dieselben Freunde, dieselben Hobbys, sie sind sich treu, und alles scheint so gut eingerichtet, dass man sich fragt, woran es liegt, dass die Zusammensetzung all dieser Komponenten in der gelebten Wirklichkeit so wenig erstrebenswert erscheint, so kalt wie frischer Fisch. Die Welt gemalt in Pastelltönen. In zartem Blau und Weiß und Flieder.

Margret nimmt die Finger von der Tastatur. Liest das Geschriebene. Das muss neu. Markiert alles und löscht es. Fängt noch mal an.

Die Liebe meines Sohnes

Es war gerade noch warm genug, um draußen zu sitzen, wenn auch nur in Decken gehüllt. Doch das nutzten sie aus in dieser Stadt, in der es so oft regnet. Wer nicht aus dem Norden kommt, muss sich erst an den Regen gewöhnen. An den Regen und die Menschen. Regelrecht geschwätzig erscheinen Michael inzwischen die Menschen der Stadt, in der er aufgewachsen ist. Aber ohnehin ist er dort nur noch selten und aus Pflichtgefühl, nichts verbindet ihn mehr mit diesem Ort, der ihm nur dazu diente heranzuwachsen und zu lernen, um dann endlich in die Anonymität der Großstadt abzutauchen, auch wenn manch einer seine Zweifel hat, ob Hamburg das denn wirklich ist – eine Großstadt. »Hamburg ist das Tor zur Welt – aber eben nur das Tor«, hat Jonas gesagt.

Jonas wohnt in Berlin, alternativlos, sagt er. Aber das kümmert Michael nicht. Hamburg ist herrlich, und Hamburg hat Schiffe und Kräne, und auch wenn es kindisch erscheint, haben diese Dinge, die ihn schon als kleinen Jungen begeisterten, nichts an ihrer Faszination für ihn verloren.
Immer noch kommt er gerne an die Landungsbrücken, immer noch kann ihm dieser Anblick einen wohligen Schauer bescheren, immer noch kauft er sich hier gerne Flaschenbier und bleibt stehen, um aufs Wasser zu schauen, nicht mehr ganz Tourist, aber eben auch noch kein Einheimischer.
Es dämmert, er hat lange gearbeitet, die Straßenlaternen leuchten, und aus den Wohnungen in Eimsbüttel scheint warmes Licht. Er blickt hoch, Altbau, dritter Stock. Sie haben Lampen auf die Fensterbänke gestellt; Lampen, die sie nicht brauchen, aber die schön aussehen und Michael schon von Weitem verraten: Jessica ist schon zu Hause.
Warum es am Ende Medizin geworden ist, kann er nicht sagen. Es hätte auch Ingenieurwesen werden können oder Elektrotechnik. Auf jeden Fall ein Bereich, in dem es ums Flicken, Kleben, Löten, Reparieren geht. Um das Wiederherstellen von Dingen, und das aufregendste aller Dinge ist immer noch der menschliche Körper. Augenheilkunde war schließlich eher Zufall. Natürlich machte eine Facharztausbildung Sinn. Aber wenn er in Gin-Tonic-Runden gefragt wurde, warum ausgerechnet Augen, so konnte er bislang noch keine beeindruckende Antwort geben.
Ja, warum ausgerechnet Augen? Welche Leidenschaft war es, die ihn da antrieb? Warum wurden andere Mediziner Gefäßchirurgen? Warum Urologen? Proktologen? Musste es dafür einen bestimmten Grund geben?

Tatsächlich gab es in seinem Studium Momente, in denen er Augen hasste. Sie schienen ihn regelrecht zu verfolgen. Er träumte von ihnen. Er sah sich selbst an einem Operationstisch stehen, neben sich eine Schüssel voll Augäpfel, in der Hand ein Nussknacker. Stück für Stück knackte er die Augen. Noch heute läuft es ihm kalt den Nacken hinunter, wenn er sich an das Geräusch erinnert.
Auch Jessica hatte Träume. Sah sich am Frühstückstisch sitzen, vor sich eine Schale voll Milch und Zähnen. Sie, die den Löffel eintauchte, ihn sich in den Mund steckte und krachend kaute.

Margret hält inne. Ist das ihr Sohn? Wer spricht denn da?

Die Uhr zeigt, dass eine Stunde vergangen ist und die Sonne bald aufgehen wird, denn diese Dinge funktionieren ja noch. Kurz horcht sie in sich hinein, ruft einmal laut.

Nein.

Da ist nichts. Nichts. Sie klopft sich mit der geballten Faust kurz auf die Brust, als müsste sie nur einen quer sitzenden Bissen verdrängen, etwas Platz schaffen, einen Knoten lösen, damit endlich. Aber nein, da ist nichts. Sie steht nackt im Eiswasser und fühlt: nichts. Dann kann sie genauso gut den Tag beginnen.

18

Margret erinnert sich an Träume, wie sie nur Kinder haben. Sie weiß nicht, wie alt sie war, nur, dass sie noch nicht zur Schule ging, denn Ingrid lebte noch mit ihnen im Haus.

Eines Nachts träumte sie sich so klein wie ein Korn. Ein

riesiges Huhn kam, ein Huhn mit roten Federn und irrem Blick, die Augen verdreht und der Kamm schlaff zur Seite hängend. Es pickte und pickte, und dann pickte es mit seinem gewaltigen Schnabel nach Margret und schluckte sie mit einem Happs.

Nach Luft schnappend wachte sie auf, senkrecht saß sie im Bett, der Schlafanzug klebte am Körper. Das Zimmer war erst schwarz, dann grau. Durch das Fenster schien ein milchiger Mond, eine kleine Sichel, die zu wenig Licht spendete, um Gespenster zu vertreiben. Sie wusste, dass es die Eltern nicht wünschten, dass die Kinder nach dem Gutenachtkuss noch einmal ihr Zimmer verließen. Für die Notdurft gab es einen Topf im Nachttischschränkchen, und was konnte es sonst an Gründen geben, wenn man satt und gesund abends in sein warmes Bett gelegt wurde?

Doch Margrets Herz hämmerte, klopfte so heftig, dass es sie schmerzte, und auch wenn sie schnell eingesehen hatte, dass das Huhn nur ein Traum gewesen war, dass es nichts gab, vor dem sie sich zu fürchten brauchte, zitterte sie und schluckte schwer.

Vorsichtig stellte sie die nackten Füße auf den Holzboden, achtete darauf, die Dielen zu meiden, die quietschten. Drückte sachte die Klinke herunter.

Vor ihr lag ein langer Flur, an dessen Ende das elterliche Schlafzimmer. Die Tür, die sie von ihrer Mutter und ihrem Vater trennte, vor dem Heiligtum, in das es nicht einzudringen galt. Nicht wegen eines Huhns.

Doch in dieser Nacht war das Hämmerherz stärker. Noch mal schlucken und dann auf. Sie blinzelte. Dann sah sie ihre Mutter, ein kleiner, in eine weiß bezogene Decke eingehüllter Berg, auf dem Bauch liegend, die Hände fest um das Kopfkissen geschlungen. Ganz so, als wolle sie sich daran festhalten. Die Luft roch abgestanden und nach Schweiß. Es war der Schweiß ihres Vaters.

Jeden Morgen öffneten sie das Fenster, das zur Straße führte, ließen die Nachtluft hinaus und die Geschäftigkeit des Städtchens hinein. Und doch hatte sich der Geruch festgesetzt, hing in den Gardinen, der Tagesdecke, an den Tapeten. Hatte sich ins Gemäuer gefressen. Ein saurer Geruch, und doch vertraut.

Ihr Vater lag mit dem Rücken zu der Mutter. Die Decke hatte er so eng um sich geschlungen, dass Margret schnell klar war, dass es hier keinen Platz für ein kleines Mädchen gab. Dass es nicht passieren würde. Also schloss sie die Tür wieder. Ließ die kleinen Füße rückwärtsgehen. Öffnete die nächste Zimmertür. Aus der Dunkelheit leuchteten ihr Ingrids Augen weiß entgegen.

»Was machst du hier? Du weckst das halbe Haus auf«, zischte sie.

»Ich habe schlecht geträumt«, antwortete Margret. »Darf ich mich zu dir legen?«

»Bist du verrückt? Na komm, geh zurück in dein Zimmer, leg dich hin. Nachts muss man schlafen.«

»Nur ganz kurz.«

»Margret, du hast dein eigenes Zimmer, ein warmes Bett, und nichts da draußen donnert oder blitzt. Nun geh.«

So erinnert sich Margret an ihre ältere Schwester und an ihr eigenes Herz, das nicht länger aus der Brust zu springen drohte, sondern sich plötzlich zusammenzog, ganz klein wurde und schrumpelte, als sei es eine Auster, über die jemand Zitronensaft geträufelt hätte, um zu sehen, ob sie noch lebte.

Rückzug. Rückzug in das Zimmer, in dem sie sich nicht mehr vor dem gierigen Huhn, sondern vor neuen Träumen fürchtete. Mit nassen Augen und die Decke fest an den Körper gezogen, Blick zur Tür. Die sich schließlich öffnete.

Es war Bernhard mit seinem Teddy, dem ein Knopf fehlte; Franz, der in einem der Pappkartons im Nachlass-Container liegen müsste.

»Rutsch mal rüber«, flüsterte er.

»Vati darf dich hier nicht finden«, flüsterte sie zurück.

»Das weiß ich«, sagte er und schlüpfte unter die Decke, der Teddy zwischen ihnen als einäugiger Zeuge.

»Noch ehe Vati aufsteht, bin ich wieder weg«, sagte er.

Und das stimmte. Sobald der Vater morgens hustete, wurde auch Bernhard wach. Niemand in dieser Familie hatte einen tiefen Schlaf.

Er legte seinen Zeigefinger auf die Lippen, Margret machte es ihm nach. Zu keinem ein Wort. Sonst gibt's Ärger.

19

Rita steht vor der Tür. Sie trägt eine schwarze Sonnenbrille und ein Kopftuch aus Seide, das wohl ein wenig Grace Kelly erschaffen soll, doch Margret muss spontan an die Bäuerinnen auf den badischen Wochenmärkten denken.

Es ist ein Auftritt der Kavallerie. Ein Korb mit Croissants und Marmelade, Brötchen und Thunfischpaste, Obstsalat und einer Flasche Sekt. Das Leben feiern, wenn es am schlimmsten ist. Ein Trotz, ein Konter, eine Revolte. Vielleicht auch einfach nur Langeweile und ein Vorwand zum Trinken. Oder Freundschaft.

Margret lässt Rita hinein. Rita, die nie ihre Schuhe im Flur auszieht, weil es ihr unmöglich ist, sich auf Strümpfen fortzubewegen. Rita, ihre beste Freundin, bei der sich Margret manchmal fragt, ob sie auch dann Freundinnen geworden wären, wenn sie sich erst Jahre später kennengelernt hätten.

»Setz dich hin und lass dich bedienen«, sagt Rita, die die Schubladen des Hauses kennt und mit Selbstverständlichkeit den Tisch deckt.

»Du musst mich nicht schonen«, sagt Margret. »Ich arbeite derzeit nicht. Ich koche nicht, und ich putze nicht, weil ich keinen Dreck mache. Ich mache eigentlich gar nichts.«

Rita zuckt mit den Schultern. »Auch das kann sehr anstrengend sein.«

Es gibt kein Sektkorkengeknalle, es gibt einen Schraubverschluss. Rita schenkt ein, und Margret fragt, ob sich das denn gehöre.

»Wer Probleme hat, der trinkt«, sagt Rita.

»Wer Sekt trinkt, der feiert«, sagt Margret, doch ihre Freundin schüttelt den Kopf, hebt das Glas, nickt ihr zu und trinkt mit spitzen Lippen. Margret soll jetzt reden, soll ihr Herz ausschütten. Reden über Gert und die Kinder, über die Tagebücher ihrer Mutter und was sie mit ihr gemacht haben, über den einfältigen Bruder und die nicht zu erreichende Schwester. Irgendwo liegt der Hund begraben, und Rita will nicht eher ruhen, bis. Aber Margret will nicht reden, also redet Rita. Über Hermann, den sie beim Tanzen kennengelernt hat. Über ihre Schüler an der Volkshochschule. Darüber, dass sie sich nicht für neue Fliesen für das kleine Badezimmer entscheiden kann, denn, seien wir einmal ehrlich, es werden die letzten Fliesen sein, die sie in diesem Badezimmer.

Schließlich fragt Rita nach den Papieren. Patientenverfügung und Testament. Ob Margret sich schon Gedanken gemacht habe. Hat sie nicht. »Du solltest auf alles gefasst sein«, sagt Rita, aber viel mehr kann sie dazu auch nicht sagen, da sie sich selbst noch keine Gedanken gemacht hat, es jetzt jedoch bald tun wird, die Fliesen im Badezimmer und so weiter. »Weißt du, wie er beerdigt werden will?«, fragt sie, und Margret sieht sie strafend an, doch Rita zuckt wieder mit den Schultern. Es ist nicht von der Hand zu weisen, dass.

»Weißt du, was das hier ist?«, fragt Margret stattdessen und legt die Schnitzerei aus dem Werkraum auf den Tisch. Rita nimmt das helle Holz in die Hand, zuckt noch einmal mit den Schultern und legt es zurück. »Soll man sich damit irgendwo kratzen? Oder es sich einführen?« Margret seufzt und stellt das L zurück ins Bücherregal, während Rita ihre cremefarbene Handtasche öffnet und einen Zettel herauszieht. Feierlich entfaltet sie ihn und schiebt ihn über den Tisch ihrer Freundin zu.

Eines der letzten großen Geheimnisse, die sie in diesem Alter noch teilen.

Kurz fühlt sich Margret wie damals als Schülerin, als ihr im Unterricht Botschaften zugesteckt wurden, kleine Zettel, die verboten waren und auf denen so wichtige Nachrichten standen, dass sie auf keinen Fall bis zur nächsten Pause warten konnten.

Margret braucht einen Moment, um zu verstehen, was Rita ihr da mitgebracht hat. Die schlürft am Milchkaffee, nippt am Sekt, streicht Marmelade auf ein Croissant und beißt hinein. Kaut, krümelt, nippt wieder und sagt nichts.

Es ist eine Todesanzeige. Elisabeth Neumann ist gestorben. Sie wurde 92 Jahre alt. Ein gutes Alter zum Sterben, sagt der Volksmund, der viele dumme Sachen sagt.

»Ist das seine Mutter?«, fragt Margret, und Rita nickt.

Die Beerdigung findet in einer kleinen Kapelle statt, an der Margret oft vorbeigefahren ist, wenn sie die Kinder zum Sport brachte, die sie jedoch nie betreten hat. Hinter der Kapelle liegt ein Wald mit Joggern und Radfahrern und nicht-angeleinten Hunden.

Der Wunsch, dass sich etwas in ihr rühren möge. Dass sich eine Tür öffnet, einen Spalt breit, und Licht hineinlässt. Dass es doch noch etwas geben könnte, auf das sie wartet. Etwas, vor dem sie sich fürchtet, auf das sie sich freut, etwas, das eine Saite in ihr erklingen lässt und irgendetwas mit ihr macht, mit ihr selbst, und nicht nur mit denen, die sie umgeben und die sie gezeugt hat.

»Wirst du zu der Beerdigung gehen?«, fragt Rita. Sie steht auf, öffnet die Terrassentür, stellt sich hinaus in das undefinierbar graue Wetter und zündet sich eine Zigarette an. In der Hand noch das Sektglas, ein gealterter Filmstar, eine Schauspielerin aus Cannes. Eine Volkshochschullehrerin für Französisch.

Margret betrachtet ihre Freundin, ihre stolz rauchende Freundin, die sie so sehr bewundert, obwohl sie in all den

Jahren nichts zustande gebracht hat, nicht einmal einen schmalen Band in einem Bücherregal. Eine Bewunderung fürs bloße Sein und Sosein.

»Wirst du zu der Beerdigung gehen?«, fragt Rita noch einmal. Margret schüttelt den Kopf. Es wäre ungehörig. Sie hat Elisabeth Neumann nicht gekannt, ist ihr nie begegnet. Weiß nur dank Rita, wer sie überhaupt ist. Sie kann nicht zu dieser Beerdigung gehen. Doch dort würde sie Andreas sehen.

20

Als Margret Andreas zum ersten Mal begegnete, bemerkte sie ihn zunächst gar nicht. Aber es reichte ja völlig, dass er sie bemerkte.

Sie nahm teil an einer Führung durch die Universitätsbibliothek, während er einen Stapel Bücher zurückgab. Als sich die Gruppe auflöste und Margret unbeholfen in ihren Unterlagen blätterte, stellte er sich schräg hinter sie, so dass sie sich umdrehen musste, als er sie ansprach: »Sie müssen entsetzlich dumm sein.«

Margret drehte sich um, der Blick wanderte nach oben, ins Gesicht des großen, blonden Mannes, der triumphierend lächelte.

»Bitte, was haben Sie gerade gesagt?«

»Sie sind vermutlich die älteste Studienanfängerin, die ich je gesehen habe«, sagte er.

Margret lachte und erklärte sich.

Der Mann, der sich als Andreas, Literaturdozent,

vorstellte, lud sie auf einen Kaffee in das Bibliothekscafé ein. Er sagte, dass er sich für ihre Promotion interessiere, dabei interessierte er sich vorrangig für Margrets Beine, doch die nahm diese Lüge gerne in Kauf, um dem blonden Mann in den seelenlosen Bereich voll Plastikstühlen zu folgen, der als Café bezeichnet wurde.

Bereits der Moment, in dem sich Andreas mit zwei Pappbechern mit schwarzem Kaffee neben sie setzte, fühlte sich wie ein Betrug an. Wieso ließ sie sich von einem fremden Mann zu einem Kaffee einladen? Schnell erzählte sie von Gert und von Michael. Davon, dass sie gerne noch ein zweites Kind hätten, aber dass sie doch noch etwas Eigenes bräuchte jenseits von Haus und Kind und Garten, etwas für den Kopf, daher die Promotion, und ihr Mann, der unterstütze sie dabei hundertprozentig, das Thema liege ihm ja selbst am Herzen, der Wald als Motiv in der deutschen Literatur des 19. und 20. Jahrhunderts, wozu auch immer diese Promotion einmal gut sein solle. Irgendwann war Andreas' Kaffee ausgetrunken und Margrets kalt.

»Du musst nicht ganz so deutlich werden«, sagte Andreas schließlich.

»Was meinst du?«, fragte sie.

»Wir sitzen hier in der Uni-Bibliothek. Ich werde schon nicht über dich herfallen.«

Sie errötete. »Klinge ich so, als würde ich …?«

»Sicher tust du das. Und das weißt du im Grunde auch. Aber sei unbesorgt. Ich bin frisch verliebt und so glücklich, wie man nur sein kann. Ehrlich gesagt hätte ich es nicht für möglich gehalten, dass ich noch einmal so glücklich sein könnte.«

»Wie schön«, sagte Margret, gekränkte Eitelkeit leise pochend.

Wie oft hat sie diese erste Begegnung noch einmal gedanklich durchgespielt. Wie oft sich bessere, originellere Antworten zurechtgelegt. Damals war jede ihrer Reaktionen für Andreas vorhersehbar, jedes Pong geplant auf sein Ping.

So erkundigte sie sich an dieser Stelle des Gesprächs nach »der Glücklichen«. Der Vollständigkeit halber: eine Studentin, fünf Jahre jünger als Margret, unverheiratet und kinderlos, versteht sich. Aber das war im Grunde auch vollkommen egal, denn am Ende war es Margret, die sich für das nette Gespräch bedankte, in dem es schließlich nicht nur um Liebe, sondern auch um Literatur ging, und die scheinbar nebensächlich erwähnte, wie schön es doch wäre, dieses Treffen zu wiederholen. Sie war verzweifelt und hoffnungslos gelangweilt, was Andreas nicht entging. Also wünschte er ihr viel Glück für ihre Promotion und entschied sich als letztes Ping dafür, es dem Zufall zu überlassen, ob und wann man sich zum nächsten Mal über den Weg liefe. Er verabschiedete sich und ließ eine Margret zurück, die sich mit einem Mal daran erinnerte, wie sie einmal gewesen war in der Zeit vor Mann und Kind, die sich frisch fühlte und neugierig war auf das Leben mit all seinen Wendungen.

Sie hatte kein sexuelles Interesse an Andreas. Was sie erregte, war das Interesse an ihr selbst. Als eigenständiger, unabhängig existierender Mensch, der imstande war zu erleben, zu überraschen und überrascht zu werden. Sie fühlte sich begehrt, interessant und dazu in der Lage, etwas Großes zu schaffen. Sie fühlte sich gesehen, und es war ein schmerzhafter Prozess, der viele Jahre dauerte, sich von diesem Gefühl zu verabschieden und zurückzufinden zu ihrer alten Mausgrauhaftigkeit, zu einem Alltag, in dem man morgens aufstehen und nachsehen musste, ob noch genug Brot fürs Frühstück da war.

Andreas war ihr Geheimnis, ihre verbotene Schublade, die Gert nie zu sehen bekommen sollte. Nie sind sich die beiden Männer begegnet, obwohl sich Margret sehr wohl darum bemüht hatte. Schließlich war er nicht der erste und bis zu diesem Tag einzige Mann gewesen, der ihr gefiel.

Es gab diese Männer, groß gewachsen, volles Haar und marineblaue Pullover tragend, belesen, an Theater und Kino interessiert, Rotwein trinkend, Hunde haltend. Die Sorte Männer, die schnell gefällt. Aber Margret weiß, dass auch sie ihre Sätze irgendwann gesagt haben, dass Gewöhnung eintritt und auch ein kastenförmiger Brustkorb kein Garant für befriedigenden Beischlaf ist. Allerdings ist Sex mit einem fremden Körper schon allein dadurch gut, dass er fremd ist. Eine Eroberung. Anstrengend ist es, in dem allzu Bekannten und Vertrautem immer wieder das Neue zu entdecken. Ein neuer Körper macht es einem leicht, auch wenn es am Ende auf eine Enttäuschung hinauslaufen sollte. Und doch: Sie ist Gert treu geblieben in all den Jahren. Und das wirft sie sich in manchen Momenten vor. Nicht mutig genug gewesen zu sein. Das Leben einfach abgesessen zu haben und sich am Ende fragen zu müssen, was ihr wohl entgangen sein mag. Was wäre schon dabei gewesen, das eine oder andere Mal? Es heißt, Gelegenheit macht Diebe, nur Gelegenheiten gab es so selten in dieser Zeit der Kinderaufzucht und des Unkrautjätens. Nur Andreas hat es gegeben, und noch jetzt fragt sie sich, ob sie ihn wirklich geliebt hat, an manchen Tagen immer noch liebt, oder ob die Tatsache, dass er Interesse an ihr gezeigt hat, nur er allein in diesen vielen Jahren, dazu ausreichte, aus ihm einen bösen Geist zu machen, der sie immer noch heimsucht.

In Gedanken hat sie sich allerlei ausgemalt, aber sich dafür schuldig zu fühlen würde zu weit gehen.

Sie hat die interessanten Männer eingeladen und ihre Frauen dazu. Sie hat sie Gert vorgestellt, und manche von ihnen sind heute Freunde, und nach den vielen Gesprächen über Bücher und Politik und den letzten Tatort und neue Wanderwege, über die bevorstehende Scheidung und das Studium der Kinder kann Margret nicht mehr begreifen, was sie einst in diesen Männern gesehen hat.

Nur bei Andreas war es anders. Auch ihn hatte Margret eingeladen. Zu ihrer Geburtstagsfeier, zu einem Sommerfest im Garten. Die Partnerin, wer auch immer sie gerade war, war ebenfalls willkommen. Aber erschienen ist er nie. Gert hat sie gesagt, dass sie noch ein paar *Leute von der Uni* einladen wolle, aber gekommen ist am Ende keiner.

Gert hat Andreas Neumann nie kennengelernt. Nie ist der Namen am Tisch gefallen, nie hat sie von ihm berichtet. Nie ist etwas zwischen ihnen vorgefallen. Keine unsittliche Berührung, kein Kuss. Wenn sie sich trafen, standen sie verlegen voreinander, weil sie sich anders als die anderen befreundeten Studenten, Dozenten, Menschen in ihrem Alter kaum trauten, sich zur Begrüßung in die Arme zu nehmen.

21

»Ich würde die Sache gerne verschieben, es erscheint mir unpassend«, sagt er.

Die Sache. Als ginge es hier um einen Termin, den es abzuhaken gilt. Wobei – letztlich geht es doch genau darum.

»Du hast noch vier Wochen«, sagt Margret, aber das ist keine Antwort. »Er würde es sich wünschen«, sagt sie dann noch.

»Er würde sich wünschen, dabei zu sein«, sagt Michael, und Margret sagt nichts.

Soll sie ihm dazu raten, eine Ehe zu schließen, die ihn laut Statistik (irgendeiner) vermutlich unglücklicher statt glücklich macht? Von der anzunehmen ist, dass sie ihn langweilt, dass er sich selbst brachlegt und am Ende in der Konvention erstickt? Aber was ist die Alternative? Allein geboren, um allein zu bleiben, allein zu sterben? Sollte sie ihn nach einem Ehevertrag fragen, nach irgendeinem Notausgang? Und was, wenn er diese feste Bahn braucht und wenn diese Ehe ihn – schwer vorstellbar, aber doch möglich – nicht unglücklich macht, sondern ruhig? Den inneren Sturm besänftigt und Platz schafft im Kopf? Vielleicht ist er nun einmal so und ganz anders als sie. Oder: Er ist ihr sogar sehr ähnlich. Und findet weder den Mut noch die richtigen Worte, um sich aus der Situation zu lösen. Aus Angst vor dem, was danach kommen könnte, aus Unsicherheit und vielleicht sogar aus Bequemlichkeit? Der Spatz in der Hand.

Draußen singen die Vögel, und Margret weiß nicht

einmal, ob Spatzen singen können, und wenn ja, wie sich das anhören würde. Sie kennt keine Vogelstimmen, keine Vogelrufe, nur der des Eindringlings ist nicht zu überhören: Kuckuck.

Michael beendet das Telefonat, und nichts ist gesagt. Margret geht ins Badezimmer und dreht den Wasserhahn auf. Gleichmäßig rauscht das Wasser in die Wanne, mehr noch als das Bad selbst genießt sie immer diesen Augenblick. Sie zieht sich aus, es ist noch Vormittag, und durch die Jalousie scheint gedämpft das grelle Licht, das die Erde weiter dürsten lässt ohne Rücksicht auf die Landwirte. Sie vergisst Shampoo und Seife, um Reinlichkeit geht es nicht, sie steigt ins Wasser, taucht unter, hört es in den Ohren rauschen. Bleibt so und bleibt. Bis sie den Drang verspürt, Luft zu holen. Und bleibt. Feige gewesen ein Leben lang. Aus Unsicherheit und Zweifel. Langsam tut es weh, sie schüttelt ihren Kopf und öffnet die Augen, sieht den Wasserspiegel über sich, bleibt noch einen Moment. Taucht dann auf, prustend, nach Luft schnappend. Dreht den Wasserhahn zu, streicht sich die nassen Haare nach hinten, atmet schwer. Im Wohnzimmer klingelt das Telefon. Margret lässt es klingeln und hört, wie der Anrufbeantworter anspringt.

»Mama?«

Es ist Anna.

»Ich schaffe es nicht am Wochenende, ich muss zu Roman nach Berlin, hatte ich dir das schon gesagt, ich weiß es nicht mehr? Es tut mir leid, es ist gerade schwierig, ich bin etwas durcheinander.«

Margret steht auf und steigt aus der Wanne. Sie vermeidet den Blick in den Spiegel, als sie zum Handtuch greift und es um ihren weichen Körper schlingt. Sie wickelt ihre Haare in ein kleineres Handtuch, ein wackeliger Turban, den sie auf ihrem Kopf ins Arbeitszimmer balanciert. Dorthin, wo noch immer der Computer leuchtet. Sie tippt die Maus an, setzt sich und fängt an zu schreiben.

Die Liebe meiner Tochter

Bahnhöfe sind Nicht-Orte. Weiße Flecken auf dem Stadtplan. Niemand will hier sein. Alle wollen nur weg. Rein in die Stadt oder aus ihr heraus. Anna sitzt in einem Nicht-Café an einem Nicht-Ort. Niemand trinkt hier freiwillig Kaffee, alle schinden nur Zeit. Anna fragt sich, ob ein Treffen in einem Nicht-Café an einem Nicht-Ort ein Nicht-Treffen ist.
Sie ist schlecht vorbereitet. Wie viel Vorbereitung kann ein Autor erwarten, mit dem man sich zum Interview trifft? Mehr als das Lesen des Wikipedia-Eintrags, sicherlich. Aber muss man tatsächlich alle seine Bücher kennen? Dazu noch all die Gespräche, die er im Laufe seines Schaffensdaseins geführt hat? Die Familiengeschichte (schwieriges Verhältnis zum Vater, Alkoholiker, Choleriker, irgendwas. Mutter mit einem anderen durchgebrannt, drogenabhängig, kaltherzig, irgendwas)? Das private Scheitern (Scheidung, Affären, Spielsucht, Geldprobleme, Alkoholsucht, ganz der Vater, irgendwas)? Dazu sämtliche Spleens (Schuhe müssen morgens im rechten Winkel zum Bett stehen, auf dem Tisch immer frische Lilien, jeden Tag eine neue Zahnbürste)? Wie sehr muss man sich für eine Person interessieren, der es doch allein darum geht, sich im Gespräch selbst zu inszenieren und ein Buch zu vermarkten?
Es gibt diese Geschichte aus der Redaktion: Einmal gastierte

Günter Grass in der Stadt. Der Chef-Feuilletonist war im Urlaub, sein Stellvertreter krank. Die anderen beiden? Verhindert. Theaterpremiere und Musikfestival, beides »näher dran am Leser« als Günter Grass. Also begab sich der, der ins Theater musste, auf die Suche nach jemandem, der bereit wäre, Günter Grass zu interviewen. Fand aber keinen. Nicht mal unter den Volontären. Alle weggeduckt. Niemand wollte sich die Blöße geben, es mit einem Grass aufnehmen zu müssen, wo man es doch selbst nicht über die »Blechtrommel« hinausgeschafft hatte, womöglich sogar nur den Film kannte. Und sich im Hauruckverfahren noch schnell durch die »Rättin« und die »Unkenrufe« quälen? Bei den paar Lesern, die es tatsächlich interessierte? Unverhältnismäßig. Statt eines Interviews daher: einfacher Termin für einen freien Mitarbeiter und einen Fotografen, Grass in der Stadthalle, volles Haus, alle begeistert, alter weiser Sozialdemokrat mit Pfeife, Applaus, Applaus, Applaus, schön-schön.
Anna redet sich heraus. Der Autor, mit dem sie verabredet ist, hat gerade mal ein Buch geschrieben. Ein einziges. Das hätte sie schon lesen können. Die Zeitung berichtet über ihn, weil er von hier kommt. Lokaler Bezug.
Das Buch heißt: »Golden Boy«. Es liegt auf dem vollgekrümelten Nicht-Café-Tisch vor ihr. Anna blättert darin herum, bleibt an einzelnen Passagen hängen, weiß doch, dass die Zeit für eine richtige Lektüre nicht mehr reichen wird. Sie kennt die Besprechungen, die grobe Richtung, und tatsächlich auch den Wikipedia-Eintrag. Sie kennt kaum: Stil, Aufbau, Entstehung. Sie wird den Trick anwenden, den sie bei Wissenschaftlern anbringt, deren Forschung sie nicht einmal im Ansatz versteht: Sie wird die Schuld auf den Leser schieben. Für den müssten sie so einen komplexen Stoff ja »herunterbrechen«. Und so leid es ihr

auch tue, dass Herr Havermann, denn so heißt der Autor: Roman Havermann, und ob er Lust auf Wortspiele hat, wird sich noch zeigen. So leid es ihr auch tue, dass er nun zum hundertsten Mal dieselbe Frage beantworten müsse, aber noch kennen ja nicht alle unsere Leser das Werk, also noch einmal: Wie sind Sie auf die Idee zu Ihrem Buch gekommen?

Die langweiligste aller Einstiegsfragen, die Anna jedoch die Möglichkeit weniger langweiliger Nachfragen eröffnet und den Interviewpartner erst einmal zum Reden bringt, während das Smartphone alles aufzeichnet und Anna noch etwas Kaffee trinken kann, ehe der kalt wird.

Roman Havermann kommt und enttäuscht. Der Zug aus Berlin hat ihn hierhergebracht, denn in Berlin sitzt der Verlag, in Berlin hat er eine kleine Wohnung, aber hauptsächlich wohnt er hier – noch, wie Annas Kollege sagt. Denn Havermann sei auf dem Sprung, wolle ja noch was werden, und hier – hier werde man nun mal nichts.

Anna wollte widersprechen, denn auf ihrem Nachttisch stapeln sich Bücher von Autoren aus der Provinz, von Berlin hat man doch nun wirklich genug; da leben zwar dreieinhalb Millionen, aber die meisten Menschen eben halt nicht, und genau die finden sich viel eher in der Tristesse der niedersächsischen Provinz wieder, im Ruhrpottdreck oder in schwäbischer Einsamkeit. Gesagt hat Anna das allerdings nicht. Sie ist ja noch Volontärin, ihre Meinung ist nicht gefragt.

»Guten Morgen, Sie müssen die Frau von der Zeitung sein.«

Anna lächelt. Ja richtig, das ist sie. Und die Frau vom Internet, denn die Zeitung stirbt, aber das sagt sie nicht.

Roman Havermann sieht anders aus als auf dem Buchumschlag und bei Wikipedia. Gut, das sind Schwarz-Weiß-Fotos, und jeder sieht in Schwarz-Weiß besser aus als in Farbe. Außerdem trägt er auf den Fotos keine Brille. Wahrscheinlich hat der Fotograf ihm gesagt, dass er mit Brille aussieht wie eine Eule und er sie daher absetzen solle. Schade, dass er Roman Havermann nicht von Kontaktlinsen überzeugen konnte. Ebenfalls unangenehm: Roman Havermann schwitzt. Er trieft förmlich. Und förmlich entschuldigt er sich dafür: »Die Klimaanlage im ICE.« Ja klar. Im Winter die Heizung kaputt, im Sommer die Klimaanlage. Sie haken das mit einem »Aber immerhin war der Zug pünktlich« ab. Roman Havermann nickt und tupft sich mit einem Taschentuch die Stirn trocken, auf der mehrere Strähnen seiner dunklen Haare kleben. Gegen die feuchten Flecken auf dem weißen Hemd hilft kein Taschentuch der Welt.

Was hatte sie nur erwartet? Was trägt denn so ein Schriftsteller? Alles! Wäre wohl die richtige Antwort. Warum tut er es dann nicht, sondern presst sich in das Outfit eines Jungmanagers? Schriftsteller im 21. Jahrhundert. Auch nur ein Unternehmer. Mit sehr wenig Geld.

Havermann bestellt sich Mineralwasser. Ein Scheibchen Zitrone, mehr ist nicht drin. Anna stellt ihre dumme Frage. Er antwortet brav, blickt dabei auf sein Wasserglas, an dessen Rand sich Luftblasen lösen, nach oben steigen und lautlos zerplatzen. Loslabern, jetzt. Die Diktier-App auf dem Smartphone läuft. Er sagt das hier: »Die Idee zu ›Golden Boy‹ kam mir bei der Beerdigung meiner Mutter. Zuvor war es mir nicht möglich, auch nur eine Zeile zu schreiben.«

»Wegen der exzessiven Gewaltszenen in ›Golden Boy‹?«

»Nein.«

»Wegen der exzessiven Sexszenen in ›Golden Boy‹?«

»Nein. Wegen allem. Schreiben offenbart so viel von einem selbst,

dass es mir unerträglich gewesen wäre, meiner Mutter das Gefühl zu vermitteln, sie habe Einblick in mein Wesen.«

Roman Havermann grinst.

»War der Tod Ihrer Mutter so etwas wie eine Erleichterung für Sie?«

»Künstlerisch gesehen: ja. Der Tod nahestehender Personen schafft neue, inspirierende Freiräume.«

»Wird Ihr Vater dieses Interview lesen?«

»Davon gehe ich aus.«

»Und wird er Sie nicht als kaltherzig empfinden?«

Roman Havermann zuckt mit den Schultern. »Er kennt mich und kann das einordnen. Ich sage ja nicht, dass ich nicht um meine Mutter getrauert habe. Der Tod meiner Mutter hat mich tief bewegt. Auch das war sicherlich gut für mein schriftstellerisches Schaffen. Aber insgesamt ist es doch eine große Last, die einem nach dem Tod der eigenen Eltern von den Schultern fällt. Ich bin mir sicher, es gibt Studien darüber, dass viele unglückliche Ehen erst dann gelöst werden, wenn die eigenen Eltern beerdigt sind. Wenn es endlich niemanden mehr gibt, vor dem man sich für das eigene Scheitern rechtfertigen muss.«

»Was ist mit den Scheidungskindern?«

»Die kriegen doch täglich mit, wie sich das unglücklich verheiratete Paar angiftet. Jeden Tag Geschrei und Gebrüll. So schlimm die Trennung der Eltern für Kinder auch sein mag – vorher war es auch schon schlimm.«

»Herr Havermann, ist es möglich, Künstler zu sein und trotzdem ein glückliches Leben zu führen?«

»Nein. Das ist völlig unvereinbar.«

22

Es zischt, und es piept, und es surrt, und es blinkt, und Margret hat sich für einen knielangen schwarzen Rock, blickdichte Strumpfhosen und einen dünnen Baumwollpullover entschieden, der ihren faltigen Hals bedeckt.

»Gewöhn dich nicht an diesen Anblick«, sagt sie und lächelt. Aber Gerts Gesicht bleibt starr. Eine wächserne Maske. Margret legt ihre Hand auf seine, hält die Berührung jedoch nicht lange aus. Ein Gefühl, als würde sie über einen Stein streichen. Kurz dreht sie sich um, als müsse sie sich vergewissern, dass sie tatsächlich allein sind. Dann beugt sie sich vor und flüstert: »Die Zeiten ändern sich, alter Mann.«

Eine kurze gemeinsame Erinnerung. Gert mit vollem Haar und sie mit Taille. Bier in Bechern und das Publikum textsicher.

Es war Juli, als sie und Gert mit dem Auto nach Nürnberg fuhren. Eigentlich wollten sie zusammen mit Freunden zu dem Dylan-Konzert, aber die einen wollten trampen, die anderen den Zug nehmen, doch der war teuer, dann halt nur mit Regionalzügen? Viel zu kompliziert. Gert hatte schließlich den VW Passat seines Vaters »geborgt«. Sein Vater wusste von nichts und hatte sich später, als er es herausfand, furchtbar aufgeregt.

Alles, was auf dem Zeppelinfeld geschah, erlebte Margret im Rausch. Die Luft roch so süßlich, dass es genügte, tief einzuatmen, um abzutauchen in eine andere Welt.

Der Himmel färbte sich rosa, als das Konzert begann und

80 000 der Vergangenheit den Rücken kehrten und sich Dylan zuwandten. Dann erklangen die ersten Töne von *She's Love Crazy*. Margret hörte das halbe Konzert mit geschlossenen Augen. Sie dachte an Gerts Vater und die VW-Passat-Fahrer im Allgemeinen, die niemals verstehen würden. Sie lachte, und Gert sah sie an mit einem Blick, der ihr sagte, dass auch er nicht verstand, ihm das aber nichts ausmachte, so wie es ihm auch nichts ausmachte, als sie schließlich fiel und er sie auffing, sie fortbrachte zu einem Platz, an dem keine Rockgeschichte geschrieben wurde; dafür gab es Luft zum Atmen. Er legte sie ins Gras, sie öffnete die Augen, über ihr die schwarzen Blätter eines Baums, dahinter der Nachthimmel und die Sterne. »Es tut mir leid, es tut mir so leid«, sagte sie, und er schüttelte nur den Kopf, lehnte sich gegen den Baumstamm, schlug die Beine übereinander und legte einen Arm um sie. »Hör doch«, sagte er. Und sie hörte das Rauschen der Blätter und die Musik, die nun nicht mehr unmittelbar auf sie eindrosch. So blieben sie schweigend sitzen, bis das Konzert endete, und dann noch eine ganze Weile.

»Bist du wirklich dabei gewesen?«, fragt sie ihn. Ihre Worte klingen hohl in dem Raum. »Waren das wirklich wir?« Sie dreht sich noch einmal um, niemand zu sehen, die Tür zum Flur ist dick, nichts ist zu hören. Keine Schritte, keine Unterhaltung, nichts. »Schau, was ich immer bei mir habe, wenn ich zu dir komme«, sagt sie und kramt das kleine Fläschchen Japanisches Minzöl aus der Handtasche. »Es ätzt mir die Haut weg, aber so geht es. So kann ich zu dir kommen, ohne dass mir schlecht wird.« Sie lächelt und steht auf, streicht sich den Rock glatt. »Ich werde jetzt zu der Beerdigung einer Frau gehen, die ich nie kennengelernt habe«, sagt sie. »Ich könnte es dir vielleicht erklären. Ich glaube, du könntest es verstehen.« Sie knöpft ihren Mantel zu und nickt Gert zu. Sie ekelt sich davor, seine graue Stirn zu küssen, kalte feuchte Froschkönigshaut.

»Es hat nichts mit dir zu tun«, sagt sie. »Es geht nicht um dich und nicht um uns. Wenn ich es richtig erkläre, dann könntest du es verstehen.«

23

Eines Tages hatte Margret in der Universitätsbibliothek gesessen, hatte Bücher für eine Promotion gelesen, an die sie schon lange nicht mehr glaubte, war schläfrig gewesen, wie sie es in dieser Zeit häufiger war, als Andreas auf sie zukam mit schnellen Schritten und voller Leben. Er gab ihr ein Zeichen, ihm nach draußen zu folgen, denn in der Universitätsbibliothek musste man leise sein, und das, was Andreas ihr zu verkünden hatte, konnte auf keinen Fall geflüstert werden.

»Ich habe einen gefunden. Er ist zwar klein, aber für den Anfang genau richtig.« Und er nannte ihr eine Adresse und einen Namen und eine Telefonnummer. »Dein Buch wird erscheinen«, sagte er, »in einem richtigen Verlag. Und es wird in Buchhandlungen stehen, und Menschen werden es kaufen und lesen können.« Er lachte und wartete darauf, dass sie in sein Lachen einstimmte, was sie schließlich auch tat und ihm um den Hals fiel. Ihn umarmte und festhielt. Und hielt und hielt. Länger als man einen Freund halten sollte. Doch auch Andreas machte keine Anstalten, sich aus der Umarmung zu lösen. Und da der Moment, in dem es noch schicklich gewesen wäre, längst verstrichen war, verharrten sie, ehe sie dann doch aufgaben, jeder seine Arme zurücknahm, und die Wärme der Haut und der Duft des anderen sich in der unschuldigen Frühlingsluft verloren.

Verschämt standen sie voreinander. Andreas, der zu dieser Zeit eine Liaison mit einer alleinerziehenden Mutter hatte. Gern erzählte er Margret, wie er morgens mit *dem Lütten* auf dem Teppichboden puzzelte, damit dessen Mutter in Ruhe duschen konnte, und wie gut es doch funktioniere in dieser zusammengewürfelten Familie, dass es doch schön sei mit so einem *kleinen Mann.* Sie hörte ihm zu und nickte und wusste, warum er ihr davon erzählte.

Doch nun standen sie voreinander, an diesem bereits recht warmen Tag, und nicht nur sie wirkte ratlos und unsicher. Er sah sie lange an, denn es wäre an ihr gewesen, etwas zu sagen, der Ball lag schon eine ganze Weile bei ihr, doch da sie nichts tat, sagte er schließlich: »Denk wenigstens darüber nach.«

Während sie über ein Leben mit einem anderen Mann nachdachte, schleppte Gert Steine. Fuhr morgens in den Wald und nachmittags zu dem Haus, das ihm schlaflose Nächte bereitete. Hatte Schwielen an den Händen und Hornhaut an den Knien. Roch nach Schweiß und Staub und sprach wenig. Als Margret ihm erzählte, dass ein Verlag ihr Buch drucken wollte, sagte er: »Das ist schön, ich freue mich für dich.« Doch er las ihr Buch nicht, das tat er erst Jahre später. Stattdesssen verlegte er Fliesen und zersägte Holz. Er baute einen Zaun um das Grundstück, stellte eine Bank hinters Haus und sagte Sätze wie: »Im Winter werden wir es hier schön warm haben.« Oder: »Im Kinderzimmer brauchen wir viel Stauraum.« Oder: »Mit der richtigen Isolierung können wir die Musik laut aufdrehen und stören dennoch nicht die Nachbarn.« Und Margret hörte ihm zu oder auch nicht und fragte sich, wovon er sprach.

24

Ein Kiesweg führt zum Friedhof. Margret ärgert sich darüber, Schuhe mit Absatz angezogen zu haben. Aber sie wollte nicht die flachen schwarzen Schuhe anziehen. Die, die nach Einkaufsbummel durch mittelgroße deutsche Städte aussehen, nach praktisch und etwas in die Jahre gekommen. An diesem Vormittag will Margret sich noch einmal den Anschein einer Frau geben, die anziehend wirken könnte. Eine Illusion, die sie aufrechterhalten kann, wenn sie Spiegel und den Blick auf ihre faltigen Hände meidet. Doch nun wackelt jeder Schritt über die kleinen Steinchen, unbeholfen statt anmutig sieht das aus, außerdem schwitzt sie in ihrem Pullover. Denn obwohl sich die Blätter der Bäume rot und gelb und braun verfärben, ist die Sonne noch kräftig und der Himmel gnadenlos blau.

Da die Friedhofskapelle zu klein ist für alle Besucher, überträgt ein Lautsprecher das Innenleben an diejenigen, die zu spät gekommen sind, und die, die das Gefühl haben, es müsste andere geben, die Elisabeth Neumann enger verbunden waren als sie selbst.

Er ist da drinnen, erste Reihe, so muss es wohl sein, und sie ist hier draußen.

Neben Margret stehen Menschen, die sie noch nie gesehen hat. Spricht man bei einer Beerdigung von Besuchern oder von Gästen? Gäste lädt man ein, aber Elisabeth Neumann hat niemanden eingeladen.

Der Lautsprecher knistert, ein heißer Wind pfeift ums Haus. Seit dem Tod ihrer Mutter ist Margret auf keiner Beerdigung mehr gewesen. »Wir werden nun die nächsten sein«, hatte Bernhard damals mit wichtiger Miene gesagt. Sie hatte den Kopf geschüttelt und gewusst, dass Andreas dieser Satz gereicht hätte, um Bernhard für einen Trottel zu halten. Ihr Geist hielt die dümmsten Beerdigungssätze parat: »Man sieht sich nur noch auf Beerdigungen«, »Sie hätte es so gewollt«, »Am Ende war es so das Beste für sie«.

Hinter Margret bugsiert ein breiter Mann in Grün eine Schubkarre über den Kiesweg. Der Baumbestand ist alt, die meisten Gräber sind es auch. Zwischen ihnen klaffen große Lücken. Gert will hier nicht liegen. »Unter der Erde, das ist gut«, hat er ihr gesagt, »aber im Wald, ganz ohne blank polierten Marmorstein, ohne Zierpflanzen und Buchsbäume und gerade geschnittene Hecken.« In einem Bestattungswald will er beerdigt werden, eins werden mit dem Wurzelgeflecht, der eigenartigen Symbiose, die da zwischen Bäumen und Pilzen besteht. Margret hatte geantwortet: »Wenn ich sterbe, mach mit mir, was du willst.«

Aus dem Lautsprecher ertönen gedämpfte Orgelklänge. Die Musik klingt wie ein heiseres Pfeifen, aber es mag an der Übertragung liegen.

Margret könnte sich von der Gruppe entfernen. Spazieren

gehen im Grabstein-Labyrinth. Aber sie rührt sich nicht, Schweiß rinnt ihr den Rücken hinab und sammelt sich im Bund ihres Rockes.

Schließlich Stille. Räuspern, ein Gehuste, Niesen, Schnäuzen. Reißverschlüsse, die aufgezogen, zugezogen werden. Jeder Laut könnte von Andreas stammen.

Neben Margret steht eine alte Frau, der Rücken gekrümmt zu einem Fragezeichen. Tränen rollen ungehemmt über ihre Wangen, der kleine Körper wird vom Schluchzen durchgeschüttelt. Sie weint um Elisabeth Neumann. Die unbekannte tote Frau. Margrets Herz klopft wild. Aufregung und Scham und die Gewissheit, nach langer Zeit wieder etwas ganz Ungehöriges zu tun. Sie hört die Begrüßungsformel des Priesters oder Pastors oder Pfarrers, die Unterschiede kennt Margret nicht, mit der Kirche hat sie nichts zu tun, und was dieser Gottesmann zu sagen hat, das versteht sie nicht. Hört nur das allgemeine »Herr, erbarme dich«.

Bis auf das Schluchzen der alten Frau ist es still draußen vor der Kapelle. Niemand betet mit, niemand singt. Die Gärtner mit den Schubkarren sprechen miteinander. Leise, aus Respekt vor der Toten, aber ihre Arbeit müssen sie nun mal machen.

Die Stimme aus dem Lautsprecher spricht über Gott, das Leben und den Tod und was das alles mit Elisabeth Neumann zu tun hat. Der Priester-Pfarrer-Pastor sagt, wann und wo sie geboren wurde, wie ihre Eltern hießen, wo sie zur Schule ging, wann sie heiratete und wen, erwähnt die schweren Kriegsjahre, die Geburt der drei Kinder, zwei Mädchen und endlich der ersehnte Sohn, lobt ihren

Einsatz für die Gemeinde, spricht von einer kurzen, schweren Krankheit. Ein Leben in drei Minuten.

Wieder Husten, Röcheln. Vor der Kapelle ist es still, aber drinnen schallt es wie im Sanatorium.

Durch Margrets Kopf fährt ein leerer Zug. Keine Passagiere, keine Durchsagen. Weit entfernt spielt eine Orgel, werden sakrale Worte gemurmelt, Menschen beten oder auch nicht, alles zieht an ihr vorbei. Eine Fliege schwirrt durch die Luft, setzt sich kurz auf Margrets Arm, einmal nur verschnaufen, ein kurzes Päuschen machen, schon wird sie verscheucht.

Margret steht fest auf ihren dünnen Absätzen, schwankt nur leicht mit dem Wind, ein meditativer Zustand, dessen abruptes Ende, das sich durch das Öffnen der Kapellentür ankündigt, sie fast schon bedauert.

Heraus kommt eine schwarze Parade. Der Geistliche, gefolgt von sechs Trägern, die einen schlichten Holzsarg säumen und das vor der Kapelle wartende Grüppchen teilen wie Moses das Meer.

Margret macht Platz, fragt sich kurz, warum eigentlich niemand mehr schwarze Särge kauft, ob Kiefer irgendwie freundlicher wirken soll oder ob diese hellen Särge womöglich günstiger sind, da man sich den Anstrich spart. Sie ärgert sich über ihre Dummheit, über ihre Schuhe, über ihren gesamten Auftritt, und dann sieht sie Andreas.

Er geht gleich hinter dem Sarg und führt den Trauerzug an. So schnell läuft er an ihr vorbei, dass sie kaum sein Gesicht sieht, doch seine Statur, seine leicht nach vorne gebeugte Körperhaltung, als würde er gleich zum Sprint ansetzen, dazu die hastenden Schritte – all das ist er, all das macht ihn aus. Und all das konnte ihm auch die Zeit nicht nehmen.

Neben Andreas geht eine Frau, die eine Schwester sein kann, eine Ehefrau oder eine Geliebte. Die Wahrheit ist, dass es Margret nicht interessiert. An Andreas' Seite hat es immer Frauen gegeben, so wie es immer Gert an ihrer Seite gab. Die Partner des anderen – sie hatten nie etwas mit ihnen zu tun. Sie waren Teil einer anderen Welt. So hat sie es immer empfunden, und sie bildet sich ein, dass es Andreas nicht anders ergangen ist. Im Gegenteil: Mit Interesse hat sie seinen Berichten über die aktuelle Freundin gelauscht, immer wieder nachgefragt, gerne auch intime Details gehört. Oft haben sie gelacht über missglückte Gespräche oder naive Ansichten dieser Frauen, oft hat Andreas auch geschwärmt von ihnen, aber eifersüchtig ist Margret nie gewesen. Nicht, solange Andreas noch um sie war, ihr Aufmerksamkeit schenkte, Zeit mit ihr verbrachte und verbringen wollte. Sollte er doch mit der ganzen Welt schlafen. Solange sie nicht mit ihm schlief, blieb sie die verbotene Frucht und damit attraktiver als alle Frauen, mit denen er das Bett geteilt hatte.

Doch dann passierte etwas, sie weiß bis heute nicht, was es war. Andreas entfernte sich von ihr. Sie schien ihm lästig geworden zu sein, und da brannte es in ihr wie Feuer. Dass er sich nicht mehr für sie interessierte, keinen Wert mehr auf ihre Meinung legte, dass er sie nicht mehr in das Café in der Uni-Bibliothek einlud und ihre Anrufe ignorierte – das schmerzte. Zu lange hatte sie mit ihm gespielt, ihn an sich herangezogen und wieder weggestoßen. An manchen Tagen wäre sie bereit gewesen, alles hinter sich zu lassen. Ihren

Mann und – schmerzlicher – auch die Kinder. Die Sehnsucht war übergroß und erschien ihr nur wenige Tage später kümmerlich. Der Gedanke an eine ernsthafte Beziehung mit Andreas war absurd, es war offensichtlich nicht möglich, für eine längere Zeit glücklich mit ihm zu sein. Glücklich mit ihm war sie nur, solange alles in der Schwebe blieb.

Der Kies knirscht unter den Schritten des Trauerzugs, Margret reiht sich ein. Die Karawane zieht durch den künstlichen Irrgarten, bewegt sich umständlich um kleine Karrees voll Immergrün und pflegeleichten Pflanzen, bis sie ein frisch ausgehobenes Erdloch erreicht.

Margret stellt sich an den äußersten Rand der Menschentraube, die dabei zusehen will, wie der Sarg an Seilen in das Loch gelassen wird und jeder der Reihe nach Dreck und Blumen darauf wirft.

Andreas und die Frau stehen am Kopf der Reihe, die sich gebildet hat, um im Akkord ein herzliches Beileid auszusprechen. Brav nickt Andreas jeden ab, lässt Umarmungen über sich ergehen und ebenjene Sätze: »Besser ein Ende mit Schrecken«, »Sie hätte es so gewollt«, »Dass man sich immer nur auf Beerdigungen sieht …«, »Wir sind die Nächsten«.

Unbewusst hat auch Margret sich in die Schlange gestellt. Und steht plötzlich vor Andreas, der sie aus hellen Augen ansieht. Seine Haut ist bleich, seine Wangen wirken eingefallen. Er blinzelt, aber die Augen bleiben hell und gleichgültig, die Mundwinkel ungerührt. Die Frau wischt sich mit einem Taschentuch Mascara aus den Augenwinkeln. Mit belegter Stimme sagt Margret: »Es tut mir leid.« Er nickt kaum wahrnehmbar. »Danke«, sagt er.

Dann geht sie und beendet ihren Auftritt, im Wissen, dass dies nicht das Letzte gewesen sein soll, was sie zu Andreas gesagt hat.

25

Der Text über ihre Mutter ist missraten. Selbst wenn es die Worte ihrer Mutter sind, selbst wenn der Text der Wahrheit entspricht, dann ist es doch immer noch die Wahrheit ihrer Mutter, und viel lieber möchte Margret jetzt über den braunen Lederkoffer nachdenken und das, was schon tot ist, als über alles andere im Hier und Jetzt. Margret schreibt, und es hätte ja auch so sein können.

Es war ein Herbsttag, aber noch warm genug, um bis zum frühen Abend ohne Jacke draußen zu spielen. Ingrid saß mit ihrer Puppe im Innenhof auf dem Rand des Sandkastens, sie hatte herabgefallene Ahornblätter gesammelt, die nun Püppi und den anderen Freunden, die nur sie sehen konnte, als Teller dienten. Es war ein Herbsttag und noch warm genug, als Erich nach Hause kam. Er hätte den Vordereingang nehmen und klingeln können, nach so langer Zeit hätte sich das gehört. Dann hätte meine Mutter die Tür geöffnet, und vielleicht hätte sie irgendetwas in der Hand gehalten, das ihr entglitten und auf dem Boden in tausend Stücke zerbrochen wäre. Sie hätte geweint, und meinen Vater in die Arme genommen, hätte ihn geküsst und sein Gesicht mit beiden Händen festgehalten, nur um sicher zu sein, dass auch wirklich er es war, dass er es tatsächlich zurück geschafft hatte zu ihr, dass er sie gefunden hatte in diesem ganzen

Nachkriegsdurcheinander, dass sie keine Witwe sein würde und das einst erträumte Familienleben wohl doch möglich.
Aber Erich öffnete das Gartentor, und Ingrid drehte sich nach dem Quietschen um und sah den langen Schatten eines Mannes mit großen Händen auf sich zukommen. Und als er selbige nach ihr ausbreitete und sich zu ihr herunterbeugte, sagte sie: »Hau ab, Onkel.«
Aber der Onkel haute nicht ab. Der Onkel blieb. Und Ingrid musste sich daran gewöhnen, plötzlich einen Vater zu haben. Während ihr kleiner Bruder noch in einem Alter war, in dem man mit jedem Menschen am Händchen fortging, wenn er einen nur nett anlächelte, fiel es Ingrid schwer, diesen fremden Mann in ihr Zuhause zu lassen. Keinen Bissen wollte sie mittags essen, wenn er mit am Tisch saß und Linseneintopf in sich hineinschaufelte, als ob es kein Morgen gäbe.
Sie mochte es nicht, dass Mutter jetzt abends öfters das Schlafzimmer abschloss und sie nicht mehr zu ihr ins Bett durfte. Stattdessen sollte sie diesem Mann jeden Abend einen Gutenachtkuss geben, und wenn sie nicht wollte, dann sah Mutter sie mit diesem Blick an. Also presste sie ihre dünnen Lippen fest zusammen und drückte sie trocken gegen die graue raue Haut des dürren alten Mannes, der schließlich etwas Sonderbares vollbrachte. Wo Mutter den Kindern doch beigebracht hatte, dass sie jeden Tag ein wenig älter wurden, so schien dieser Mann jeden Tag jünger zu werden. Nach ein paar Wochen war er nicht mehr so grau. Und auch nicht rau. Er rasierte sich jeden Tag, und das tat Erich bis zu seinem Tod. Er nahm wieder zu, gewann an Form und Farbe. Irgendwann sah er aus wie ein Mensch, der noch etwas vor sich hatte, und wenn sie sonntags durch das Dorf zur Kirche spazierten und dabei ihre bes-

te Kleidung trugen, dann war es so wie in den Büchern. Vater, Mutter, Kind. Ingrid begriff, dass sie nun einer mehr waren in diesem Haus und dass das auch gut sein konnte, wenn wieder Feinde kamen. Es gab doch immer Feinde in der Welt, die sie kannte. Und während Bernhard längst von »Vati« sprach und allerlei unternahm, um dessen Aufmerksamkeit auf sich zu ziehen, nannte sie ihn irgendwann Vater. Und auch das bis zu seinem Lebensende.

Beim letzten Wort lässt sich Margret vom Stuhl gleiten. Mit dem Gesicht nach unten liegt sie auf dem Holzfußboden, riecht an ihm, drückt sich gegen ihn, möchte mit ihm verschmelzen. Sie hofft, dass er sich auftun und sie verschlingen möge. Stellt sich vor, dass da jemand hinter ihr steht, in der Hand einen Baseballschläger, eine Eisenstange, schwere Ketten, irgendetwas, um ihr den Schädel zu zertrümmern. Liegen bleiben. Sterben dürfen. Im Garten wächst der Rasen, und niemand mäht ihn. Die überreifen Früchte fallen von den Bäumen, und niemand hebt sie auf. Sollen die Wespen sie fressen, die Fliegen oder die Vögel, die schon wieder tratschen.

Margret schließt die Augen und versucht, etwas heraufzubeschwören, das ein Gefühl in ihr erklingen lässt, aber da ist nur Niederlage. Durch ihre Adern fließt Eiswasser. Margret denkt an die Begegnung mit Andreas, der nichts von sich hören lässt. Ihr letztes Treffen liegt fast dreißig Jahre zurück, durchaus möglich, dass er sie nicht erkannt hat. Sie ist eine gealterte Frau von vielen.

Sie dreht sich auf den Rücken, faltet die Hände über dem Bauch. Sagt: »Es ist jetzt auch egal.« Sagt es trotzig.

Die Wände schlucken jedes Wort und geben nichts zurück. Dann steht sie auf und zieht ihre Schuhe an.

26

Der Bus braucht eine halbe Stunde zur Universität. Draußen ziehen Häuserketten vorbei, und Margret will an nichts denken, muss aber doch denken, denkt in ihrer Verzweiflung an Michael, versucht es zumindest, doch wie so oft entgleitet er ihr. Es ist eine Schande für eine Mutter, aber Halt findet sie dann doch bei Anna.

Anna, die kurzfristig nach Berlin gefahren ist statt zu ihr, denn Eltern sind selbstverständlich, und wenn sie im Koma liegen, dann kann man erst recht nichts mit ihnen anfangen. Margret schließt die Augen, der Bus lässt ihren Körper vibrieren, und irgendwo in ihr blüht eine Vorstellung auf, öffnet sich wie die Knospe einer Blume.

Die Liebe meiner Tochter

Zwischen all den Namen auf dem Klingelschild findet Anna »Havermann« und drückt den Knopf. Sie hofft, dass er nicht da ist. Nicht öffnet. Dass die Tür nicht surrt. Sie hat Glück. Das Haus bleibt still. Irgendwo bellt ein Hund. Sie setzt sich auf die Stufen und schlingt die Arme um ihre Beine. Eine ehemalige Klassenkameradin wohnt in Friedrichshain, sie könnte ihr schreiben. Zeit für einen Kaffee? Kann man machen. Sie könnte Roman anrufen. Das sollte sie tun. Sie holt ihr Smartphone aus der Tasche. Der Hund bellt. Autos holpern über das Kopfstein-

pflaster, Fahrradfahrer weichen auf die Gehwege aus. Ein Kind auf einem Laufrad stolpert über den Bürgersteig, bleibt vor ihr stehen. Die Mutter fasst es an den Schultern, »Komm!«, sagt sie, und sieht Anna nicht an.

Der Hund ist gewaltig. Grau und von nobler Gestalt. An dem Hund hängt eine Leine, und an der Leine ein Fahrrad, und auf dem Fahrrad sitzt Roman. Der Hund keucht, ein langer Sabberfaden hängt aus seinem Maul und baumelt bei jeder Bewegung nach links, baumelt nach rechts. Das Fahrrad wird langsamer, endlich erkennt Roman, wer da vor dem Haus sitzt, endlich sieht er Anna, muss sich aber konzentrieren, mit dem Lenker und der Leine, schafft es schließlich doch, eine Hand zu lösen und ihr zuzuwinken, ohne umzukippen. Sie winkt zurück und lächelt. Er wird immer langsamer, der Hund blickt verdutzt hinter sich. Roman hält an und steigt ab. Jetzt sieht es Anna auch. Sie denkt, wie gerne sie eine klassische Szene gehabt hätte. Eine Wohnungstür, die sich öffnet, Roman mit einem Badehandtuch um die Hüfte vor ihr, im Hintergrund eine fremde Frau, die sein Hemd trägt. Wie gut man das noch hätte aufarbeiten können. Wie klein der Verrat im Vergleich zu diesem hier gewesen wäre. Roman steigt ab, lächelt weiter, schließt sein Fahrrad ab, sagt irgendetwas zu seinem Hund, Marcel heißt das Vieh, aber Anna versteht kein Wort. Roman geht zu ihr, nimmt sie in den Arm. Sie rührt sich nicht. Bleibt erstarrt. Er sagt etwas zur Begrüßung. Sie sagt: »Du musst etwas dazu sagen.« Roman nickt und sagt nicht, dass er ihr alles schon viel früher hätte sagen sollen, sondern sagt: »Das braucht etwas Zeit. Lass uns hochgehen, ich koche Tee.«

Er nimmt Marcel von der Leine, zieht einen Plastikschutz über den Kindersitz, der auf seinem Gepäckträger thront und von dem Anna ihre Augen nicht losreißen kann. Dann schließt er die Tür auf und sagt: »Willkommen in meiner Welt.«

Ein paar Schritte bis zur Universität, vor der Männer und Frauen mit ähnlichen Frisuren in sehr engen oder sehr weiten Jeans sitzen. Sie werden sie für eine Dozentin halten oder eine Verwaltungsangestellte oder für das, was sie ist, eine Mutter. Die Fassade ist erneuert und gedämmt, in dem Gebäude gibt es weniger Tische, dafür Sitzecken und lange Reihen mit Computern. Doch die Treppenstufen sind noch dieselben wie damals, und das Institut für Germanistik dort, wo es immer war. Einmal blickt sie kurz auf den Plan, aber alles an seinem Platz. Einmal biegt sie kurz in die Damentoilette ab. Selbst der Geruch ist noch derselbe. Billiges graues Klopapier und Essigreiniger. An den Türen Eddinggeschmiere. Racheschwüre, ewige Liebe und ein »Ich war hier«.

Im Spiegel blickt ihr eine müde Frau entgegen. Die schwarzen Augen wirken matt und leer. Margret wäscht ihre Hände, das Wasser ist kalt, Papier zum Abtrocknen gibt es nicht.

Er wird nicht da sein. Dozenten sind selten in ihren Büros, und nach seinen Sprechzeiten hat Margret nicht gesehen. Aber dann findet sie sein Zimmer. Da steht sein Name auf einem dieser Schilder, und das sollte doch für heute reichen. Sie weiß, wo sie ihn antreffen könnte, er ist also noch da, damit soll es nun auch gut sein. Sie will wieder nach Hause gehen, aber stattdessen klopft sie an die Tür. Sieht ihrer Hand dabei zu, wie sie eine kleine knochige Faust bildet und gegen das Holz schlägt. Und statt einer langen Stille als Aufruf zum Aufbruch hört sie ein deutliches »Herein«.

27

Ihre letzte Begegnung, drei Monate vor Annas Geburt. Die Promotion hatte Margret längst abgebrochen, froh war sie darüber gewesen, sich nicht weiter mit dem Wald beschäftigen zu müssen, diese unsinnige Arbeit, die niemanden weiterbrachte, die ihr aber die Freude an Naturbeschreibungen in Büchern genommen hatte. Sollten andere über Bäume schreiben. Nein, sie war endlich wieder da, wo sie sein wollte: in dem Haus, das nun doch noch fertig geworden war, bei ihrem Sohn, von dem der Kinderarzt sagte: »Der Junge ist schwer zu lesen.« Und auch bei Gert, den sie in den letzten beiden Jahren – abgesehen von den wohlgeplanten Zeugungsterminen – wenig gesehen hatte, da er aus finanziellen Gründen so viel am Haus *selbst machen* wollte. »Du wirst aber keine von diesen Frauen werden, die Marmelade einkochen und den ganzen Tag zu Hause rumsitzen?«, hatte Gert sie gefragt, hatte seine großen Hände auf ihre Schultern gelegt, und in seinen graugrünen Augen hatte sie gesehen, dass es ihm ernst war. Da hatte sie gelacht, tatsächlich hatte sie nie in ihrem Leben Marmelade eingekocht, und schließlich gesagt: »Keine Sorge, ich werde mir etwas suchen. Zur Not fahre ich Taxi.«

Und vielleicht hätte sie das tun sollen, denkt sie heute manchmal. Dann sieht sie sich in einem beigen Trenchcoat hinter dem Lenkrad sitzen und durch die Nacht fahren, ihr

Gesicht gelb erleuchtet von dem Licht der Straßenlaternen. Doch so weit ist es nicht gekommen.

Es war Rita, die ihr drei Jahre nach Annas Geburt von einem Mann berichtete, in den sie sich verliebt habe. Georg Binder hieß er, Inhaber eines Spielzeugwarengeschäfts. Bei ihm könne Margret als Aushilfe anfangen, natürlich nur übergangsweise. Aber sei es nicht romantisch – ein Spielzeugwarengeschäft? Ein Füllhorn an Ideen für neue Geschichten, neue Bücher, die Margret schreiben könne? Margret sagte schließlich zu, denn tatsächlich brauchte niemand Germanisten, aber Geld, das brauchten sie, der Hauskredit musste abbezahlt werden, und Margret wollte ihren Beitrag dazu beisteuern. Rita freute sich, und Georg starb. Magenkrebs. Kurz vor Weihnachten erfahren, kurz nach Ostern tot. Jörg Binder war zu dem Zeitpunkt gerade mal 20 Jahre alt. Dennoch übernahm er den Spieltraum. Und Margret blieb.

Die letzte Begegnung mit Andreas drei Monate vor Annas Geburt. Margret dachte zunächst, dass sie sich schämen würde, weil ihr Bauch bereits sehr rund und ihr Gesicht vom eingelagerten Wasser aufgedunsen war. Aber dem war nicht so. Sie fühlte sich schön. Glühend und weiblich wie eine Fruchtbarkeitsgöttin.

Da Margret nicht mehr zur Universität ging, hatten sie sich mittags in der Stadt in einem kleinen chinesischen Restaurant verabredet. Gert hatte sie gesagt, dass sie Babykleidung kaufen wollte, was ja auch stimmte. Hinterher.

Wie so oft war sie auch an diesem Tag zu früh, saß bereits auf einem Stuhl und blickte aus dem Fenster, als Andreas auf seinem Rennrad in die Straße einbog und noch im Fahren in einer einzigen eleganten Bewegung das rechte Bein auf die linke Seite setzte und die letzten Meter zu den Fahrradständern rollte. Etwas verschwitzt betrat er den schmalen Laden, in dem es nach Ananas und Curry roch. Sie erhob sich, sein Blick fiel auf ihren Bauch, wo er doch sonst so gerne ihre Brüste bewundert hatte, und für einen kurzen Moment entglitten ihm die Gesichtszüge.

Margret kann sich nicht mehr daran erinnern, wie sie beide an diesem Tag gekleidet waren oder was sie bestellten. Aber sein Gesicht in just diesem Moment könnte sie auch heute noch zeichnen.

Er berichtete Belangloses von seiner Arbeit, von seinen Aussichten auf einen unbefristeten Vertrag im akademischen Mittelbau ohne all den Habilitationsärger, und er amüsierte sich über eine neue Diät, die seine aktuelle Freundin gerade ausprobierte und unter der er zu leiden hatte. Er machte Witze über einen gemeinsamen Bekannten von der Universität und stellte auch nach einer knappen Stunde und einer vollen Mahlzeit nicht eine persönliche Frage.

Schließlich erhoben sie sich, wollten zum Zahlen an die Kasse gehen, da stolperte sie über ein Kabel, das auf dem Boden lag, weshalb auch immer, stolperte wie in einem dieser albernen Filme und wäre sicherlich gestürzt, wenn Andreas sie nicht gehalten hätte. Sie sah ihn mit großen Augen an. »Pass auf dich auf, du hast noch drei Monate.« Er klang tatsächlich besorgt, und sie nickte beschämt.

Als er sein Fahrrad aufschloss, sagte sie noch: »Ich werde nicht an die Universität zurückkehren.«

»Ja, ich weiß.«

Und dann: »Du wirst jetzt aber nicht einfach wegfahren

und dich nie wieder melden? So einen Quatsch wirst du nicht tun?«

Aber darauf hatte er nicht mehr geantwortet. Er war schon davongefahren.

28

»Ich wusste gar nicht, dass du meine Mutter kanntest.«

»Ich kannte sie nicht.«

Andreas schenkt Kaffee ein und blickt auf die Uhr. Endlich hat sie Zeit, ihn anzusehen, mit dem Blick die Furchen in seinem Gesicht entlangzufahren, das Haar, das grau geworden ist und dünner, aber die Kopfhaut noch bedeckt. Seine fleckigen Hände. Hier zeigt sich das Alter unerbittlich, denkt sie und setzt sich rasch auf die eigenen.

»Warum bist du hier?«, fragt er, und Margret kann nicht erkennen, ob er verärgert ist oder verwundert oder gleichgültig.

Margret zuckt mit den Schultern. »So genau weiß ich das selbst nicht. Du warst plötzlich weg.«

»Wo war ich plötzlich weg?«

»Wir waren noch Mittag essen, und ich war schon ziemlich schwanger. Ich bin gestolpert, und du hast mich am Arm festgehalten und gesagt: Vorsicht.«

»Das ist fast dreißig Jahre her.«

»Du hast dich nie wieder gemeldet.«

»Du hättest in mein Büro kommen können. Du wusstest, wo du mich finden kannst.«

»Wir waren Freunde. Ich brauchte keinen Termin in

deiner Sprechstunde.« Sie schluckt. Ihre Stimme klingt gepresst. »Ich habe dich angerufen. Du hast nicht abgenommen.«

»Du hast ein Kind bekommen, dein zweites Kind. Du hattest sicher andere Sorgen.«

»Sorgen hatte ich. Die Kinder, der Kredit, und dann die Arbeit in dem Spielwarenladen. Weißt du überhaupt davon? Und doch habe ich mich die ganze Zeit gefragt …«

Andreas lacht hohl, und Margret hat verloren. »Ist das dein Ernst, Margret?« Er trinkt seine Tasse in einem Zug leer, blickt noch einmal auf die Uhr. »All die Jahre hast du dich gefragt? Hast nachgedacht über mich? Das schmeichelt mir natürlich ungemein.« Er lacht wieder, aber jetzt ist er es, der gezwungen klingt. Margret rutscht auf ihrem Stuhl herum, sucht nach einem anderen Ansatz, fragt schließlich: »Wie geht es dir denn? Mit dem Vertrag hat es ja offensichtlich geklappt. Was hast du all die Jahre gemacht?«

Andreas stöhnt. »So viel. Wo soll ich da nur anfangen? Margret, wirklich. Ich habe gleich noch einen Termin. Und es tut mir leid, wenn unser Wiedersehen vielleicht nicht deinen Erwartungen entspricht. Oder wenn du dir Gedanken gemacht hast, wo es keine Gedanken zu machen gab. Ich habe ein wunderbares, erfülltes Leben, reicht dir das als Zusammenfassung der letzten Jahrzehnte? Ich kann mich in keiner Weise über Langeweile beklagen, und es tut mir aufrichtig leid, wenn ich irgendetwas getan oder gesagt haben sollte, das dich über Jahre hinweg beschäftigt hat.«

Margret stellt ihre Tasse zurück auf den schweren Schreibtisch, der sie auf Abstand hält. Sie fühlt sich zu

Boden sinken und in tausend kleine Tröpfchen zerfließen. »Ich dachte … Hast du nicht gesagt …«

»Ich weiß nicht, was ich gesagt habe. Das ist alles so lange her.«

»Bist du verheiratet? Kinder?«

Andreas lacht wieder. »Um Gottes willen, ich habe noch Sex.«

Und weil es jetzt schon keine Rolle mehr spielt, fragt Margret: »War ich dir mal wichtig?«

Andreas stöhnt. »Viele Menschen waren mir einmal wichtig. Und dann waren sie es nicht mehr. Ein paar wenige sind es immer noch, aber ich muss zugeben: Es werden von Jahr zu Jahr weniger.«

Margret nickt. Sie streicht sich eine Haarsträhne aus dem Gesicht, ihre Finger fühlen sich fremd an auf ihrer Haut.

»Hast du Krebs?«, fragt Andreas.

»Was?«

»Entschuldige. Hätte ja sein können. Manche Menschen haben ja solche Anwandlungen, wenn sie todkrank sind. Das Bedürfnis, ihre Vergangenheit noch einmal aufzurollen. Freunde von früher zu treffen oder einen alten Streit beizulegen. Seinen Frieden zu machen.«

»Ich habe keinen Krebs.«

»Das ist doch schön.«

Andreas beugt sich etwas nach vorne über den Tisch und senkt die Stimme. Fast flüsternd sagt er: »Margret. Geh nach Hause. Geh zu deinem Mann und deinen Kindern.«

Margret steht auf. Ohne etwas zu sagen, verlässt sie das Zimmer, geht den langen Flur entlang, jeder Schritt hallt auf dem staubigen Boden. Ich war hier, denkt sie, und irgendwo hinter sich meint sie jemanden lachen zu hören, so dass sie sich noch einmal umdreht. Aber da ist niemand.

29

Margret dreht die Karte mit der Einladung und dem Ablaufplan in den Händen. »Zum schönsten Tag unseres Lebens«.

Wie schrecklich.

Wenn man sich so sicher ist, dass dies der schönste Tag ist und danach nichts mehr kommen kann. Und wie kann die Vorstellung des schönsten Tages im Leben mit einem Termin auf dem Standesamt in Eimsbüttel beginnen?

Margrets Hoffnung: dass Michael und Jessica sich dabei nicht allzu viele Gedanken gemacht haben. Dass sie einfach irgendeine Karte genommen haben, vielleicht eine besonders günstige oder eine, die ganz oben auf einem Stapel lag, nehmen wir, passt schon, ist doch egal, was vorne draufsteht, Hauptsache, Uhrzeit und Datum stimmen.

Margret steht vor dem Spiegel des Hotelzimmers und betrachtet sich. Hinter ihr das große Bett, Doppelzimmer zum Preis eines Einzelzimmers, wie selbstverständlich nimmt sie beide Decken, legt sie übereinander, stapelt die Kopfkissen und schläft in der Mitte. Keine Seite soll kalt bleiben.

Margret dreht sich einmal nach rechts, einmal nach links. Das kastanienrote Kleid ist nicht neu, zuletzt hat sie es bei Bernhards rundem Geburtstag getragen, davor bei Annas Abiturfeier.

Natürlich hätte sie ein neues Kleid kaufen können, Zeit

genug hätte sie gehabt. Nur gekonnt hat sie es nicht. Seit sie alleine in dem Haus wohnt, schläft sie besser denn je, tiefer denn je, länger denn je. Aber es scheint nicht genug. Wenn sie morgens aufwacht, fühlt sie sich erschlagen. Sie bleibt liegen und genießt die Ruhe, doch der Gedanke, aufstehen und den Tag irgendwie beginnen zu müssen, quält sie, und sie kann immer noch nicht sagen, was genau diese Qual verursacht, in ihr drin ist immer noch Leere. Wie ein ausgestopftes Tier fühlt sie sich. Mit gläsernen wachen Augen, glattem Fell, seelenlos.

Manchmal fragt sie sich, wie es wäre, wenn sie es gewesen wäre, die im Garten plötzlich umgekippt wäre. Was würde aus Gert werden ohne sie?

Verwahrlosen würde er. Gleich am ersten Tag. Die Wurst würde er direkt aus der Verpackung essen, der Fernseher würde beim Frühstück laufen, und die Krümel würde er einfach liegen lassen. Nie würde er kochen. Nicht, weil er es nicht kann, sondern weil er es nicht einsieht, für eine Person so einen Aufwand zu betreiben. Was würde Gert abends tun? Selten ist er in den vergangenen Jahren ausgegangen, seine Bekannten und Freunde sind im Grunde Margrets Bekannte und Freunde. Anfangs würden sie sich noch um ihn kümmern, sich Mühe geben, schließlich müsse er ja auch mal rauskommen. Aber irgendwann würden sie das Interesse an diesem wortkargen verschlossenen Mann verlieren.

Wann hatte er aufgehört, sich mitteilen zu wollen? Die alte Empörung, das Auslachen von Katastrophen war einer Form von Vernunft gewichen, die einen Austausch kaum noch möglich machte. Gerts alte Ansichten vertreten heute auch andere. Worum er einst kämpfte, ist heute Konsens, wobei andere noch viel weiter gehen, so dass er als Forstwirt sogar zur Zielscheibe einst Gleichgesinnter geworden ist. Ökofaschisten nennt er sie, Kurzsichtige, Eindimensionale. Das sind die Momente, in denen sie kurz noch einmal aufblitzt, die Wut, aber sie sind selten geworden, denn es handelt sich doch um eine Minderheit und ist vieler Worte nicht wert.

Ohne Margret würde Gert einsam werden.

Es klopft an der Tür. »Mama, bist du so weit?« Anna wartet nicht auf eine Antwort, sondern tritt ein. Sie ist allein, Roman sitzt noch mit der Zeitung beim Frühstück. Bis auf eine kurze förmliche Vorstellung am Vorabend hat Margret ihn noch nicht kennengelernt. So wie sie es sich ausgemalt hat, hat er wenig Ähnlichkeit mit dem markanten und nachdenklich aussehenden Mann auf dem Schwarz-Weiß-Foto, das auf dem Einband des Buchs abgebildet ist. Linkisch wirkt er. Hochgewachsen, breitschultrig, aber dennoch ungeschickt. So, als habe er keine vollständige Kontrolle über seine Körperteile, als würden Arme und Beine einer eigenen Logik folgen. Zudem hat der Fotograf gut daran getan, Roman Havermann zu bitten, für das Porträt einen ernsten Gesichtsausdruck zu wählen und den Mund geschlossen zu halten. Denn seine Schneidezähne sind klein, und zwischen ihnen gibt es Lücken, die ihm etwas Einfältiges verleihen. Dennoch kann Margret nachvollziehen, dass er Anna gefällt. Der Händedruck ist kräftig, die Hände sind groß, und bei der kurzen Begrüßung strahlte er eine Souveränität aus, die ansteckt und einen selbst ruhiger werden lässt.

»Weißt du, was das hier sein könnte?«, fragt Margret ihre Tochter und hält ihr Gerts Holzschnitzerei hin. Anna nimmt das L in ihre Hand, dreht es einmal und gibt es dann ihrer Mutter zurück. »Ein Türgriff? Keine Ahnung. Kommst du bitte, wir sollten langsam los.«

Draußen auf der Straße wirbelt ein Herbstwind die Blätter auf. Die Rinde der dicken Kastanien, die die Straße säumen, sieht fleckig aus, und wäre Gert jetzt hier, könnte er ihnen sagen, welche Krankheit die Bäume befallen hat. Aber er ist nicht hier, und so können sie weiterleben in dem Glauben, dass es keine Bakterieninfektion ist, kein schleichender Tod, sondern der Gang der Natur, dass die Bäume weiterleben und im Frühjahr wieder blühen werden.

Unentschlossen stehen sie vor dem Hotel. Sie warten auf Roman, auf Ina und ihren Freund Marc, mit dem sie vor Kurzem zusammengezogen ist. Es ist nicht nett, wie Anna über ihre beste Freundin redet und über ihre neue Wohnung. Natürlich sei es ein Altbau, sagt Anna. Und natürlich gebe es keine Einbauküche, alles müsse individuell und persönlich sein. Eine zentral auf den Fernseher ausgerichtete Couch sei das Zentrum des gesellschaftlichen Todes. Ebenfalls verboten seien eine Schrankwand und ein Vitrinenschrank für die besseren Gläser. Weiterhin sei zu verzichten auf Hängeschränke, Gardinen, Pärchenfotos, Deko und das Allerwichtigste: bloß keine Raufasertapete. »Wenn es all das nicht geben darf – was steht dann überhaupt noch in der Wohnung?«, hatte Margret gefragt, und ihre Tochter hatte gelacht.

Sie sehen Ina schon von Weitem. Sie trägt ein rotes Kleid, und die blonden Haare liegen offen über den Schultern. Es wird schwer für die Braut sein, neben ihr zu bestehen. Ein paar Meter hinter ihr schlurft Marc durch die abgefallenen roten und braunen Blätter. Marc, ein schmaler unscheinbarer Mann. Margret ist ihm erst einmal begegnet. Schmal und unscheinbar, aber auch höflich und unaufgeregt. Vermutlich wird sich jeder fragen, warum sich Ina ausgerechnet für ihn entschieden hat. Und wie Marc es schafft, eine so schöne und temperamentvolle Frau wie Ina an sich zu binden. Aber vielleicht ist die Sache anders. Vielleicht sollte Ina froh sein, einen Mann wie Marc halten zu können.

Natürlich ist Ina schön. Sie ist aufregend, geradezu berauschend, aber Schönheit ist nicht alltagstauglich. Schönheit wird gewöhnlich, wenn man täglich neben ihr erwacht. Marc sieht Inas Schönheit vermutlich schon lange nicht mehr. Was er hingegen sieht: ihre Fahrigkeit, ihre innere Unruhe, ihre sprunghaften Ideen, ihre Unsicherheit, ihre Naivität, ihren kindlichen Humor, ihre Anhänglichkeit, ihre Begeisterungsfähigkeit.

»Mama?« Anna legt eine Hand auf ihren Arm. »Woran denkst du?« Aber Margret schüttelt nur den Kopf und lässt die Begrüßung dieser doch sehr fremden Menschen über sich ergehen. Schließlich erscheint auch Roman, der an einer Leine einen riesigen Hund hinter sich her führt, der ihm ein aristokratisches Äußeres verleiht. Und während Roman ihr förmlich die Hand gibt, will Margret ihn gerne fragen, ob ein Hund im Zimmer Aufschlag kostet.

Am Ende kommt Bernhard um die Ecke. Er hat in einem anderen Hotel übernachtet, ein Stern mehr als Schwester und Nichte, und nun tupft er sich mit einem Stofftaschentuch den Schweiß von der Stirn, denn es ist schwül, und am

Abend soll es Gewitter geben, womöglich sogar ein Unwetter. Margret lässt sich auch von ihm umarmen, sie riecht seinen frischen Schweiß, und er fragt sie nach Gert, und sie fragt ihn nach Melanie.

»Sie konnte nicht kommen«, antwortet er und zieht an den Ärmeln seiner Anzugjacke, zieht am Gürtel, zieht an der Krawatte. Nichts sitzt so, wie er es will.

Der Zug setzt sich in Bewegung und endet vor dem Bezirksamt Eimsbüttel, vor dem Menschen mit schwarzen und weißen Luftballons stehen. Menschen, die Margret noch nie gesehen hat und die vermutlich Freunde ihres Sohnes sind.

»Wieso haben wir keine Luftballons?«, fragt Marc, und Anna lacht.

»Gibt es ein Motto?«, fragt Ina. »Schaut doch, die tragen alle schwarze und weiße Sachen, ist das das Motto? Wieso wissen wir nichts davon?«

Niemand weiß etwas von einem Motto, aber Ina scheint sich plötzlich nicht mehr so sicher zu fühlen in ihrem leuchtend roten Kleid.

»Ich bin auch in Rot«, sagt Margret, »und ich bin die Mutter des Bräutigams. Hätte nicht wenigstens ich von einem Dresscode wissen sollen?« Aber dieser Einwand scheint Ina nicht zu beruhigen, und Margret ärgert sich, ihr Kleid dem von Ina gleichgesetzt zu haben.

»Wozu braucht eine Hochzeit überhaupt ein Motto?«, fragt Roman. »Ist das nicht schon ein Motto an sich – heiraten?«

Ina schüttelt den Kopf. »Heutzutage hat alles ein Motto. Geburtstage, Familienfeiern und eben auch Hochzeiten«, sagt Ina.

»Geburtstage kommen ja immer wieder. Aber Hochzeiten? Gibt es auch schon Motto-Beerdigungen? Und was ist mit Weihnachten? Könnten wir nicht mal Piraten-Weihnachten feiern?«, fragt Roman. Anna und Marc lachen, Ina lacht nicht, entspannt sich jedoch, als sie sieht, dass die schwarz-weiße Gruppe von weiteren festlich gekleideten Personen in Flieder, Moosgrün und Pastell begrüßt wird. Am Ende werden es die Gäste in Weiß sein, die sich schämen müssen. Weiß trägt nur die Braut.

In diesem Moment fährt ein ockerfarbener Käfer vor. Darin eine queenesk winkende Jessica, daneben Michael, der bestätigend mit dem Kopf nickt. Ja, ich will. Ja, ich will. Margret weiß nicht, wohin mit ihren Händen, wohin mit ihrem Gesicht. Soll sie lächeln, soll sie weinen, soll sie einfach sein, wie sie sich fühlt, ein regungsloser Stein, ein Felsen, um den herum es rauscht und brandet? Am Ende lächelt sie gequält und hofft, dass die Fotografin nur festhält, was jung ist und schön.

Jessica trägt ein schlichtes, bodenlanges weißes Kleid, ihre Haare sind locker geflochten, ein Kranz aus bunten Blumen liegt wie eine Krone auf ihrem Kopf. Dazu Michael in einem cremefarbenen Anzug, eine weiße Blume am Revers.

Der Geist würde spotten, Gert würde lächeln und sich jeglicher Einordnung dessen, was um ihn herum geschieht, enthalten. »Es ist Michaels Hochzeit, nicht meine«, würde er sagen.

Michaels Arme schließen sich um Margret. Sie fühlt sich auf einmal schwach auf den Beinen und hofft, dass dieser Moment noch etwas andauert, und er dauert und dauert, und dann lässt Michael sie wieder los, und diese junge Frau, von der sie so wenig weiß und die sie jetzt in der Familie begrüßen soll, legt ihre dünnen Ärmchen um sie, sagt irgendetwas ohne Bedeutung und zieht dann weiter. Hinweg zu den Gästen, mit denen sie sich gerne unterhält.

Und mit einem Mal kommt ganz tief von unten, aus einem nie erforschten Abgrund ihres Körpers ein Gefühl heraufgekrochen. Setzt sich fest in Margrets Kopf, dass sie die Lippen zusammenpressen muss und es sie schüttelt. Ihre Augen werden feucht, und die Lider zucken. »Mama?«, fragt Anna und will ihr eine Hand auf den Arm legen, doch es knistert, ein elektrischen Schlag, Anna zuckt zurück. Der Moment verstreicht.

Irgendwo läuten Glocken, aber sie läuten nicht für Michael und Jessica, denn sie haben keinen Gott, nur den Glauben an Medizin und Technik. »Lasst uns endlich hineingehen«, sagt Bernhard, doch noch knipst die Fotografin, eine junge Frau mit raspelkurzen dunklen Haaren, von der Margret nicht weiß, ob sie zu den Gästen gehört oder extra für die Hochzeit engagiert wurde.

Dann kommt Bewegung in die Gesellschaft. Wahllos umarmt und herzt das Paar die Gäste, drückt sämtliches vorhandenes Menschenmaterial an sich, lacht und winkt, geht mit schnellen Schritten auf den grauen Kasten zu, auf dem in großen Lettern »Bezirksamt Eimsbüttel« prangt. Der kleine Familienzug stolpert hinterher, die meisten Gäste bleiben draußen. Das Trauzimmer ist auf keine große Hochzeitsgesellschaft ausgelegt.

»Eine Hochzeit, bei der die Hälfte der Gäste auf der Straße stehen muss«, flüstert Bernhard seiner Schwester zu, doch die tut so, als höre sie ihn gar nicht.

Das Trauzimmer ist ein schlichter Raum mit Holzstühlen und Blumengestecken links und rechts eines Tisches, an dem bereits eine Frau in schwarzem Hosenanzug und mit rotgefärbter Bobfrisur Platz genommen hat.

Was Margret an dem Zimmer gefällt, ist das Draußen. Das Trauzimmer grenzt direkt an die Terrasse, man müsste nur die wandhohen Fenstertüren aufschieben, schon stünde man mitten im Herbstlaub, zwischen roten und gelben Bäumen. Wieso tut es nur niemand, fragt sie sich. Doch da weist die Standesbeamtin schon darauf hin, sich doch bitte zu setzen, man sei etwas in Verzug, und direkt im Anschluss komme ja schon die nächste Gesellschaft.

Alle gehorchen. Alle setzen sich hin und sind still, nur ein Baby schreit und wird schnell vom Kindesvater nach draußen gebracht. Gedämpftes Weinen auf dem Flur. Bei dieser Standesbeamtin wird niemand beim Ja-Wort zögern. Es gilt einen Zeitplan einzuhalten.

Das Vortragen der Personalien, das Vorlegen der Personalausweise, ein bisschen Erich Fried, dann die Unterschriften. Sie sind jetzt Mann und Frau. Waren sie das nicht schon immer?

Michael und Jessica küssen sich das erste Mal als Eheleute, Jessicas Mutter weint, Margret kennt sie nicht und weint nicht. Es ist ein Freitag im Oktober und der schönste Tag im Leben von Michael und Jessica, wie man so sagt, und Margret sieht Anna an und ist sich sicher, dass ihr schönster Tag nicht im Bezirksamt Eimsbüttel stattfinden wird. Sie sieht Roman, der mit dem Handy Fotos macht, wofür und für wen, fragt sich Margret, und dann macht die Frau mit den kurzen schwarzen Haaren auch noch Fotos, und dann sollen sich draußen alle auf eine Treppe stellen, die ganze Gesellschaft, lauter fremde Menschen in festlicher Garderobe, verbunden nur durch das Schicksal dieser beiden Menschen hier, und dann gibt es noch mehr Fotos, bitte lächeln und Spaghetti und Cheese und yeah. Irgendjemand kommt auf Margret zu, drückt ihr die Hand, fragt nach Gert, das tun viele an diesem Vormittag, weil es sich gehört, doch die Betroffenheit strengt Margret an, und lieber wüsste sie, wie es Anna geht und wie es so ist mit diesem Roman.

Die Fotografin entlässt sie, und die Gesellschaft gibt die Treppe frei, die gerade von einem weiteren Paar erklommen wird, bereit für den schönsten Tag und die Personalien und ein bisschen Erich Fried.

30

Unter Margrets Erinnerungen haben sich wenige Hochzeiten gemischt. Als Bernhard und Melanie heirateten, war sie noch keine zwanzig Jahre alt, und alles, was dort veranstaltet wurde, erschien ihr albern und übertrieben. Melanies langes Kleid mit den dicken Puffärmeln, Bernhards Anzug mit Fliege, die dreistöckige Torte, das lange Sitzen, das viele Essen.

Sie hatten im Garten von Melanies Eltern gefeiert, das Wetter war sommerlich und die Tische weiß eingedeckt. Von Bernhards Freunden aus der Schulzeit war kaum jemand geblieben, die meisten hatten nach dem Abitur nur einen Wunsch gehabt: raus aus der Provinz und alles anders machen als die Eltern.

Bei Bernhard war das anders gewesen, immer schon. »Wie kann man diesen Flecken Erde nicht lieben?«, hatte er einmal gesagt und in einer theatralischen Geste die Arme ausgebreitet, Weinberge, Vogesen, Straußenwirtschaften. Alles Folklore.

»Es ist nicht die Landschaft, es sind die Leute, die in ihr wohnen«, hatte Margret erwidert, und Ingrid hatte gelacht. Wie stolz sie gewesen war, weil sie ihre große Schwester zum Lachen gebracht hatte. Wo war es noch gewesen und wann? Vaters 60. Geburtstag? Ihre Abiturfeier? Sie weiß es nicht mehr.

Was ihr von Bernhards Hochzeit geblieben ist: Ingrid, die neben ihr saß, und das Bild von ihren Händen. Zusammengeballt unter dem Tisch, dass sich die Knöchel weiß abzeichneten. Hände in ständiger Bewegung, aneinander reibend, sich knetend, sich verhakend, sich lösend. Zwei unruhige fünfarmige Tiere, die sie nicht in den Griff bekam. Dazu: die Rede eines wildfremden Mannes, Melanies Vater, der merklich angetrunken war und der erzählte, wie stolz er auf seine Tochter sei, wie sehr er sich freue, dass *den Kindern* eine so *goldene Zukunft* bevorstünde. Margret erinnert sich, dass er sagte: »Ihr sollt es einmal besser haben«, und dass es nicht wie ein Wunsch, sondern wie ein Befehl klang. Und dass dann alle furchtbar viel aßen, so viel, dass sie sich kaum noch vom Stuhl erheben konnten, und am Ende Töpfe und in Alufolie eingewickelte Päckchen herumgereicht wurden, ihren Weg in Handtaschen und von irgendwo hergezauberte Plastiktüten fanden, weil man davon ja noch drei Tage lang satt werden könne.

Sie erinnert sich auch noch daran, dass am Ende niemand

gehen wollte. Schon dreimal hatte sich Melanies Vater bei ihr verabschiedet, deutlich sprechen konnte er nicht mehr, dieser kahle, schlanke Mann, der sich von seiner Tochter stützen lassen musste und den plötzlich eine Weinerlichkeit ergriffen hatte, die Melanie sichtbar unangenehm war. Dennoch fiel er jedem Gast, der in seiner Nähe war, noch einmal um den Hals, während die nur nach ihren Mänteln und Hüten und Alupäckchen suchen wollten. Wir seien doch nun eine Familie, hat er gesagt, eine große Familie, und dann hakte sich Bernhard links von ihm ein und Melanie rechts, und so brachten sie ihn hinauf ins Schlafzimmer, wo er sich noch die Schuhe von den Füßen trat, die wässrigen Augen schloss und einschlief.

Ein paar Jahre später starb Melanies Vater an einem Herzinfarkt. Margret hat ihn nach der Hochzeit nie wieder gesehen.

Als sie wenige Jahre später selbst heiratete, gab es nur sie, Gert und ein Standesamt. Anschließend ein Donnerwetter ihres Vaters, dass sich das so nicht gehöre, und was sei denn mit Gottes Segen? Und Gerts Mutter, die nur mit den Achseln zuckte und sagte: »Das müsst *ihr* wissen, aber gut finde ich das nicht.«

31

Die Feier findet in einer seit vielen Jahren leer stehenden Industriehalle statt, die für genau solche Festivitäten zu buchen ist. Die Mauern sind unverputzt, schwere Stahlträger ragen aus der Decke, an einer Wand lehnt noch eine

Leiter. Auf dem Betonboden stehen weiße Tische und weiße Stühle, auf den Tischen hohe Kerzenleuchter, Ballonlampen spenden warmes Licht. Lächelnde Menschen tragen Tabletts mit Prosecco durch den Raum.

Margret mag diese flötenartigen Gläser, in denen das Getränk bis zum Boden des Glases reicht. Sie trinkt, und mit jedem Schluck wird es leichter. Sie sieht Michael, der vor Glück zu glühen scheint und nur dann eine ernste Miene aufsetzt, wenn er zu ihr blickt, an seinen Vater denkt, und sich für seine Freude schämt. Sie sieht Anna, deren Lippen sich schnell bewegen, die auf Ina einredet, die in ähnlichem Tempo zurückschlägt, bis beide lachen und Marc den Kopf schüttelt. Und sie sieht Roman, der gelangweilt an der Bar steht und auf sein Smartphone blickt, bis es auch Anna auffällt und sie es wohl für eine gute Idee hält, ihn an diesem Punkt ihrer Mutter noch einmal offiziell vorzustellen, was nach zwei Gläsern Alkohol leichter fällt. Mama, das ist übrigens, jetzt ist endlich mal Gelegenheit und so weiter. Kurzes Händeschütteln, schon viel von Ihnen gehört. Anna sagt: »Meine Mutter schreibt übrigens auch«, und Margret ist entsetzt. Roman nickt anerkennend, vielleicht auch mitleidig, wie oft hat er das schon gehört, wie oft sind schon Menschen an ihn herangetreten, »übrigens, ich schreibe auch«, und nun muss er natürlich fragen, was sie denn so schreibe, die Mama von Anna. Muss sich interessiert geben und seine Gesichtszüge unter Kontrolle behalten, aber zum Glück sagt Margret die Wahrheit: »Nichts. Ich schreibe nichts. Wo haben Sie eigentlich Ihren Hund gelassen?«

»Mama hat ein Buch veröffentlicht, kurz vor meiner

Geburt. Danach fehlte ihr die Zeit zum Schreiben«, sagt Anna, und so ist es natürlich nicht gewesen, denn eine Zeit lang hat Margret es noch versucht, und die Kinder sind nicht immer klein gewesen, aber Roman fragt schon, was es denn sei, was sie da geschrieben habe, und ehe Margret ausweichen kann, antwortet Anna: »Es ist eine Novelle. Vielleicht eine Art Parabel? Es geht um eine Familie, die in den Urlaub fährt und in einem Stau landet. In einem gewaltigen Stau. Und der Stau löst sich nicht auf. Er löst sich einfach nicht auf. Die Menschen beginnen, sich häuslich einzurichten, anfangs geht es nur um die Grundversorgung, Lebensmittel und Decken und das alles, aber natürlich wird die Sache immer komplizierter und irgendwann auch brutal.«

»›Lord of the Flies‹ mit deutschen Urlaubern?« Roman grinst, und Margret schämt sich. Er bemerkt es und ergänzt, dass ihm die Geschichte bekannt vorkomme, er mal einen ähnlichen Text gelesen habe, von einem spanischen oder portugiesischen Schriftsteller, und weil es das auch nicht besser macht, sagt Margret schließlich: »Ich habe Ihr Buch gelesen.«

»Ich nehme an, Sie fanden es grässlich. Meine Mutter hätte es grässlich gefunden.«

»Deswegen haben Sie es ja auch erst nach ihrem Tod geschrieben. So war das doch in dem Interview, das Anna mit Ihnen geführt hat? Die Mutter als Hindernis auf dem Weg zur geistigen Entfaltung? So wie bei Marguerite Duras.«

»Die auch erst schreiben konnte, dass sie sich als 15-Jährige prostituiert hat, nachdem ihre Mutter gestorben war? Nun ja.« Er schiebt seine Brille nach oben und scheint plötzlich verlegen. »Wenn es Sie beruhigt: Ganz so autobiografisch sind meine Texte nun nicht.«

In diesem Moment betritt eine schmale Gestalt in einem brombeerfarbenen Kostüm den Raum. Margret versteht nicht sofort, und sie sieht, dass es Bernhard ähnlich geht. Nur Michael stürmt sogleich auf seine Tante zu und drückt sie an sich.

Sie sieht anders aus, die Haare nun völlig ergraut und zu einem kurzen Bob geschnitten. Hager ist sie geworden, die Arme gleichen dürren Ästen, und ihr Gang ist wackelig. Fünf Jahre lang nicht gesehen und nie gewusst, was sie getan hat in dieser Zeit. Hau ab, Onkel.

Im Hintergrund Billy Joel und im Vordergrund Ingrid, die eine Hand auf Michaels Arm legt und Jessica begrüßt, als wüsste sie, mit wem sie es zu tun hat. Ein paar Meter weiter Bernhard, der es nicht allein kann, der zu seiner kleinen Schwester geht, etwas sagen will, aber auch das nicht kann, und sie schließlich am Arm nimmt, vor sich herschiebt, auf dass sie den ersten Schritt mache, den ersten Satz sage, denn ein falscher Ton wird reichen, um das ohnehin schon brüchige Geschwisterband vollends zu zerreißen.

Aber es kommt anders. Ingrid dreht sich zu Bruder und Schwester um, öffnet die Arme, als wolle sie einen Segen aussprechen, und schließt selbige in einer Geste der Güte und Barmherzigkeit um Margret und Bernhard, ganz so, als sei es gut sich wiederzusehen und als gebe es keinen Grund, sich so lange gemieden zu haben.

Bernhard könnte vermutlich so weitermachen. Vielleicht würde er ihn genießen, diesen Moment, in dem die Geschwister wieder vereint sind, und das bei einem fröhlichen Anlass. Er würde mit einem Glas Sekt anstoßen und versuchen, einfache Themen anzuschneiden. Das Brautpaar, die

Unwetterwarnung, die sich noch nicht bewahrheitet hat, die Anreise mit der Deutschen Bahn oder die Baustellen auf der A5, und nach zwei weiteren Gläsern Sekt und etwas Musik würde er vielleicht auch die Tagebücher ihrer Mutter erwähnen.

Doch Margret ist anders. Der Anblick ihrer Schwester, eine Einheit bildend mit ihrem Sohn, ist ihr unerträglich, so dass sie fragt: »Was machst du hier?«

Es ist Michael, der antwortet: »Ich habe Tante Ingrid eingeladen.«

»Warum?« fragt Margret, der der verwunderte Blick ihrer Schwiegertochter entgeht.

»Ich habe auch Onkel Bernhard eingeladen.«

Sicher doch.

»Aber wieso bist du gekommen?«, fragt Margret noch einmal, und diesmal kann Michael nicht parieren.

Alle Anrufe hat sie ignoriert, keine E-Mail beantwortet, und selbst auf den mehrseitigen Brief, den Bernhard ihr geschrieben hat und der ihn viel Zeit und Mühe gekostet hat, da ihm Worte schwerfallen, gab es nie eine Reaktion. Aber die Einladung zur Hochzeit, edel zwar, auf hochwertigem Papier gedruckt, aber doch völlig unpersönlich, die hat Ingrid angenommen. Und mehr noch: Mit Michael steht sie in Kontakt. Er schreibt seiner Tante regelmäßig E-Mails. Und sie schreibt ihm zurück!

»Wieso schreibst du ihm – und uns nicht?«, fragt Bernhard, das Gesicht glühend vor Wut, Wärme und Alkohol.

Ingrid zuckt mit den Achseln. »Er kann ja nichts dafür.«

»Was schreibt ihr euch denn?«, fragt Margret rasch, ehe Bernhard etwas sagen kann. Wann hat sie zuletzt eine

E-Mail von ihrem Sohn erhalten? Wie viele erhält ihre Schwester?

»Es ist nichts Großes.« Ingrid zieht eine filterlose Zigarette aus einer Schachtel und steckt sie zwischen die brombeerrot geschminkten Lippen. Ein Kellner gibt ihr dezent zu verstehen, dass Rauchen hier nicht gestattet ist. Sie seufzt und schiebt die Zigarette zurück.

Margrets unruhiger Blick wandert, erträgt das blanke Gesicht der Schwester nicht mehr, wandert zu Ina in ihrem roten Kleid, die ausgelassen mit ihrem dünnen Freund tanzt, zu Roman, der mit dem Rücken zur Bar steht, die Ellbogen auf den Tresen gestützt, das Kreuz durchgebogen, Anna, die danebensteht und mit einem Strohhalm die Limetten in ihrem Glas zerquetscht und die vielleicht auch gerne tanzen würde, wenn sie sich nicht selbst eine andere Rolle zugedacht hätte.

»Meistens geht es um Politik.«

»Ihr schreibt euch über Politik?«, fragt Margret, dabei spricht ihre Schwester deutlich.

»Aber ja.« Ingrid zuckt mit den Schultern und lächelt entschuldigend. »Manchmal erzählt er mir auch ein wenig von seiner Arbeit, also von den Abläufen und von den Strukturen und was geändert werden sollte. Und ich gebe ihm recht.«

Margret ist schwindelig. Sie kann sich kaum an politische Diskussionen am Mittagstisch erinnern. Da war nur Gert, der sich leise ärgerte. Über die Agenda 2010, den Nahen Osten oder Frau Merkel. Sie erinnert sich an Anna, die Journalistin Anna, die die Augen verdrehte, da ihr alles, was ihr Vater zu sagen hatte, zu einfach, zu polemisch war.

Er würde die Hintergründe nicht kennen, keine Zahlen, Belege, wirkliche Fakten. Er argumentiere aus dem hohlen Bauch heraus, mit anderen Worten: Geschwätz. Ihr Vater war ein Schwätzer. Einmal eskalierte die Situation, und Anna sprach es aus. Seither nie wieder. Nur die Augen hat sie noch verdreht. Bis es Gert schließlich sein ließ und schweigend aß, wenn Anna mit am Tisch saß, sich dann verabschiedete, um in den Werkraum zu gehen oder den Gartenzaun zu streichen.

Michael hat sich an diesen Gesprächen nie beteiligt.

»Wofür kann er nichts?«, fragt endlich Bernhard. Sein Gesicht hatte inzwischen wieder eine normale Farbe angenommen, auch seine Stimme klingt nun sanfter, ganz so, als sei er sich plötzlich der Tatsache bewusst geworden, dass er es über Umwege ja doch geschafft hat: Die Geschwister sind wieder vereint. Dass er selbst auf die Situation keinerlei Einfluss gehabt hat, spielt keine Rolle. Nun sind sie da. Alle drei.

Ingrid seufzt und schlägt die Augen nieder. Der DJ spielt ein schnelles Stück mit viel Bass und Trompeten, ein Sänger flucht dazu auf Deutsch, keiner der Geschwister kennt den Song, aber er ist laut, und Ingrid sagt: »Es ist Michaels Hochzeit, und ich will solche Gespräche hier eigentlich gar nicht führen.« Dann blickt sie zu ihm, der mit Jessica über die Tanzfläche wirbelt, Ina, die bewundernd zu dem Paar herüberblickt. »Totentanz«, murmelt sie plötzlich mit brüchigen Brombeerlippen. Leise, kaum wahrnehmbar, und lächelt.

32

In einem Raum neben dem eigentlichen Festsaal befindet sich eine Lounge mit schweren Ledersesseln. Eine Art Zigarrenzimmer, doch kaum einer der Gäste raucht, Bernhard, Margret und Ingrid sind ungestört.

»Ich habe den Koffer hier. Hier im Hotel«, sagt Margret. Vor ihnen auf einem dunkel lackierten Couchtisch stehen drei Gläser Cognac. »Ich wollte ihn Bernhard zurückgeben, ich will ihn nicht bei mir haben.«

»Ich will ihn auch nicht«, sagt Ingrid schnell mit einer abwehrenden Handbewegung.

»Es ist der Nachlass unserer Mutter. Ihre Gedanken und ihre Gefühle. Sie schreibt über uns, wie könnt ihr das so einfach abtun?« Bernhards Stimme überschlägt sich, empört nippt er an seinem Glas, die Finger der rechten Hand trommeln auf der Armlehne.

»Vielleicht weil ihre Gedanken und Gefühle etwas zu viel für mich sind?«, sagt Margret.

Ingrid schüttelt den Kopf. »Weil ich nichts mehr von diesen Leuten hören will. Nichts von ihm und nichts von ihr. Weil es mir nicht mehr wichtig sein soll.« Und ehe es zu einer neuen Empörung kommt, ehe Bernhard irgendetwas erwidert, erzählt sie es dann doch.

33

»Was sind eure ersten Kindheitserinnerungen? Aufgeschürfte Knie? Ein Regenwurm, den ihr aufgesammelt habt? Singen vor dem Weihnachtsbaum? Meine erste Erinnerung ist ein Stock. Er war nicht sehr lang, in etwa so lang wie mein Unterarm zu der damaligen Zeit, aber er hatte magische Kräfte. Ich war etwa drei Jahre alt und stellte mir vor, dass ich die ganze Welt leise zaubern könnte. Und wenn ich einen Kreis in den Staub malte, um mich und Mutter und das Baby herum, dann würde uns nichts passieren. Dann würde das Donnern über uns hinwegziehen, und wenn der Zauber wirkte und es wieder ruhig wurde, könnten wir wieder nach oben gehen.

Aber da sind noch mehr Erinnerungen. Sie sind milchig-trüb, und manches erscheint mir wirr, ohne Zusammenhang. Ich kann nicht sagen, was wann passiert ist und welches Ereignis länger zurückliegt. Sicherlich hat meine kindliche Fantasie einiges hinzugedichtet, Dinge gesehen oder gefühlt, die so nie gewesen sind. Die Gesichter sind verschwommen, und oft sind es nur Schatten, die ich vor Augen habe, ein Gefühl für das Licht oder die Temperatur an diesem Tag. Gerne würde ich vieles davon vergessen, aber je mehr ich mich bemühe, nicht daran zu denken, desto häufiger sucht es mich heim. Hunger und Angst waren ein Grundgefühl, mit dem man durch die Tage ging, aber dazu gab es noch richtige Panik, den Moment, in dem aus einer diffusen Unsicherheit Todesangst wird, in dem sich alles um einen herum aufzulösen scheint und die Welt brennt. All das verfolgt mich und fällt nachts über mich her, auch wenn es unwahrscheinlich erscheint. Denn was sind schon die ersten drei, vier Kindheitsjahre im Vergleich zum Rest des Lebens? Auch tagsüber holt es mich ein. Manchmal, wenn ich spazieren gehe, auf diesen kleinen Wegen durch die Felder, die hinter den Wohnblocks beginnen und auf die sich selten Spaziergänger verirren, wenn der Wind kalt weht und die Natur friedlich vor mir liegt und in weiter Ferne ein einzelnes Flugzeug brummt.

In meinen ersten Erinnerungen war Bernhard schon auf der Welt. Eine Zeit mit Mutter ohne Baby gibt es für mich nicht. Ich weiß nicht, ob der Krieg schon vorbei war oder nicht. Aber es machte keinen wirklichen Unterschied für uns. Vielleicht war es nach dem Krieg sogar noch schlimmer mit der Angst und dem Hunger. Und obwohl wir nachts nicht mehr in den Keller mussten, mussten wir uns weiterhin verstecken.

Ich wusste nicht, warum und vor wem. Ich wusste nur, dass es Männer waren, vor denen wir uns fürchteten. Männer in Mänteln und Stiefeln.

Ich weiß auch nicht mehr, wo wir damals gewohnt haben. So etwas wie ein festes Zuhause gab es nicht, und ich schlief dort, wo Mutter sagte, dass ich schlafen sollte. Aber an *eine* Behausung erinnere ich mich doch noch schemenhaft. Und das, was dort geschehen ist, wird immer bleiben.

Ich weiß, dass wir dort nicht allein lebten, aber wer die anderen Menschen waren, die sich mit uns die Zimmer teilten, die sich neben uns wuschen und neben uns schliefen – das habe ich Mutter nie gefragt, und eine Antwort hätte ich ohnehin nicht erhalten. Ein, zwei Mal habe ich es halbherzig versucht. Aber dann hieß es, das seien dunkle Zeiten gewesen, oder wir sollten nach vorne blicken und nicht zurück, oder wir sollten uns an dem erfreuen, was wir haben, und nicht über das grübeln, was hinter uns liegt.

Ich erinnere mich noch an ein bestimmtes Klopfzeichen. Jeder, der bei uns wohnte, musste an die Tür klopfen: dreimal kurz, Pause, dann noch zweimal, und es wurde aufgemacht. Wenn es aber einfach so an der Tür klopfte, dann musste ich mich verstecken.

Da ich noch so klein war, fiel es mir nicht schwer, geeignete Verstecke zu finden. Mein liebstes war das unter der Spüle. Ich klappte einfach den Küchenschrank auf, setzte mich hinein, stellte die Putzeimer vor mich und rollte mich klitzeklein zusammen. Das ging ganz schnell, und ich war stolz darauf, mich so gut verstecken zu können. Ich hoffte, dass auch Mutter bemerkte, wie gut ich im Verstecken war, aber sie sagte nie etwas dazu. Irgendwann verlor ich dann die Lust am Versteckspiel. Denn wann immer es anders klopfte als dreimal kurz, Pause und noch zweimal, passierte ja doch nie etwas. Irgendeiner kam, um zu betteln oder die Erwachsenen etwas zu fragen. Aus dem aufregenden Spiel wurde eine Pflichtübung. Bis zu diesem einen Tag, den ich so gerne vergessen will und es doch nicht kann.«

Margret blickt aus dem Fenster in die Nacht. In der rechten oberen Ecke des Fensters hängt ein runder Mond. Hatte nicht jemand ein Unwetter versprochen? Aber es schien eine sternenklare Nacht zu sein, und noch könnte sie Ingrid stoppen, noch am Weiterreden hindern. Sie könnte einfach gehen. Sagen, dass sie sich nicht wohl fühle. Sagen, dass ihr doch alles zu viel sei. Gert und die Hochzeit und das plötzliche Wiedersehen.

Sie sieht ihren Bruder an, der in unbequemer, vorgebeugter Haltung auf seinem Sessel sitzt. Nur kein Wort verpassen, endlich die Puzzleteile zusammensetzen und das Rätsel lösen. Er könnte jetzt nachhaken: »Was? Was ist an diesem Tag geschehen?« Aber er ahnt wohl so wie Margret, dass er damit Ingrid zum Schweigen brächte. Die bestellt sich einen zweiten Cognac und wartet, bis er ihr gebracht wird. Ein unangenehmes Schweigen breitet sich aus, während der Kellner die bernsteinfarbene Flüssigkeit in den Schwenker gießt und auf einem Tablett zu ihrem Tisch balanciert, abstellt, ein dankbares Nicken kassiert und sich auf eines der wenigen Trinkgelder einstellt, während der Rest der Hochzeitsgesellschaft an diesem Abend Scheine für die gesamte Belegschaft in ein extra dafür aufgestelltes Sparschwein stecken wird.

Ingrid trinkt, ein brombeerroter Lippenstifthalbkreis bleibt am Rand des Glases zurück. Und sie spricht weiter.

»Ich weiß nicht genau, wann es war, also an welchem Wochentag oder in welchem Monat. Aber ich erinnere mich daran, dass ich ein Kleidchen getragen habe, dazu Kniestrümpfe, und dass es warm war, aber noch nicht zu warm, so dass ich davon ausgehe, dass es irgendwann im Frühling gewesen sein muss. Damals gab es für mich nur Mutter und das Baby, das eigentlich schon ein Kleinkind war, für mich jedoch noch lange ein Baby blieb, das ich mit meinem Stock beschützen musste. Mutter und Baby. Auf niemanden sonst war Verlass, das war es, was ich in meinem bis dahin kurzen Leben gelernt hatte. Trau niemandem. Es gab irgendwo noch eine Tante und einen Onkel, und Großeltern hatte ich offensichtlich auch. Aber die hatte ich selten gesehen, und als ich sie sah, verstand ich wenig von den Gesprächen der Erwachsenen, nur so viel, dass Baby und ich ein Problem darstellten und dass wir störten, obwohl sie mich Sonnenschein nannten, und dass ohne uns alles irgendwie einfacher wäre. Und als ich schließlich zusammen mit Bernhard bei den Großeltern wochenlang auf Mutters Rückkehr warten musste, kam die zweite goldene Regel zum Zuge, die Mutter mir eingetrichtert hatte: Beklag dich nicht.

An diesem Tag also klopfte es nicht an die Tür. Es polterte. Es krachte so gewaltig, dass klar war: Hier kommt niemand, der darauf wartet, dass ihm geöffnet wird. Hier bricht jemand ein. ›Schnell, versteck dich‹, rief mir Mutter zu, und das war natürlich Unsinn, denn niemand konnte sich schneller verstecken als ich. Nur warum sie selbst es nicht tat, ist mir bis heute nicht klar. Warum sie wie angewurzelt stehen blieb. Aber auch danach konnte ich sie nie fragen.

Zeit, einen Kreis um uns zu ziehen, hatte ich nicht mehr, das warf ich mir später noch manches Mal vor. Dass es meine Schuld war. Dass ich zu langsam gewesen war und nur an mich selbst gedacht hatte. Ohne mich nach Mutter und Baby umzusehen, hatte ich mir meinen Zauberstock geschnappt, war in den Küchenschrank gekrochen, hatte die Putzeimer vor mich gestellt und die Schranktür hinter mir zugezogen.

Das Letzte, was ich von meiner Mutter sah, waren ihre Hände, die sich auf Höhe der Hüfte zu Fäusten ballten, dass die Knöchel weiß hervortraten. Dann wurde es dunkel, und ich versuchte, so flach wie möglich zu atmen, auch wenn der Geruch von Essig in meinem Hals kratzte, während die Männer in Stiefeln mit Mutter vermutlich das taten, was Männer damals mit Frauen eben taten. Ich hörte die anderen Frauen kreischen und Türen, die auf- und zuknallten, das Klirren von Glas und von zerberstendem Holz. Ich hörte Worte in einer fremden Sprache und das Getrappel von Füßen auf der Treppe und wusste einmal mehr nicht, wer alles in diesem Haus wohnte, woher diese Menschen kamen und wie lange sie schon hier waren. Ich hörte Baby Bernhard, das brüllte, aber sein Brüllen wurde leiser, jemand musste ihn aus der Küche getragen haben. Das Herz schlug mir bis zum Hals, und ich setzte mich auf meine Hände, um der Versuchung zu widerstehen, einfach die Schranktür aufzureißen, um zu sehen, was da draußen vor sich ging. Aus all dem Lärm und Chaos versuchte ich Mutters Stimme herauszuhören und mich auf das zu konzentrieren, was sie tat oder was sie durchlitt. Aber ich hörte sie nicht. Ich hörte sie nicht schreien und nicht klagen, und nachdem ich erst dachte, sie sei wohl aus dem Zimmer geflohen oder womöglich verschleppt worden, war ich mir schließlich sicher, dass sie tot war.«

Die Tür zur Küche geht auf. Herausgeschoben wird ein Wagen mit einer dreistöckigen Hochzeitstorte. Auf der obersten Stufe ein Paar aus Marzipan, links und rechts davon Funken sprühende Wunderkerzen. Der Kellner öffnet die Flügeltür zum Festsaal, wo die Musik heruntergedreht wird und Applaus aufbrandet. Es ist kurz vor Mitternacht, und draußen vor dem Fenster sind keine Sterne und kein Mond mehr zu sehen. Alles ist schwarz.

»Wir sollten rübergehen«, sagt Ingrid.

»Nein«, sagt Margret. »Erzähl weiter.«

Ingrid nickt und schließt einen Moment lang die Augen, um sich zu sammeln. Dann fährt sie fort.

»Irgendwo draußen auf der Straße bellten Hunde, ich hörte Automotoren, irgendwo fielen Schüsse, aber nicht in unserem Haus. Ich hörte Schritte, die direkt an mir vorbeimarschierten, zwischen mir und den Stiefeln nur eine dünne Wand aus gepresstem Holz. Ich verlor jegliches Zeitgefühl. Ich griff nach meinem Stock, drehte ihn einmal in den Händen, zeichnete in der Luft einen Zauberkreis, der verpuffte. Ich wollte nur wissen, wo Mutter war, Mutter und das Baby. Ich weiß nicht, wie lange es dauerte, bis es ruhig wurde. Bis die Schritte wieder die Treppe herunterpolterten und nichts mehr blieb als das Stöhnen von Menschen, die ich nicht kannte, und irgendwo dazwischen das kindliche Gewimmer meines kleinen Bruders. Ich hörte, wie jemand mit einem Besen den Boden entlangfuhr und Scherben zusammenkehrte. Ich hätte aus meinem Versteck hervorkriechen können, aber ich tat es nicht. Zu groß war die Furcht vor dem, was ich da in der Küche zu sehen bekäme. Ich hörte Menschen weinen und fluchen. Ich hörte, dass jemand mit einem Hammer Nägel in Holz schlug. Ich hörte, wie nach der ersten entsetzten Ruhe aus einem leisen Flüstern eine rege Diskussion entstand, anschwoll zu höchster Erregung und Empörung, und obwohl die Menschen Deutsch sprachen, verstand ich kein Wort. Mutters Stimme hörte ich nicht. Irgendwann hatte ich großen Durst. Ich versuchte, nicht daran zu denken, wollte noch länger im sicheren Versteck bleiben, einer überschaubaren Welt, nur bestehend aus mir, dem Putzmittel und den Eimern. Aber der Durst wurde immer schlimmer, meine Zunge fühlte sich schwer und pelzig an. Irgendwann hielt ich es nicht mehr aus. Vorsichtig klappte ich die Schranktür auf. Inzwischen tat mir jeder Knochen weh von der gebückten Haltung, und mein Bauch schmerzte. Und dann sah ich sie. Ganz ruhig saß sie am Esstisch auf einem Stuhl. Saß da und sah dem Treiben um sich herum zu, rührte aber selbst keinen Finger.

Ich war noch so klein, natürlich konnte ich die Situation nicht verstehen, also wurde ich furchtbar wütend auf Mutter. Ich war so wütend, dass ich meinen Stock entzweibrach und auf den Boden donnerte. ›Warum hast du mich nicht aus dem Versteck geholt?‹, brüllte ich sie an. ›Wieso hast du mich nicht gesucht?‹ Aber Mutter reagierte gar nicht, begann nur ganz leise eine Melodie zu summen. Ihr Haar war zerzaust, das weiß ich noch, denn tatsächlich ärgerte ich mich sogar über diese Unordentlichkeit, ansonsten fiel mir nichts auf an ihr, sie schien nicht verletzt, sie blutete nicht; und ich hatte geglaubt, sie sei tot. Ich fühlte mich betrogen. ›Du hast mich nicht lieb‹, brüllte ich wieder, ›ich hau ab, mich siehst du nie wieder‹, irgendetwas in der Art. Baby Bernhard fand ich im Nebenzimmer. Er versuchte Tonscherben wieder zusammenzusetzen und war ganz versunken in sein Spiel. Was wir den Rest des Tages machten, weiß ich nicht mehr. Ich weiß nur, dass ich noch lange wütend war, dass ich noch wütend war, als ich ins Bett ging, und mich am nächsten Morgen darüber ärgerte, dass man seine Wut wegschlafen kann, dass man morgens aufwacht und es einem nicht sogleich einfällt, warum man eigentlich so wütend war und immer noch sein sollte.«

Ingrid nimmt einen Schluck aus ihrem Glas. Der Fensterrahmen rappelt, draußen ist es windig geworden. Einen schweren Moment lang Schweigen. Dann fragt Ingrid: »Ist das menschliche Gedächtnis nicht sonderbar?« Sie lächelt. »Ich kann mich an so wenig aus dieser Zeit erinnern, aber von diesem Tag weiß ich noch so viele winzige Details, und gerade diesen Tag hätte ich so gerne nicht mehr in meinem Kopf.«

»Aber du weißt nicht, was ihr widerfahren ist«, stellt Bernhard fest, und Margret wundert sich über seine Wortwahl. Widerfahren.

»Sie hat es mir nie erzählt.«

»Also ist es möglich, dass ihr nichts widerfahren ist. Dass sie vielleicht beraubt wurde und ihre damalige Unterkunft zerstört wurde, wenn ich das richtig verstehe, aber dass ihr sonst nichts ... widerfahren ist. Dass sie einfach unter Schock stand. Wer stünde das nicht.«

Ingrid zuckt mit den Schultern. »Wenn du meinst.«

»Du kannst dich an nichts erinnern?«, fragt Margret ihren Bruder. Der schüttelt den Kopf. »Ich konnte kaum laufen, als der Krieg zu Ende ging. Machte meine ersten tapsigen Schritte wohl über Trümmer und Asche. Aber ich erinnere mich noch daran, wie es ist, nicht so viel essen zu können, wie man wollte, und an Fliegerschokolade erinnere ich mich auch noch. Eine Kostbarkeit aus runden rot-weißen Blechdosen, jede Menge Koffein war in der Schokolade, heute wäre es ein Skandal, so etwas an Kinder zu verschenken. Und ich erinnere mich daran, dass wir als Kinder auf der Straße Krieg spielten und Mama das nicht wollte. Sie sagte: ›Hört auf, Krieg ist kein Spiel.‹

Dann spielten wir eben Räuber und Gendarm oder Cowboy und Indianer. Aber ich glaube, da wohnten wir schon in Weil. Das war alles viel später. Aber noch vor Margrets Geburt.«

»Es ist jetzt auch gut. Das ist hier kein Zeitzeugentreffen, das ist eine Hochzeit. Reden wir nicht länger vom Tod, feiern wir das Leben«, beschließt Ingrid.

Bernhard steht auf und nickt ihr aufmunternd zu. »Ich komme gleich, lass mich nur eben mein Glas austrinken«, sagt sie. Bernhard lächelt, beugt sich zu seiner großen Schwester hinab und drückt sie einmal fest an sich. »Danke, dass du das alles mit uns geteilt hast. Dass du endlich offen zu uns warst.« Sie lächelt und tätschelt seine Hand. Ist gut, Junge.

»Willst du nicht doch einen Blick in die Tagebücher …«, versucht er es noch einmal, aber sie schüttelt den Kopf. »Mutter wollte es vergessen, und das will ich auch. Die wirklich wichtigen Dinge hat sie vermutlich eh nicht aufgeschrieben.«

Bernhard seufzt und nickt. Er verschwindet in Richtung Flügeltür, und auch Margret steht auf, dreht sich aber noch einmal zu Ingrid um. Sagt mit gedämpfter Stimme: »Das ist nicht alles, nicht wahr?« Ingrid starrt einen Moment lang vor sich hin, ihr Blick wirkt müde, geradezu erschöpft. Die Lippen sind jetzt blass, die Farbe hängt am Glas. Dann schüttelt sie den Kopf und sagt: »Nein, das ist nicht alles.«

34

Es ist nach Mitternacht, als sich Margret verabschiedet. Sie hat sich ein Taxi bestellen lassen, aber es dauert einen Moment. Der Herbststurm ist nun doch über sie hereingebrochen, es regnet in Strömen. Einige Straßenzüge und Unterführungen stehen unter Wasser, Regionalzüge fallen aus wegen Oberleitungsschäden und umgekippter Bäume, die Buslinien müssen Umwege wegen herabgefallener Äste fahren, immer wieder hört man in der Ferne Sirenen. Taxifahrer sind in dieser Nacht sehr gefragt.

Ingrid und Bernhard haben sich längst verabschiedet, auch Jessicas Familie ist bereits gegangen. Die Freunde mit kleinen Kindern haben sich auf den Weg gemacht, um den Babysitter abzulösen und wenigstens ein paar Stunden Schlaf zu bekommen, ehe sie nicht mehr als Gäste, sondern als Eltern gefordert sind.

Mit Michael hat Margret an diesem Abend kaum gesprochen. So ist das eben an Hochzeiten, hat sie sich gesagt. Der Gastgeber hat keine Zeit. Auch Anna erschien ihr gegenüber reserviert, was Margret auf eine Verlegenheit durch Roman zurückführt. Sie hat die beiden an diesem Abend nicht tanzen gesehen. Nicht alle Menschen tanzen gerne, so ist das eben, und vielleicht ist das ja auch eine Sache, die die beiden vereint. Dass sie Menschen sind, die nicht gerne tanzen.

Michael. Sie schließt kurz die Augen. Ihr ist schwindelig. Die Gespräche und der Alkohol haben sie müde gemacht.

Träge sitzt sie in einem Sessel. In ihrem Kopf entsteht ein Text.

In dieser Nacht würde nichts laufen. So war das wohl bei den meisten Hochzeitsnächten. Es geht vor allem ums Feiern. Feiern bis in die Puppen, hatte Jessica gesagt. Bis in die Puppen. Woher hatte sie nur solche Ausdrücke? Immer wieder schaffte sie es, solche fast schon vergessenen Dinge von sich zu geben. Bis in die Puppen. Schabernack. Heiliger Bimbam.
Eigentlich würde er jetzt gerne nach Hause, der Tag war lang. Aber die Freunde aus dem Studium halten noch durch. Ganz jung sind auch sie nicht mehr. Feiern bekommt etwas Ironisches. Etwas Kämpferisches. Was einem früher so leichtfiel (Jessica würde sagen: leicht von der Hand ging), kostete jetzt Überwindung. Durchhaltevermögen.
Schon seit einer halben Stunde steht er am Rand der Tanzfläche, ein halbes Glas Bier als Alibi in der Hand. Schon während der Planung hat er zu Jessica gesagt: Mehr noch als auf die Hochzeit freue er sich auf den Tag danach. Ein rauschendes Fest, schön und gut, aber das eigentliche Ziel liege doch in dem Danach. Dem Alltag. Da ist eine große unerklärliche Sehnsucht nach Ruhe und einem eingerichteten Leben in ihm. Alles soll an seinem Platz sein, damit man endlich einmal den Kopf frei hat. Raum für wirklich Wichtiges und vielleicht auch einfach mal Pause.
Seine Schwester würde es nicht verstehen. Und ihr Schriftsteller-Freund erst recht nicht. Spießig und langweilig, gewöhnlich und piefig. Er kann sich schon vorstellen, wie sie über ihn reden. Aber sie, die sich für so hochgeistig halten und für so reflektiert, in Wahrheit aber nur um sich selbst kreisen, was wissen sie denn

schon? Womöglich liegt es daran, dass sie Ärzte sind, er und Jessica. Dass sie wissen, wie gut Langeweile ist, wie kostbar, selten und wichtig. Und wie unwichtig am Ende man selbst.

Margret schreckt hoch, fast wäre sie eingeschlafen. Sie dreht sich nach Anna um, kann sie jedoch nicht entdecken. Mühsam rappelt sie sich auf, nimmt ihren Mantel und geht nach draußen.

Kalter Wind bläst ihr ins Gesicht und macht sie wach. Ein Paar Scheinwerfer leuchtet auf. Die Scheibenwischer des Taxis stehen auf Stufe hysterisch. Der Fahrer drückt die Tür auf, der Wind hält dagegen.

»Was machen Sie denn bei diesem Wetter hier draußen?«, fragt er, und Sorge könnte in seiner Stimme liegen, vielleicht aber auch ein Vorwurf. »Ich wäre doch nach drinnen gekommen.« Margret nickt nur, steigt ein und nennt die Adresse ihres Hotels. Der Fahrer setzt sich neben sie, er dürfte etwas jünger sein als Margret, wobei sie sich in einem Alter befindet, in dem auch die etwas Jüngeren bereits ergraut sind oder kahl. Seine Haut hat einen milchkaffeebraunen Teint, an seinem Handgelenk trägt er ein goldenes Armband. Tief sitzt er in seinem Fahrersitz, seinen Bauch verstaut er unter dem Lenkrad.

»War's 'ne schöne Feier? Wer hat denn geheiratet? Jemand, der Ihnen nahesteht?«

»Ich bin müde und möchte mich jetzt wirklich nicht unterhalten«, sagt Margret und blickt aus dem Fenster, um keine weitere Reaktion des Taxifahrers zu provozieren. Soll er doch von ihr denken, was er will.

»Nun denn«, sagt dieser nur, ein gleichgültig klingendes

»nun denn«. Er schaltet das Radio ein, deutscher Schlager auf NDR1, und fährt los.

Margret blickt aus dem Fenster in die von Straßenlaternen erleuchtete Stadt. Am Fenster perlen Regentropfen hinunter, bilden kleine Bäche, werden schließlich vom Wind hinfort geweht. Die Bäume kämpfen gegen den Sturm, kleinere Äste und Blätter liegen auf den Straßen und Gehwegen, doch die Stämme sind biegsam und halten stand. Irgendwo ertönt ein Martinshorn.

»Viele vollgelaufene Keller heute Nacht«, sagt der Fahrer und verstößt damit nicht gegen die Regel. Das ist keine Unterhaltung, das ist ein Monolog. Margret muss nur nicken, und fast ist sie dankbar dafür. Sie folgt den Ausführungen des Mannes über Unfälle und Vollsperrungen auf der A soundso und der Feuerwehr, die dringend noch eine weitere Wache im Stadtzentrum bräuchte, lässt ihm seine Meinung über den Klimawandel oder doch keinen Klimawandel und die Herbststürme in dieser Region und über die Taxizentrale, bei der das Telefon nicht still stehe. Sie stellt sich vor, wie der Mann irgendwann Feierabend macht und nach Hause kommt. Kleine Wohnung, dritter Stock, Mehrfamilienhaus. Ein altmodisches Bad mit blauen Fliesen, eine Einbauküche mit brummendem Kühlschrank, Raufasertapete und Magnarp-Stehleuchte im Wohnzimmer. Seine Frau liegt im Bett und schläft. Sie arbeitet drei Tage die Woche als Frisörin, Kinder haben sie keine, es sollte nicht sein. Sie wacht auf, als er ins Zimmer kommt. Er zieht seine Hose aus, sagt etwas wie »Mann, Mann, Mann …« und erzählt ihr von Unfällen, Feuerwehrwache, Klimawandel, Herbststürmen, Taxizentrale, und sie sagt irgendetwas wie »Na, da war ja was los«, und wartet darauf, dass er unter die Decke schlüpft und sich an ihren bettwarmen Körper schmiegt, damit sie weiter schlafen kann. Und für einen kurzen Moment denkt Margret, wie gerne sie doch diese Frau wäre.

Mit einem »Da sind wir« entlässt er sie in die Nacht. Margret zahlt Trinkgeld, zu viel, zu wenig, gerade richtig. An der Rezeption eine Frau, die sich wach geschminkt hat und selbst jetzt noch lächelt und einen schönen Abend wünscht, obwohl in wenigen Stunden bereits das Frühstücksbuffet vorbereitet wird. Rührei im Trog, Brötchen von der Größe von Kinderhänden, Butter in Kleeblattform. Glückbringendes Fett.

Margret zieht die Plastikkarte durch den Schlitz, die Tür springt auf. Irgendjemand hat ihr frische Handtücher gebracht und die Tagesdecke so fest unter die Matratze geklemmt, dass es sie Mühe kostet, das Bett von ihr zu befreien. Neben dem Bett: der Koffer mit den Tagebüchern ihrer Mutter. Und weit und breit niemand, der ihn ihr abnehmen kann.

35

An das Zischen, Piepen, Surren und Blinken hat sich Margret längst gewöhnt. Selbst der Geruch macht ihr nicht mehr so viel aus, der Griff zum Pfefferminzöl ist zur Routine geworden. Die vergangenen Tage hat Margret damit verbracht, neben Gert zu sitzen und zu lesen.

Ahab ist längst tot, doch die Liste der noch zu lesenden Bücher ist lang. Sie hat einmal ausgerechnet, wie viele

Bücher sie im Jahr liest und wie viele Jahre sie wohl noch zu leben hat. Sie muss sich beeilen.

Als es ihr dann doch zu still wurde in diesem Raum, begann sie, Gert vorzulesen. Bücher wirken anders, wenn man sie mit lauter Stimme vorträgt. Man kommt nur langsam voran, aber vielleicht, denkt Margret, versteht man sie sogar besser, wenn man sie laut liest. Wenn die menschliche Stimme die Wörter abtastet, aus ihnen Laute bildet und so ihre Stärken unterstreicht und ihre Schwächen schonungslos offenbart.

Zwischendurch kommt Krankenhauspersonal ins Zimmer. Krankenhauspersonal, Fachkräfte welcher Art auch immer, Krankenschwester sagt man nicht mehr, und wer denn nun hier ein Arzt ist, wer ein Oberarzt, Chefarzt, was auch immer, das wagt Margret nicht zu beurteilen. Also: Krankenhauspersonal. Kommt rein, grüßt, guckt auf die Geräte, guckt auf Gert. Notiert etwas, berichtet wenig. Einmal hat ein junger Mann gesagt: »Na, immerhin.« Aber er hat es nicht in Margrets Richtung gesagt, zumindest fühlte sie sich nicht angesprochen, also hat sie nicht nachgefragt, sondern war auf ihrem Platz geblieben. Geduldige Ehefrau an der Seite ihres Mannes. Hat abgewartet, bis sie wieder unter sich waren und sie weiterlesen konnte. Na, immerhin.

Gert hat nie viel gelesen. Krimis zur Unterhaltung, manchmal Sachbücher über die Natur oder Bildbände über Kanada oder Norwegen. Kalte, dunkle Länder, die hat er immer gemocht. Dabei sind sie nie viel gereist. Nach der Geburt der Kinder fehlte das Geld. Und in den letzten Jahren? Es wird Gründe gegeben haben. Oder Gewohnheiten.

Margret weiß nicht, ob es Gert gefällt, dass sie ihm

vorliest, aber wer weiß? Vielleicht ist es ganz gut, wenn er es nicht mag, vielleicht wird es ihn antreiben, endlich den Kreislauf wieder anzukurbeln, den Körper hochzufahren, sich aufzurichten und ihr zu sagen: »Sei endlich still.«

Bald wird Margret weniger Zeit für Gert haben. Für Gert und die Bücher. Jörg Binder hat sie angerufen, es gehe in großen Schritten auf das Weihnachtsgeschäft zu, hat er gesagt. Ob sie nicht vielleicht doch wieder? Und sie hat zugesagt. Drei Tage die Woche vier Stunden, das ist nicht viel. Und doch hat sie es Gert noch nicht gesagt.

Eine junge Frau in weißer Arbeitskleidung betritt den Raum, und Margret verstummt. Ihr Hals ist trocken von dem Vorlesen, nach den ersten Lesetagen schmerzten ihre Stimmbänder, doch jeden Tag gewöhnen sie sich mehr an die plötzliche Beanspruchung.

Margret hat die junge Frau schon ein paarmal gesehen. Sie kennt die Krankenhausmenschen, kennt ihre Bewegungen und Frisuren, ihre Schuhe und ihre Begrüßungsrituale. Die kleine Dicke und die große Dünne mit den kurzen hochgegelten, blond gefärbten Haaren. Den Jüngeren mit den weichen Händen, dem Seitenscheitel und dem rasierten Nacken. Die Ältere, die deutlich macht, alles schon gesehen zu haben und durch nichts aus dem Gleichgewicht gebracht werden zu können. Nur nach ihren Namen hat Margret nie gefragt. Sie will sie nicht wissen. Sie will nicht wissen, wie diese Menschen heißen, wo sie wohnen und wie sie leben. Sie will hier nicht heimisch werden. Es ärgert sie schon, wenn sie in der Bäckerei mit Namen und einem »So wie immer?« begrüßt wird. Nichts ist wie immer.

Die junge Frau, die Margret fälschlich als Krankenschwester bezeichnen würde, trägt Daten in ein Formular ein, das sie auf einem Klemmbrett vor sich herträgt. Ohne Margret anzusehen, sagt sie: »Sie müssen nicht jeden Tag hierherkommen.«

»Wie bitte?«

»Haben Sie die Broschüre für Angehörige von Schädel-Hirn-Verletzten und Menschen im Koma, künstlichem Koma und Wachkoma, sogenanntes apallisches Syndrom, erhalten?«

Margret nickt.

»Haben Sie die Broschüre gelesen?«

Margret nickt zweimal kurz.

»Dann wissen Sie, wie unheimlich wichtig Sie sind. Sie und Ihre Besuche. Sie haben gelesen, wie Sie den Patienten begrüßen und ansprechen und berühren sollen und was das alles bedeutet, nicht?«

Nicken.

»Stand in der Broschüre auch etwas über den Aufwachprozess, die Reha und das Leben nach dem Koma?«

Margret schüttelt den Kopf, und jetzt nickt die junge Frau, seufzt und verdreht die Augen, so wie man es tut, wenn man sich über die allgemeine Inkompetenz des eigenen Arbeitsumfelds echauffiert.

Die junge Frau beugt sich ein Stück zu Margret vor und flüstert ihr zu: »Bleiben Sie mal einen Tag zu Hause und machen irgendwas, das Ihnen gefällt. Fahren Sie in ein Thermalbad, gehen Sie zur Massage, Maniküre, ins Kino, ein schickes Restaurant, was auch immer. Fahren Sie ans Meer, das kann auch im Oktober noch schön sein. Und wenn Sie sich schlecht dabei fühlen, dann nehmen Sie einen Block mit und schreiben auf, was Ihr Mann in den letzten Wochen verpasst hat. Führen Sie ein Tagebuch. Er wird nicht ewig hierbleiben können, das wissen Sie? Bald wird sich jemand an Sie wenden, um mit Ihnen über ein Pflegeheim zu sprechen.« Damit nimmt sie ihr Klemmbrett und öffnet die Tür. Margret ruft ihr schnell hinterher: »Wird er denn gar nicht mehr aufwachen?« Die junge Frau dreht sich noch einmal um und zuckt mit den Schultern, verzieht ihren Mund zu einem Fragezeichen: »Das kann ich nicht sagen. Sie kennen Ihren Mann besser als ich.«

36

Einen Sommer lang hat Michael schlecht geschlafen. Es war das Jahr der Einschulung, vielleicht spürte er, dass der neue Schulranzen und die Schultüte nur darüber hinwegtäuschen sollten, dass etwas Großes auf ihn zukam und dass es nicht lustig werden würde.

Nachts wachte er auf, er schrie nicht und war nicht schweißgebadet und hatte keinen schnellen Atem. Er saß vielmehr aufrecht in seinem Bett, gelähmt von einem kalten Schauer, und ein Jammern entfuhr seinem kleinen Mund. Es war nur ein kurzes Signal, doch Margret hörte es. Und jedes Mal stand Gert auf, ging ins Kinderzimmer, nahm Michael auf den Arm und trug ihn hinüber in das Elternschlafzimmer, wo Michael von Monstern oder Krokodilen erzählte, schnell erdachte Kinderfantasien, weil er die eigentliche Ursache seiner nächtlichen Unruhe längst vergessen hatte. Dann saß er da, erzählte, und schlief kurz darauf wieder ein und den Rest der Nacht tief und friedlich. Oft wurde auch Anna durch den Tumult wach und beanspruchte ebenfalls einen Platz in dem elterlichen Doppelbett, in dem es daraufhin so eng und warm wurde, dass sie die Decken abstreiften und zu ihren Füßen legten. Morgens erwachte Margret, die in der Enge kaum Schlaf gefunden hatte, neben sich die warmen und sanft bebenden Körper ihrer Kinder, die in der Hitze des Sommers nur ihre Unterwäsche trugen und dennoch von einem leichten Schweißfilm überzogen waren.

Nach dem Sommer kam Michael in die Schule, und die nächtlichen Besuche endeten und kamen nie wieder. Doch einen Sommer lang war Michael ihnen nahe gewesen.

Die Erinnerung zieht schwer an Margrets Herz. Auch wenn die Frau, die vielleicht eine Krankenschwester ist, gesagt hat, sie solle ans Meer fahren, fährt sie nun in die Berge. In die Berge und noch ein Stückchen weiter, in diese Region, die sie Heimat nennen sollte.

Landschaft zieht am Fenster des Zugabteils vorbei, einmal quer durch Deutschland, es ist eine lange Fahrt. Im Großraumwagen Frauen mittleren Alters in karierten Hemden und mit praktischen Frisuren, in der Hand Plastikbecher voll Sekt oder Prosecco, Margret kennt den Unterschied nicht, und er interessiert sie auch nicht. Ein Gegacker und Gegluckse, kaum besser als die Gruppe nicht mehr ganz Jugendlicher, die mit ihrer Musik den halben Bahnhof beschallte und Bier aus Dosen trank.

»Wenn irgendwas ist«, hat sie Anna und Michael gesagt, die in ihrer Abwesenheit beim Vater sein wollten. Wenn irgendwas ist. Die Kinder haben sie beruhigt und ja doch, melden uns sofort, und Michael hat noch erklärt, dass es nicht so sei wie in den Kinofilmen, dass da jemand die Augen aufschlage und plötzlich wieder da sei. Der Aufwachprozess sei langwierig, sie habe Zeit genug, und außerdem werde es ihr bestimmt guttun.

Wann sind die Kinder eigentlich vernünftiger geworden als sie selbst, hat sie sich gefragt. Und ob diese Erkenntnis denn beruhigend sei oder beängstigend.

Der Zug fährt in die Schweiz. Schrebergartensiedlungen mit gehissten Fahnen – weißes Kreuz auf rotem Grund – tauchen im Rechteck des Fensters auf und verschwinden wieder. Margret steigt einmal um in einen Zug, der sie ein kleines Stück zurückbringt, knapp hinter die deutsche Grenze. Jörg Binder, Rita, Anna und Michael. Sie alle wissen, dass Margret nun hier ist. Nur Bernhard weiß es nicht.

»Was willst du denn in Weil?«, hat Rita gefragt.

»Ich will es einfach noch einmal sehen«, hat Magret geantwortet.

»Du klingst, als würdest du bald sterben«, hat Rita gesagt.

Margret fährt mit dem Bus und steigt im Ortskern aus. Sie hat kaum Gepäck. Einen Rucksack und den Lederkoffer mit den Tagebüchern ihrer Mutter. Sie will nur eine Nacht bleiben, vielleicht nicht einmal das.

Auf der Busfahrt sind ihr neue, große Häuser aufgefallen, doch hier im Dorf ist noch vieles wie in ihrer Kindheit geblieben.

Es sind die letzten Tage der Weinlese, die Winzer sind zufrieden mit der diesjährigen Menge. Auf Höhe von

St. Gallus kann Margret die bereits abgeernteten Reben sehen, und kurz empfindet sie beim Anblick dieser sanften Landschaft, die herbstlich gerötet und gebräunt vor ihr liegt, so etwas wie eine nicht zu erklärende Wehmut. Ein tiefer Schmerz drückt sie nach unten. Sie nimmt Platz auf einer Bank, zieht ihren kastanienbraunen Wollschal eng um ihren Hals und verschränkt die Arme vor der Brust, weil es sie plötzlich friert. Zum Heulen ist ihr zumute, und doch will es mit dem erleichternden Weinen nicht klappen. Sei's drum, hat sie denn nicht endlich gefunden, was sie so lange gesucht hat? Ein Gefühl? Aber wo kommt es her, und was hat es ausgelöst, es wird ja kaum das Dorfkirchlein sein oder der Anblick der Weinberge. »Herz, was willst du?«, fragt sie sich, spricht die Worte laut aus, wofür sie sich im nächsten Augenblick schämt. Herz, was willst du? Doch niemand hat es gehört.

Einen Schnaps wünscht sie sich, einen Obstler oder zumindest ein Glas Wein. Vielleicht auch das nur Folklore, aber egal, diesen Wunsch hinterfragt sie nicht. Sie steht auf und geht los, geht vorbei an ihrem einstigen Elternhaus, das nach dem Tod ihrer Mutter an eine Familie verkauft wurde, die die einst grünen Fensterläden rot gestrichen und den alten Holzzaun durch einen wenig Arbeit machenden Doppelstabgitterzaun ersetzt hat, doch sie bleibt nicht stehen vor dem Haus, denkt nur einmal kurz »Ach, guck« und geht weiter. Es ist dann doch noch ein ziemlicher Marsch raus aus dem Dörfle bis in jene Straßen, in denen die Häuser größer sind.

37

Schweiß rinnt ihren Rücken hinunter. Sie trägt immer noch ihren Mantel, während ihr Bruder mit nackten Füßen in Birkenstock durch das Haus rennt, in hektischen Bewegungen Kaffee aufsetzt und Teller aus dem Küchenschrank holt, denn er will es ja besser machen als Margret bei seinem letzten Besuch, er ist auf Besuch vorbereitet, auch wenn der Besuch sich nicht angekündigt hat und mitten am Tag bei ihm vor der Haustür steht. Der Kuchen sei zwar abgepackt und eingeschweißt, aber schmecken tue er trotzdem, und hätte er gewusst, dass sie käme, hätte er natürlich frischen besorgt, oder was Deftiges für den Abend, neuer Süßer und Zwiebelkuchen, das hätte er besorgt, ja, vielleicht sogar selbst gemacht, er könne das wohl, wenn er denn nur von ihrem Besuch gewusst hätte. Warum sie denn nicht angerufen habe, ein Glück, dass er überhaupt hier sei und nicht sonst wo. Und das bei einer so langen Anfahrt.

Margret steht im Türbogen des offenen langgezogenen Raums, der Küche, Esszimmer und Wohnzimmer zugleich ist. In der Hand immer noch den Lederkoffer. Sie sieht ihren Bruder in ausgebeulter Cordhose, offensichtlich Freizeitlook, und einem grauen Baumwollpullover, sieht die rötlichen altersfleckigen Hände, die aus der Schublade Kuchengabeln hervorholen. Hört das Geklapper der Teller, Tassen, Untertassen. Sieht das Zittern. »Mache ich dich nervös?«, fragt sie. Es klingt ein wenig spöttisch. Sie dreht sich um. Der schwarze BMW muss in der Garage stehen, denn in der Einfahrt steht ein silberfarbener Porsche, offenbar die neuste Anschaffung ihres Bruders. Margret schüttelt den Kopf. An der Wand hängen Familienbilder. Erklommene Berge und gefeierte Konfirmationen, Bilder der Kinder; der eine ist heute Anwalt in München, der andere Wirtschaftsprüfer in Stuttgart, beide gelungen, Kontakt zu Anna und Michael, Cousin und Cousine, die im fernen Norddeutschland leben, haben sie nicht. Daneben das Foto der drei Geschwister auf der Bank. Margrets Blick bleibt am Hochzeitsfoto hängen.

»Wo ist Melanie?«, fragt sie.

Bernhard antwortet nicht, und Margret stellt endlich den Lederkoffer ab. »Bernhard, wo ist sie?«

Ihr Bruder steht immer noch am Kaffeevollautomaten, sie sieht nur seinen Rücken, einen krummen grauen Baumwollberg.

»Wo ist Melanie?«, fragt Margret noch einmal, diesmal etwas schärfer. Aber Bernhard sagt nichts, er muss nun auch nichts mehr sagen, denn aus einem der hinteren Zimmer krächzt eine dünne Stimme: »Bernhard?«

Bernhard seufzt und dreht sich zu seiner Schwester um. »Komm mit«, sagt er zu Margret. Die folgt den schlurfenden Schritten ihres Bruders, der ins Schlafzimmer geht. Sie kann sich nicht erinnern, diesen Raum schon einmal betreten zu haben.

In dem Zimmer ist es dunkler, die Vorhänge sind halb zugezogen. Im Bett liegt eine zierliche Gestalt, die ergrauten Haare bilden einen strahlenförmigen Kranz um ihren Kopf, der auf einem dicken Daunenkissen ruht. Zwei große

Augen blicken Margret ratlos an. »Wer ist das?«, fragt Melanie. »Bernhard, Bernhard, wer ist diese Frau?«

Er setzt sich auf die Bettkante, legt einen Arm um Melanie, die sich augenblicklich zu einem kleinen Päckchen zusammenrollt und sich fest an ihn schmiegt, als würde sie sich verstecken wollen. Auf einem Stuhl in der Ecke sitzt Franz, Bernhards alter einäugiger Teddybär.

»Das ist Margret, meine Schwester«, sagt Bernhard, »ihr kennt euch. Du hast sie schon ein paarmal gesehen.«

»Sie soll weg«, sagt Melanie und macht eine wegwerfende Bewegung. »Ich kenne sie nicht, sie soll weg.«

Margret nickt und geht zurück in Richtung Küche/Esszimmer/Wohnzimmer, wirft noch einen Blick auf das Paar, das da im Bett liegt, Melanie, die dünne Hand fest in Bernhards Pullover gekrallt, und er, der sie langsam hin und her wiegt wie ein kleines Kind und ihr einen Kuss in das wirre Haar drückt.

38

»Manchmal vergisst sie, wer ich bin. Manchmal wandert sie nachts stundenlang durchs Haus, und manchmal beschimpft und schlägt sie mich.« Bernhards Hände liegen zu Fäusten geballt links und rechts vom Kuchenteller, der Blick starr nach unten gerichtet.

»Warum hast du nichts gesagt?«, fragt Margret.

Er zuckt mit den Schultern. »Ich weiß nicht, ob ihr das recht wäre.« In großen Bewegungen zerteilt er mit der Gabel den Kuchen und stopft ihn sich in den Mund. Kaut heftig, wo es nichts zu kauen gibt, schlürft den heißen Kaffee, kaut und sagt: »Ihre Schwester kommt öfters zu uns, sieht nach dem Rechten. Passt auf Melanie auf, wenn ich mal was zu erledigen habe. Zu dir fahre oder zu Michaels Hochzeit. Aber wegen Melanie bist du nicht hergekommen.«

Margret schüttelt den Kopf. »Nein, aber wir müssen darüber doch reden. Hast du denn Hilfe? Was sagen die Ärzte? Seit wann geht das schon so?« Margrets Kuchen liegt unberührt vor ihr auf dem Teller.

»Magst du nichts essen?«, fragt Bernhard. Sie schüttelt erneut den Kopf, woraufhin er ihr Stück mit der Gabel aufspießt, auf seinen Teller hievt und zerkleinert. »Wie geht es Gert?«, fragt er.

Margret atmet tief ein. Sie kann nicht länger an diesem Tisch sitzen bleiben. Sie steht auf, geht einmal um die Sofalandschaft herum, kommt zurück, die Arme zu einer dramatischen Geste ausgebreitet: »Ich weiß es nicht. Ich weiß nicht, wie es Gert geht, er kann es mir nicht sagen, und die Ärzte, die können es offenbar auch nicht.« Der Wunsch zu weinen ist wieder einmal übermächtig, aber nichts kommt, nichts.

»Warum bist du hier?«, fragt Bernhard schließlich und schneidet weiteren Kuchen auf. Margrets Blick fällt auf den in Plastik eingeschweißten Marmorkuchen. So haben sie ihn früher in den Rucksack gepackt für Fahrradtouren oder Wanderungen oder in die Schwimmtasche fürs Freibad, wo er oft schon halb zerdrückt und zerbröselt auf den Handtüchern landete und von Annas und Michaels vom Chlorwasser aufgeweichten Händen aufgepickt wurde. Mit Gerts

Schweizer Taschenmesser hatten sie ihn zerteilt, was den Kindern ähnlich wichtig war wie der Kuchen selbst. Sie sieht sie vor sich, Michael und Anna, vor ihnen das rote metallene Wunderding mit dem weißen Kreuz, aus dem sie immer neue Arme hervorzauberten und deren Funktionen aufzählten: Dosenöffner, Zahnstocher, Flaschenöffner.

»Ich wollte dir den hier zurückbringen«, sagt Margret schließlich und zeigt auf den Koffer.

»Du hättest ihn schicken können«, sagt Bernhard. »Wäre es nicht wichtig, dass du jetzt zu Hause bist bei Gert, ist das nicht so bei Komapatienten?« Er schiebt noch mehr Kuchen in den Mund, kaut und kaut, der ganze Kopf ist in Bewegung, ein ewig rotierendes Mahlwerk, anstrengend sieht es aus.

Margret, geschlagen, setzt sich schließlich aufs Sofa. »Ich wollte dich sehen«, sagt sie.

Bernhard lächelt. »Ich wäre doch zu dir gekommen.«

Margret schüttelt den Kopf. »Ich wollte mal raus. Und ich wollte hierher.«

»In die Heimat.« Bernhards Lächeln wird breiter. Margret blickt auf den Boden. Ihre Schultern hängen müde herab, ein Boxer in der K.o.-Ecke.

»Wieso fällt es dir so schwer, das zuzugeben?«, fragt Bernhard.

Die Schultern zucken. Die große kleine Schwester ist besiegt, doch Bernhard zeigt sich großzügig. »Ich finde es schön, dass du da bist.« Er setzt sich neben sie, seine Hand deutet eine Umarmung an, überlegt es sich dann jedoch anders. »Du hättest auch ohne Koffer gerne kommen können.«

»Ich will ihn aber wirklich nicht bei mir haben. Er belastet mich.«

»Wegen der Geschichte, die Ingrid erzählt hat?«

»...«

»Sie hat nicht gesehen, was geschehen ist an diesem Tag.«

»...«

»Und sie war noch ein Kind. Kinder haben Fantasie. Sie verdrehen Dinge.«

»Solche Dinge sind aber passiert.«

»Ja, aber ob sie auch Mutter passiert sind, wissen wir nicht. So oder so war der Krieg natürlich eine traumatisierende Zeit. Das wiederum wissen wir. Wissen wir seit vielen Jahrzehnten. Daher werde ich aus Ingrid auch nicht schlau.«

»Du hast an diese Zeit gar keine Erinnerung?«

»Überhaupt keine. Ich erinnere mich noch an Hunger, wirklichen Hunger. Und an die extreme Sparsamkeit unserer Mutter. Und daran, dass ein Marmeladenglas nie wirklich leer war.«

»Ist das der Grund für das hier?« Margret breitet die Arme aus. Riesiger Fernseher, große Autos, teure Möbel. »Ist dir Geld deswegen immer so wichtig gewesen?«

Bernhard reibt sich mit der gefleckten Hand über die rötlichen Bartstoppeln. »Ja, vielleicht, so könnte man das sicher interpretieren«, meint er und wendet dann den Kopf zu ihr. »Aber hat es nicht schon immer Menschen gegeben, denen Geld wichtig war?«

39

Die Liebe meines Bruders

Die Liebe meines Bruders ist tief wie ein See. Mein Bruder hat keine Ahnung von der Liebe, vielleicht bemerkt er sie nicht einmal, denn Liebe über Jahrzehnte weiß sich gut zu verbergen. Und doch kenne ich kaum jemanden, der so sehr liebt wie mein Bruder.
Niemals könnte er darüber reden, er kennt keine Worte, um Liebe zu beschreiben; müsste er seine Liebe unter Beweis stellen, würde er vermutlich Wein kaufen oder Autos oder ganze Häuser, so wenig weiß er von der Liebe. Er weiß nichts von der Liebe, aber alles, was er tut, ist Liebe. Sie ist oft aufdringlich, wenig zurückhaltend, will häufig zu viel, braust auf und endet schließlich in einer Enttäuschung.
Hätte seine Frau ihn verlassen, wenn sie nicht krank geworden wäre? Hätte sie sich einen anderen Mann gesucht, der erwachsener mit dem Leben umgeht, weniger liebend? Einen Mann, der weniger offensichtlich verletzlich ist? Das frage ich mich in meiner Bitterkeit, während mein Bruder lieber Dinge tut. Den Schrank mit den Putzmitteln abschließen, damit sie in ihrer Verwirrung nicht daraus trinkt. Die Fenster sichern und die Haustür. Den Messerblock oben auf den Schrank stellen. Maßnahmen, die mein Bruder noch kennt aus der Zeit, als seine Söhne klein waren und er häufig auch am Wochenende arbeiten musste, um das Haus abbezahlen zu können.

Mein Bruder ist so viele Jahre älter als ich. Als ich in die Schule kam, war er schon ein kleiner Erwachsener. Er rauchte mit seinen Freunden Zigaretten, während ich aus Kastanien Männchen bastelte. Die Grundschule lag unweit des Gymnasiums, und da unsere Mutter im Haushalt zu tun hatte, sollte er mich in der ersten Zeit morgens in die Klasse bringen. Er tat es und beklagte sich nie, auch wenn seine Freunde lachten, wenn ich mit meinen Kniestrümpfen und dem Tornister neben meinem Bruder hertrottete. Eines Nachts hatte sich ein langer schwüler Sommer in einem einzigen Gewitter entladen, und auch am Morgen hatte es nicht aufgehört zu donnern und zu schütten. In roten Gummistiefeln und einem Regenmantel, den meine Mutter auf einem Flohmarkt gefunden hatte, ging ich todesmutig neben meinem Bruder den Schulweg entlang, während es über uns krachte. Als ich kleiner war, durfte ich noch Angst vor Gewittern haben, aber nun war ich ein Schulkind und sollte es besser wissen. Ich biss mir auf die Lippe und blinzelte gegen den Regen an. Die Hände hatte ich tief in den Taschen meines Regenmantels vergraben. Bis ich da auf einmal die große Hand meines Bruders spürte, dessen Finger sich in meinen verhakten. »Keine Angst«, sagte er nur, ohne mich dabei anzusehen. So gingen wir zusammen durch das Gewitter den ganzen Weg entlang. Und keiner seiner Freunde hat gelacht.

40

Es war Margret nicht möglich, über Nacht bei ihrem Bruder zu bleiben. Der Gedanke an eine verwirrt durch das Haus wandelnde Melanie gruselte sie. »Es tut mir leid, ich bin darauf nicht vorbereitet. Ich komme wieder, wenn ich es besser weiß«, hat sie ihrem Bruder versprochen, und der hat nur vor sich hin genickt. Jaja.

Bernhard brachte sie mit dem Porsche zum Bahnhof. »Mit dem Nachtzug brauchst du gut zehn Stunden nach Berlin, normal wären sechs.« Aber Margret hat gesagt, ihr mache das nichts aus, sie werde ohnehin schlafen und die lange Fahrzeit nicht bemerken.

Aber Margret schläft nicht. Da sie sich nicht vorstellen konnte, hier zur Ruhe zu kommen, hat sie direkt einen Platz im Sitzwagen des österreichischen Zugs gebucht, der in Zürich gestartet ist. Doch über Nationalitäten von Zügen möchte sie sich jetzt keine Gedanken machen.

Der Koffer liegt in der Gepäckablage über ihr, aus den Augen. Schräg gegenüber sitzt ein Mann, der laut schnarcht. Den Kopf hat er nach hinten gelegt, sein Mund steht offen und formt ein kleines O. Neben ihm sitzt eine Frau, vermutlich seine Frau, der das Schnarchen nichts auszumachen scheint. Auch sie schläft, die Hände vor dem Bauch ineinander verhakt, so als müsse sie sich selbst festhalten.

Es heißt, ein Paar gewöhne sich mit den Jahren an die Besonderheiten des Partners, denkt Margret und blickt hinaus in die Nacht, in der sie nichts erkennen kann; nur ihr eigenes Spiegelbild im Zugfenster. Es heißt, dass man irgendwann ohne die nächtlichen Geräusche des Partners kaum noch schlafen könne. Doch Margret hat sich nie an Gerts nächtliches Schnaufen gewöhnt. Er schnarchte nicht, er war nicht unruhig, er hatte sich nur im Laufe der Jahre angewöhnt, schwer zu atmen. Doch schon das störte Margret in ihrer Nachtruhe. Jahrelang schlief sie mit Wachs in den

Ohren, und wenn ihr die Gehörgänge brannten, floh sie ins Gästezimmer. Rita sagt: »Es ist schön, jemanden neben mir im Bett zu haben. Aber am schönsten ist es, wenn dieser jemand nach dem Frühstück nach Hause geht, damit ich schlafen kann.« Margret lächelt und lehnt ihren Kopf gegen die kühle Scheibe.

Ob Anna noch bei Gert sitzt, in der Hoffnung, dass? Ob sie auch gerade auf dem Weg nach Berlin ist? Ob sie zu Roman fährt? Margret schließt die Augen.

Früher waren nachts weniger Autos auf den Straßen. Die Uhr zwischen Drehzahlmesser und Tachometer zeigt 4.12 Uhr. Ist das überhaupt noch Nacht? Oder schon früher Morgen? Jeder Tag hat nur einen Tag, aber wenn man es genau nimmt zwei Nächte. Der Tag kommt aus der Nacht und endet wieder in ihr. Ein schwarzer Rahmen, der nur einmal kurz etwas Licht ausspuckt und bald darauf wieder kassiert.
Ein Kaninchen hoppelt auf einmal über die Straße, Roman bremst. Was machen Kaninchen hier mitten in der Stadt?
In seiner Wohnung liegt Anna und schläft. Auf seinem Schreibtisch liegt ein Text, den niemand lesen will. Auf seinem Rücksitz liegt Marcel und furzt.
Der Hund war ein Fehler, eine Eitelkeit, der er nicht hatte widerstehen können. Nun leidet das Tier unter Flatulenz und will zu den unmöglichsten Zeiten kacken. Natürlich hätte er Marcel auch einfach an den erstbesten Straßenbaum führen können. Nein, Marcel ist nicht der Grund für die nächtliche Fahrt. Es ist seine eigene Schlaflosigkeit, die ihn bereits seit Wochen quält, die er aber mittlerweile stilisiert. Wenn er ziellos durch die die Straßen gleitet, schon automatisch den Blinker

setzt und in den Rückspiegel schaut, wenn die Augen vor Müdigkeit brennen und die Gedanken traumhaft verschwimmen, dann schreibt er seine besten Texte. Dann ist genug Wahnsinn in seinem Kopf.

Die Straßenlampen leuchten, die meisten Ampeln sind noch ausgeschaltet, die wenigen Autos auf der Straße einigen sich so, einvernehmlich.

Früher war diese Rücksichtnahme nicht nötig. Früher, wann war das? Vor fünf Jahren, vor zehn? Immer wieder hat es diese Phasen gegeben, in denen sein Körper schlafen wollte und sein Geist laut schreien. Irgendwann entdeckte er, welch beruhigende Wirkung das Autofahren auf ihn hatte. Damals glitt er in Trance durch die Straßen, kannte Viertel, in denen er sicher war, nicht gesehen zu werden. Doch diese Stunden, in denen die Stadt ruht und Platz macht für die Gestalten der Nacht, diese Stunden, in denen die Stadt wild wird und unmöglich, diese Stunden werden rarer.

Ein Schatten huscht auf die Straße, bleibt stehen. Ein paar grün glitzernde Augen funkeln ihn an. Roman gibt Gas, die Katze springt im letzten Moment zur Seite.

Anna weiß nichts von seinen nächtlichen Touren. Nicht mal sein Agent weiß davon. Bald wird man Autos verbieten, bald darf man sich nur noch mit dem Fahrrad fortbewegen, vielleicht noch mit dem Bus oder der U-Bahn. Kein Rauchen, kein Auto, Fleisch nur unter Vorbehalt. Kleidung ebenfalls.

Er hält an einem Spielplatz, stellt den Motor aus. Marcel grunzt dankbar, als Roman die Autotür öffnet. Er hopst aus dem Wagen, schnüffelt an einem Mülleimer, hopst unentschlossen zwischen Sandkasten und Wippe hin und her; es ist dringend, dennoch will er seine Wahl gut überlegt haben.

»Nun mach schon«, sagt Roman und zündet sich eine Zigarette an. Ein glühender Punkt im Dunkeln.

Marcel entscheidet sich für die Schaukel. Roman nickt anerkennend, als die Dogge sich niederlässt und einen Haufen macht. Gute Wahl. Er dreht sich um, blickt die Häuserfassade hoch. Zählt die Balkone: erster Stock, zweiter Stock, dritter Stock. Zweites Fenster auf der rechten Seite. Kein Licht und keine Schatten. Sie wird im Bett liegen und schlafen. Oder hat sie sich zu ihrer Mutter gelegt und eingekuschelt? Er wirft seine Zigarette auf den Boden und tritt sie aus. Marcel, erschöpft von seiner Verrichtung, hechelt zurück zu seinem Herrchen, wartet darauf, dass dieser ihm die Tür aufhält, auf dass er sich auf dem Rücksitz ausstrecken und dösen kann.

Roman startet den Motor, er hat es plötzlich eilig, nach Hause zu kommen, zumindest aber in die Wohnung, in der er zurzeit wohnt, in der Anna schläft, hoffentlich noch schläft und seine Abwesenheit nicht bemerkt hat.

Wohnviertel und Tempo 30, aber doch nicht jetzt, nicht in der Nacht. Die Straßenränder zugeparkt, jede noch so kleine Lücke vollgestopft. Wenige orangene Rechtecke, Menschen, die die Nacht für beendet erklären und sich bereit machen für den nächsten Arbeitstag, oder solche, die wenig vom Tag halten und gerade erst von einer Feier nach Hause kommen, oder jene, die gerade erst von der Nachtschicht zurückkehren und jetzt hoffnungslose Blicke in ihre weiß erleuchteten Kühlschränke werfen, in denen sie aber doch nicht mehr finden als Bier, Wurst und Cola, so dass sie sich für Bier entscheiden und sich sagen: Ein Bier ersetzt eine Mahlzeit.

Und wie hätte Roman, in Gedanken bei Wurst und Bier, damit rechnen können, dass plötzlich, mitten in Berlin, ein Reh vor ihm auf der Straße auftaucht, mitten auf der Fahrbahn stehen bleibt, den Kopf zu ihm dreht und die Ohren aufstellt?

41

Am Ende hat der Schlaf doch gesiegt. Margret erreicht die Hauptstadt mit einem steifen Nacken und Kaffeedurst. Das Paar, mit dem sie im Abteil sitzt, ist längst wach und blättert in einem Reiseführer. Brandenburger Tor, Pergamonmuseum, Holocaust-Mahnmal. Eine Durchsage, die weiteren Anschlussmöglichkeiten und Ausstieg rechts und guten Morgen erst einmal.

Margret blickt aus dem Fenster. Berliner Suppe am Himmel. Dunkles Grau, das unterbrochen wird von hellem Grau.

Margret hat noch eine längere Fahrt vor sich. Dreimal muss sie umsteigen, zweimal das Verkehrsmittel wechseln, dann noch einmal eine Viertelstunde zu Fuß. Sie war erst ein Mal hier, und das ist lange her. Damals war sie mit Gert für ein Wochenende in Berlin. »Kultururlaub« hatten sie es genannt. Tagsüber waren sie in Museen, abends im Theater. Gert langweilte sich schrecklich. Er wollte an die Seen fahren oder raus zur Pfaueninsel, im Städtischen das Unstädtische suchen. Stattdessen ein Besuch bei Margrets schwieriger, wortkarger Schwester. »Was tut man nicht alles«, hatte er an diesem Wochenende gesagt. Immer wieder nur: »Was tut man nicht alles.«

Eine der letzten Stationen der S-Bahnlinie. Margret steht vor einer Landschaft, die man auch als *authentisch* bezeichnen könnte. Die Sträucher wild wuchernd, halb vertrocknete Büsche, Hinterhöfe, in denen Wäsche auf der Leine trocknet. Junge Männer in Kapuzenpullovern und Jogginghosen. Eine verwaiste rote Plastikgießkanne im Gestrüpp. Ein Penny-Markt und nur noch wenige Meter bis zu dem Block, in dem Ingrid wohnt. Balkone wie Käseschachteln, dahinter blaues Fernsehgeflimmer. Prospekte, die aus Briefkästen quellen. Ein Klingelschild mit beschrifteten Feldern, bedruckten Feldern, leeren Feldern. Ingrids Feld. Margret klingelt.

Sie kommt unangekündigt. Wusste bis zuletzt selbst nicht, ob sie überhaupt kommen würde. In Berlin kann man viel tun, man muss nicht seine Schwester besuchen. Und die Schwester muss ja auch gar nicht da sein, vielleicht ist sie verreist oder einkaufen oder spazieren oder sonst irgendwo.

Alle sind immer so beschäftigt. Alle haben immer keine Zeit. Alle sagen immer: Eigentlich müsste man mal wieder.

Wie groß ist die Wahrscheinlichkeit, Bruder und Schwester innerhalb von zwei Tagen dort anzutreffen, wo sie wohnen, und das ganz ohne Absprache, ohne Termin? Und wie geht noch einmal Wahrscheinlichkeitsrechnung? Gert hatte anfangs den Kindern Mathe erklärt, aber am Ende musste auch er aufgegeben, und Michael half seiner kleinen Schwester in den naturwissenschaftlichen Fächern.

Die Gegensprechanlage surrt. Die schwesterliche Stimme erklingt, und Margret wird auf einmal bewusst, wie alt Ingrid doch geworden ist. Wie alt sie selbst ist, und dass sie mit dem Begriff »Schwester« noch immer ein Mädchen mit zwei Zöpfen verbindet, das auf den hohen Baum im Garten klettert, während sie unten auf der Schaukel sitzt und bewundernd nach oben blickt. Die beiden Schwestern in Kniestrümpfen, Ingrid mit Schulranzen auf dem Rücken und Margret die Kindergartentasche um den Hals, Seil springend auf der Straße, im Sommer mit nackten Beinen im Dorfbrunnen. Aber nun sind die Schwestern alte Frauen, und Kinder in dem Alter, in dem man noch alles sagen darf, würden sie als Omas bezeichnen und es nicht böse meinen.

Ingrid steht in der Tür, während Margret die Stufen hochschnauft. Der Fahrstuhl ist defekt. »Ich hoffe, du bist nicht gekommen, um mir die Tagebücher zu bringen«, sagt sie mit Blick auf den Koffer, und Margret ist sich nicht sicher, ob es ein Scherz sein soll.

Ingrid trägt einen schwarzen Rollkragenpullover, dazu eine helle Stoffhose. Die Haare sind ungekämmt, dennoch sieht sie gepflegt aus. Wortlos nimmt sie ihre Schwester in den Arm. Margret zieht den vertrauten Duft von Ingrids Haut tief ein. Einfaches Kräutershampoo und Niveacreme. Eine Mischung, die trotz verschiedener Parfumexperimente in den vergangenen Jahrzehnten eine Konstante war und selbst durch Schwerstes von Chanel nicht übertüncht werden konnte.

Margret stellt den Koffer im Flur ab. Dort bleibt er stehen, nicht beachtet, nicht störend.

»Du wirkst nicht sonderlich überrascht, mich zu sehen.«

Ingrid lächelt. »Bernhard hat mich angerufen. Ich solle ihm Bescheid geben, wenn du heil angekommen bist. Er macht sich Sorgen um dich.«

»Warum das denn?«

Ingrid zuckt mit den Schultern. »Du hast wohl einen labilen Eindruck auf ihn gemacht. Bist halt die kleine

Schwester, auf die muss man aufpassen. Jetzt komm rein, ich habe Kaffee gekocht.«

Ingrids Schritte werden von einem hellen Teppichboden aufgefangen. Das Wohnzimmer beherrscht ein wandhohes Bücherregal, vor dem sich eine Bogenlampe verneigt. Daneben: ein Lesesessel, ein braunes schmales Stoffsofa, ein Plattenspieler und ein Klavier. Nichts hat sich verändert seit Margrets letztem Besuch, die Einrichtung ist dieselbe geblieben, und doch wirkt die Wohnung anders auf sie. Ruhiger. Friedvoll.

»Komm, lass uns in die Küche gehen.«

»Ich möchte endlich mal irgendwo ankommen.« Margret denkt an Rita. Rita, deren Haus eine wilde Mischung von Einrichtungsideen darstellt, eine Ausstellung der Modegeschmäcker der vergangenen Jahrzehnte, ein unruhiger Mix, der es einem kaum möglich macht, still zu sitzen. Und hier nun Ingrids Wohnung. Ingrid, die irgendwo angekommen ist, in der Metropole, könnte man meinen; in Wahrheit jedoch im Niemandsland.

Ingrid schenkt Kaffee ein und stellt einen Aschenbecher auf den Tisch. Das Fenster steht auf Kipp, den ersten Zug bläst sie nach draußen, dann schert sie sich nicht weiter darum, wedelt nur den Rauch mit der Hand etwas zur Seite.

»Stört es dich?«, fragt sie Margret. Die schüttelt den Kopf.

»Willst du auch eine?« Und nach kurzem Zögern ein Nicken.

Die alten Schwestern sitzen am Küchentisch, trinken Kaffee und rauchen eine Zigarette.

»Warum bist du hier?«, fragt Ingrid.

»Gert wird vermutlich bald in ein Pflegeheim kommen«, sagt Margret und ist sich nicht sicher, ob das eine Antwort auf Ingrids Frage ist. »In ein Pflegeheim oder nach Hause samt Pflegerstab.«

Ingrid schlürft den Kaffee. Er ist noch zu heiß, um ihn geräuschlos zu trinken. Sie holt einen Tetrapak Milch aus dem Kühlschrank und stellt ihn auf den Tisch. »Willst du das denn? Willst du ihn bei dir haben?«

»Das versuche ich herauszufinden.« Margret legt die Zigarette am Rand des Aschenbechers ab. Sie kann sich nicht daran erinnern, wann sie zuletzt geraucht hat. Der Geschmack brennt auf der Zunge, ihr ist schwindelig. »Nach so vielen Jahren mit ihm. Nach Jahrzehnten mit ihm. Ich sollte ihn vermissen, nicht wahr?«

Ingrid zuckt mit den Schultern. »Ich kann dir nicht sagen, was du solltest.«

»Du lebst allein«, sagt Margret. Ingrid lacht.

»Das tun viele Menschen.«

»Viele sind damit aber nicht glücklich. Du schon.«

Ingrid zieht eine Augenbraue hoch. »Wirke ich glücklich auf dich?«

»Du wirkst so ruhig. So stark.«

Ingrid schüttelt den Kopf. »Erinnerst du dich an das, was ich bei Michaels Hochzeit erzählt habe?«

»Wie könnte ich es vergessen.«

»Und an das, was du danach zu mir gesagt hast?«

»Ich sagte: Das ist nicht alles.«

Ingrid nickt und bläst Rauch in die Küche, rührt die Milch in den Kaffee, die diesen hellbraun verfärbt.

»Wie du weißt, habe ich nie geheiratet. Aber die Sache

geht noch weiter. Tatsächlich hat es nie einen Mann in meinem Leben gegeben.«

»Ach, das kann doch nicht sein. Zu deiner Schulzeit gab es doch einen.«

»Hermann meinst du. Ja, wir haben uns manchmal getroffen und Händchen gehalten. Einmal hat er versucht mich zu küssen. Ich fand es widerlich. Sein Atem, seine Haut. Mir war das alles zu viel. Aber Mutter und Vater mochten Hermann, ein anständiger Kerl sei er, meinten sie. Ich schrieb ihm noch Karten aus unseren Urlauben, als er schon längst mit einem anderen Mädchen Händchen hielt. Weil Vater und Mutter dann zufrieden waren, weil niemand Fragen stellte und mich alle in Ruhe ließen.« Ingrid drückt ihre Zigarette aus, nimmt gleich noch eine aus der Schachtel und zündet sie an.

»Während der Ausbildung hatte ich wenig Kontakt zu Vater und Mutter, doch Mutter merkte schon, dass ich 21, 22, 23 Jahre alt wurde und da niemand war. Sie fragte nach, fragte offen nach Männern in meinem Leben, sagte mir, wie sehr sie es sich doch wünsche, einmal Großmutter zu werden. Du warst damals ja noch ein Schulkind, von dir hatte sie so bald nichts zu erwarten. Aber ich erinnere mich an ein Gespräch, es war am ersten Weihnachtstag, an dem sie mich derart bedrängte, dass ich ihr sagte, dass es da keinen Mann gebe, dass es da auch nie einen geben werde, dass ich Männer gar nicht mochte, dass mir Frauen viel lieber seien.«

»Oh«, sagt Margret. Ingrid nickt und fährt sich mit den Fingern durch die kurzen grauen Haare.

»Was hat Mutter darauf geantwortet?«

»Gezischt hat sie: Lass das bloß nicht Vati hören!« Ingrid

steht auf und holt zwei kleine Gläschen aus dem Küchenschrank, dazu eine Flasche haselnussbraunen Likör. Ja, es sei etwas früh am Tag, aber für diese Art von Gespräch, und schenkt ein.

»Eine lesbische Tochter! Welch Schande für die Familie.« Ingrid lacht.

»Wieso hast du mir nie gesagt, dass du Frauen liebst?«

»Tu ich ja gar nicht«, sagt Ingrid. »Ich habe es probiert, glaub mir. Ich habe viel probiert. Aber selbst wenn ich eine Person besonders ins Herz schloss, denn ein Herz habe ich sehr wohl – sobald es körperlich wurde, wollte ich nicht mehr. Ich wollte Menschen – Männer und Frauen – um mich herum haben, mit ihnen lachen und reden und weinen und all das tun, was man mit Menschen tut. Nur berühren wollte ich sie nicht.«

»Hast du denn gar keine … Triebe? Gelüste?«

»Ich masturbiere, wenn es das ist, was du meinst. Aber das ist etwas anderes. Das bin ich. Das scheint mir natürlich und vertraut. Es ist eine körperliche Routine wie Haare waschen oder Fußnägel schneiden. Es kommt auch nicht oft vor, aber wenn, dann empfinde ich dabei keine Scham. Ohnehin: Um Scham geht es mir nicht. Es macht mir nichts aus, mich nackt vor anderen zu zeigen. Ich will nur nicht angefasst werden.«

Margret nippt am Likör, Süße trifft auf bittere Zigaretten, und ihr gefällt dieser neue Geschmack.

»Hast du das Mutter gesagt?«

»Nein. Ich glaube, eine lesbische Tochter wäre für sie leichter zu ertragen gewesen als eine asexuelle Tochter. Das hätte sie nie verstanden.«

Margret nickt. Sie wünschte, sie könnte es dabei belassen. Es einfach akzeptieren und sagen, dass manche Menschen eben so seien. Bis hierhin hat es Ingrid ihr leicht gemacht, war offen wie nie, so dass Margret sich fragt, warum sie nicht schon viel früher darüber gesprochen haben, warum die große Schwester sich zurückzog, anstatt ihr das zu sagen, was sie gerade sagt. Und warum sie es gerade jetzt sagt.

»Glaubst du, die Dinge wären anders, wenn du damals nicht im Küchenschrank hinter den Putzeimern gesessen hättest? Wenn das alles nicht passiert wäre?«

Eine so offensichtliche Frage, dass Ingrid sie sich selbst bereits gestellt hat. Sie und ihr Therapeut und dann der andere Therapeut und dann die Frau, die ihr wirklich etwas bedeutet hat und die bereit war, mit ihr ein halbes Jahr zusammenzuleben, ohne körperlich zu werden, und es am Ende dann doch nicht mehr ertrug. Aber Ingrid konnte diese Frage nie beantworten.

»Ich habe nie etwas vermisst. Ich habe mich immer nur über mich selbst gewundert.«

Vielleicht fehlen Botenstoffe, Hormone, vielleicht gibt es einen Mangel an irgendetwas, das man durch Medikamente ausgleichen könnte – doch wozu? »Ich habe Menschen erlebt, die nächtelang geweint haben, die sich hässlich fühlten oder schlecht – nur wegen dieser Körperlichkeiten.«

»Und wegen der Liebe.«

»Ja. Liebe. Wegen ihr muss man doch nicht weinen? Für sie ist immer Platz. Sofern Liebe nicht als Besitz begriffen wird. Ich darf jeden Menschen lieben, so sehr und so viel ich will. Ich darf nur nicht darauf bestehen, dass diese Liebe auch erwidert wird. Oder dass er oder sie einzig und allein mich liebt und jede freie Minute mit mir verbringen will. Dass der Körper und der Geist des anderen ausschließlich mir gehören.« Ingrid zuckt mit den Schultern und zieht an der Zigarette, als rede sie über das Wetter oder eine Einkaufsliste oder den Plan für den nächsten Sommerurlaub.

»Glaubst du, dass Mutter und Vater glücklich waren? Mutter war noch ziemlich jung, als sie geheiratet hat, und nach allem, was sie erlebt hat.«

»Sie war nicht nur Opfer, vergiss das nicht.«

»Nein, natürlich nicht.« Margret blickt auf den dunklen milchigen Grund ihres Likörglases.

»Das ist auch so etwas. Dass sie nie mit mir darüber geredet hat. Was sie getan hat und was nicht.«

»Sie hat gesagt, die Zeit sei zu schmerzvoll gewesen ...«

»... um darüber zu reden. Natürlich war sie schmerzvoll! Und gerade deswegen hätte sie darüber reden müssen. Aber da waren sie gleich, Mutter und Vater. Immer im Hier und Jetzt. Ich habe mich manchmal gefragt, ob sie wohl wenigstens miteinander gesprochen haben. Ob sie wussten, was der andere erlebt und verbrochen hat. Und wenn du mich fragst, ob die beiden glücklich waren – ich weiß es nicht.«

Ingrid steht auf. Sie wirkt auf einmal aufgewühlt, wütend und erschöpft. Sie verlässt die Küche und geht ins Wohnzimmer, lässt Margret allein am Tisch zurück, als habe sie vergessen, dass sie Besuch hat. Margret hört ein Rascheln und ein Klicken. Kurz darauf ertönen ein Saxophon und leichte Klaviermusik. Ingrid kommt zurück in die Küche. »John Coltrane. Das macht glücklich.« Sie lacht, der Ärger scheint verflogen. »Im Ernst«, fügt sie schnell hinzu und gießt Likör nach, »wieso ist es dir so wichtig, dass Mutter und Vater glücklich waren? Damit dein Bild einer glücklichen Kindheit nicht zerstört wird? Warum wollen alle Menschen immer nur möglichst glücklich sein? Was ist nur los mit einer Welt, die nur nach dem eigenen Glück strebt?« Sie schüttelt den Kopf und nippt am Glas. »Die Menschen wollen Kinder, die sie glücklich machen sollen, einen Partner, der sie glücklich machen soll, einen Job, der sie glücklich machen soll. Warum kann man nicht auch einmal etwas auf sich nehmen, das einen unglücklich macht? Oder zumindest: nicht glücklich?«

»Warum sollte ich eine Partnerschaft eingehen, die mich unglücklich macht?« Margret fühlt, dass sie beschwipst ist. Gerne würde sie sich auf das braune Stoffsofa im Wohnzimmer legen, der Küchenstuhl erscheint ihr nicht mehr sicher.

»Sie muss dich ja nicht gerade unglücklich machen. Aber vielleicht ist es einfach ganz schön, ein bisschen Gesellschaft zu haben. Jemanden zu haben, auf den man sich verlassen und mit dem man reden kann, wenn man abends nach Hause kommt.«

Margret nickt. »Mit wem redest du, wenn du abends nach Hause kommst?«

42

Der Himmel ist nicht mehr grau, sondern weiß. Das helle Licht beißt in den Augen.

Margret reist mit leichtem Gepäck. Der Koffer bleibt bei der Schwester. »Wenn es dir so wichtig ist«, hatte Ingrid gesagt. Aber sie solle bloß nicht glauben, dass.

Auf eine Zigarettenlänge will Ingrid die Schwester noch Richtung Bahn begleiten. Es ist eine Stunde am Nachmittag, und auf einer Bank sitzt eine alte Frau mit grauer Dauerwelle, vor sich hin starrend, mit sich selbst ausmachend, der Mund ein Strich, die Waden dick und in klobigen Schuhen endend.

»Hast du Mutter vor ihrem Tod im Heim besucht?«, fragt Ingrid. »Lange hat sie es da ja nicht ausgehalten.«

»Sicher habe ich das«, sagt Margret.

»Und?«, fragt Ingrid und zieht an ihrer Zigarette. Das glühende Ende – das Einzige, was leuchtet in dieser Gegend.

»Ach, furchtbar war es. Ich ertrage diese Orte nicht gut.«

Ein paar Schritte, zwei kurze Züge.

»Die Gerüche, die überheizten Zimmer, wer kann sich da schon wohlfühlen?«

Ingrid nickt. »Habe ich dir erzählt, dass ich Mutter am Tag vor ihrem Tod noch einmal besucht habe?«, fragt sie und bleibt stehen.

»Nein«, sagt Margret. »Hast du nicht.«

Es ist kühl geworden, sie wickelt ihren kastanienbraunen Schal enger um den Hals, doch wärmer wird ihr davon nicht.

Ingrid nimmt einen letzten Zug, bläst den Rauch in die Luft und lässt den Stummel fallen. Mit der Fußspitze zertritt sie die orangefarben glühenden Reste.

»Ich kam vermutlich ungelegen«, sagt Ingrid. »Aber das kann man vorher ja nicht wissen. Am liebsten wäre ich gar nicht gekommen, aber das wollte ich mir später dann doch nicht vorwerfen lassen. Jedenfalls hatte Mutter sich gerade eingenässt. Sie wirkte schon ziemlich weggetreten, und dass es nicht mehr lange dauern würde … also mir war das klar. Das war schon ein Anblick, der bleibt. Mutter da im Bett, wie sie mich ansah, die Augen groß aufgerissen, wie ein verschrecktes Kaninchen. Und wenn jemand draußen den Flur entlangging, so mit flottem Schritt, wie das halt manche Ärzte oder Krankenschwestern tun, weil die ja immer in Eile sind, so ein Klack-klack-klack auf dem glatten Boden, dann zitterte sie am ganzen Leib. Noch schlimmer wurde es, als dann die Tür aufging und plötzlich zwei junge Pfleger hereinkamen. Keine Ahnung, ob die noch in der Ausbildung waren oder gerade erst von der Schule kamen. Zivis gibt es ja nicht mehr, dafür aber diese Freiwilligen, die noch nichts mit ihrem Leben anzufangen wissen und dann eben erstmal was Soziales machen, weil das ja nie schaden kann. Die kamen also herein und wollten Mutter waschen und etwas Frisches anziehen. Da hat die alte Dame sich aber zu wehren gewusst. Fuchsteufelswild ist sie geworden. Mit der knöchrigen Faust hat sie auf den einen eingeschlagen und mit dem Fuß nach dem anderen getreten. Am Ende ist noch ein Dritter dazugekommen und hat sie festgehalten, damit die anderen ihre Arbeit machen konnten. Und gebrüllt hat sie: ›Lasst mich, lasst mich, da ist doch das Kind, schämt euch, schämt euch!‹ Etwas in der Art. Aber die waren ja schon fertig, ging ja im Grunde alles ganz fix. Doch Mutter hat auf einmal geheult wie ein Schlosshund, dicke Tränen liefen ihr über die Wangen und tropften auf ihr Nachthemd. Da haben sie ihr eine Spritze gegeben, und dann ist sie irgendwann eingeschlafen. Am nächsten Tag ist sie gestorben.«

Sie erreichen die Haltestelle, an der außer ihnen nur noch

eine junge Frau mit Kinderwagen steht. Die Frau spricht in ihr Smartphone, der Kinderwagen verhält sich ruhig.

»Wirst du es Bernhard erzählen?«, fragt Margret und blickt ihre Schwester an, die ihre Hände reibt, als würde sie sie waschen. Ingrid schüttelt den Kopf. »Nein«, sagt sie. »Ich denke, es ist genug.«

43

Ein Zischen, ein Piepen, ein Blinken, ein Surren.

Margret hatte nicht immer Panik vor Krankenhäusern. In ihren ersten acht Lebensjahren machte sie sich nichts aus ihnen. Krankenhäuser waren etwas für alte Menschen oder schwangere Frauen. Aber dann kamen die Sommerferien, nach denen Margret die dritte Klasse besuchen sollte. Vor ihr lagen Wochen voller Freiheit, denn ihre Mutter kümmerte es nicht, was sie den ganzen Tag lang trieb, sofern sie abends pünktlich zum Abendbrot am Tisch saß. Ingrid war zu diesem Zeitpunkt schon ausgezogen und machte eine Ausbildung in Berlin, während sich Bernhard noch am Gymnasium schwertat.

Gemeinsam mit einer Freundin war Margret mit dem Rad an die Wiese, einen kleinen unbedeutenden Fluss, gefahren, um die Füße in das kühle Wasser zu halten. Im Gras hatten sie gelegen und auf Halmen gepfiffen. Der Himmel über ihnen war blau und unendlich. Die Jungen suchten Grashüpfer, um sie den Mädchen in den Kragen zu stecken, doch sonderlich geschickt stellten sie sich dabei nicht an, und manch einer glitt bei der Jagd nach Fröschen und kleineren Fischen auf den rutschigen Steinen aus und musste die Heimfahrt mit nassen Hosen antreten. Sie sammelten Stöcke und peitschten das hohe Gras an den Böschungen, errichteten Steinhaufen und erklärten sie zu Grabstätten, sie bauten Staudämme, um sie kurz darauf einzureißen, und wenn das Licht der Sonne sich langsam orange verfärbte, traten sie mit braungebrannten Beinen in die Pedale.

»Das damalige Verkehrsaufkommen ist nicht mit dem heutigen zu vergleichen«, sagt Margret, wenn sie nach dem Unfall gefragt wird. Wenn sie gefragt wird, warum sie so leichtsinnig gewesen sei, mit geschlossenen Augen und ausgebreiteten Armen auf dem Rad zu sitzen. Warum sie den Lastwagen – ein Getränkelieferant mit einem Laderaum voll Limonade – nicht habe kommen sehen, und wenn sie schon die Augen geschlossen hielt – warum hatte sie den Laster nicht zumindest gehört?

Als Margret wieder aufwachte, lag sie im Krankenhaus. Ihre Mutter stand neben ihrem Bett, der Vater arbeitete.

»Da hast du noch mal Glück gehabt«, sagte ihre Mutter, strich ihr einmal übers Haar und verabschiedete sich. Sie hatte einen Haushalt zu führen und einen Bub, der Abitur machen sollte. Im Krankenhaus gehe es Margret so gut wie nirgends, und ein Beinbruch sei eben auch nur ein Beinbruch. Man werde sie gut versorgen und bekochen, frische Wäsche befinde sich in dem Koffer, und von Bernhard solle sie ihr dieses Buch noch geben, damit sie endlich einmal etwas Gescheites las. So habe er das jedenfalls gesagt.

Margret versuchte sich aufzurichten und etwas zu sagen, doch die Zunge klebte am Gaumen, und die Absätze der

Mutterschuhe klapperten schon den Gang entlang Richtung Verantwortung und Bub.

Wie lange genau Margret im Krankenhaus bleiben musste, weiß sie nicht mehr, und sie hat ihre Mutter nie danach gefragt. »Heutzutage würde das vermutlich eine Woche dauern, bei komplizierten Brüchen zwei«, hat Michael einmal gesagt. Aber Margret schien es damals ein ganzer Sommer zu sein. Ein verlorener Sommer, in dem haubentragende Krankenschwestern unbeeindruckt blieben von einem Knochenbruch nach alldem, was einige von ihnen in den Jahren zuvor mit angesehen, andere nur gehört hatten. Eine Kinderstation gab es nicht, im einen Nachbarbett lag eine Frau, die eine Sprache sprach, die Margret nicht verstand. Im anderen eine Alte, die sich mehrmals pro Nacht übergab und morgens stundenlang auf dem Klo saß, das anschließend so schlimm roch, dass Margret, sofern sie ihr Bedürfnis nicht weiter hinauszögern konnte, konzentriert durch den Mund atmete.

Das Buch, das Bernhard ihr überlassen hatte, war Karl May, »Winnetou I«. Nichts daran gefiel Margret. Dennoch las sie es, denn sie hatte kein anderes und nichts zu tun in all der Zeit, als aus dem Fenster zu sehen und zu hoffen, dass sich ein Vogel auf einen der Äste setzen möge, die von ihrem Krankenbett aus zu sehen waren, oder dass ein Flugzeug für einen kurzen Moment das quadratische Blau durchkreuzte.

Während Margret nie Besuch erhielt, war die Frau, die diese fremd klingende Sprache sprach, ständig von Familie umringt. Zumindest meinte Margret, dass es Familie sein müsste, doch die große Zahl an Menschen, vor allem Frauen und Kinder, erstaunte sie immer wieder. Wenn die Kinder sie mit großen Augen anblickten und versuchten, Kontakt zu ihr aufzunehmen, stellte sie sich schlafend. Nur mit der Besucherin der Alten, die sich ständig übergab, sprach sie gelegentlich. Eine junge Frau mit dunkelbraunen schulterlangen Haaren, die Schwiegertochter der Alten, wie sie Margret selbst erklärte. Sie sei Französin, dafür hasse die Alte sie. Aber da ihr Sohn, also ihr Mann, im Krieg gestorben sei, bleibe nur noch sie, also komme sie eben zu Besuch.

»Was liest du da?«, fragte sie Margret. Und: »Gefällt es dir?« Margret schüttelte den Kopf. »Aber ich habe kein anderes Buch.« Die Frau zuckte mit den Schultern. »Dann denk dir doch selbst Geschichten aus.«

Und das tat Margret auch. Absurde Geschichten über die Vögel vor dem Fenster, die die Scheibe mit dem Schnabel aufklopften, ein ganzer Schwarm von Vögeln, der sie am Nachthemd packen und herausfliegen würde. Geschichten über die Familie, deren Sprache sie nicht verstehen konnte. Sie malte sich aus, wer die Personen seien, wer der Bruder von wem und die Schwester und Mutter und Tante und Onkel. Sie stellte sich vor, wie sie eines Tages aufwachte und alle haubentragenden Krankenschwestern tot am Boden lagen. Hinweggerafft durch eine Krankheit, die ein geheimnisvoller Patient, ein grauhaariger, Friedenspfeife rauchender Indianer, eingeschleppt hatte und gegen die nur achtjährige Kinder immun waren.

Und gerade in dem Moment, als sich die Vögel dazu entschieden, sich lieber gen Süden aufzumachen, und sich Margret sicher war, auch noch den Herbst und den Winter, ja womöglich ihre gesamte Kindheit in diesem einsamen

Bett verbringen zu müssen, in dem ihr nichts blieb als ihre Tagträume, stand auf einmal ihr Vater neben dem Bett und sagte: »Genug geruht. Jetzt geht's ab nach Hause.«

»Ist es nicht seltsam«, sagte Margret Jahre später zu Rita, »dass ich seither Angst vor Krankenhäusern habe, nicht jedoch vor dem Straßenverkehr? Dass mich nicht der Zusammenprall und das Knacken der Knochen schreckt, sondern ein weiß bezogenes Bett?« Aber Rita hatte den Kopf geschüttelt. »Ich denke, es gibt nur wenige Menschen, die keine Angst vor weiß bezogenen Betten haben.«

44

In Binders Spieltraum ist eine neue Saison eingezogen. In der Zeit zwischen Herbstlaub und bunten Drachen, Watteschnee und Rauscheengel beanspruchen nun Hexen, Gespenster und Kürbisse einen Platz in den Schaufenstern.

Aus schwarzer Wolle hat Margret ein Spinnennetz gezogen, das einmal quer über die große Fensterfront verläuft. Mit Sicherheitsnadeln versucht sie die Spinne – ein dicker schwarzer Bommel mit Wackelaugen – zu befestigen, als das Glöckchen der Tür klingelt.

So wie sich Haut und Haare im Laufe der Jahre unaufhaltsam wandeln, so wie man akzeptieren muss, dass selbst die eigene Körpergröße bestimmten Gesetzen unterliegt und ab einem gewissen Zeitpunkt beschließen kann, die entgegengesetzte Richtung einzuschlagen, so ist es doch beruhigend zu wissen, dass andere Dinge konstant sind, von Dauer und unverkennbar. Der Rhythmus der Schritte, der

Gang, der körpereigene Geruch und die Geschwindigkeit, mit der man sich anderen Menschen nähert, die Hand hebt und schließlich einen Guten Morgen wünscht, auch wenn es fast schon Mittag ist.

»Kann ich dir weiterhelfen?«, fragt sie und dreht sich um. »Suchst du ein Geschenk für ein Kind?«

»Nein.« Andreas lächelt nicht. »Ich suche dich.«

Sie vollendet die Umdrehung und widmet ihre Aufmerksamkeit wieder der Spinne. Das Herz klopft heftig, aber es ist kein gutes Klopfen, es ist ein lautes Hämmern, ein Einschlagen auf den Brustkorb, und sie denkt: genug Gespenster.

Aber er spricht weiter: »Zum Glück gibt es nicht mehr viele Spielwarengeschäfte in dieser Stadt. Du warst leicht zu finden.« Ohne Antwort. »Es tut mir leid, dass ich bei unserer letzten Begegnung … Du hast mich etwas überrascht. Will sagen: überfahren.«

Es gibt keine Kunden im Laden, zu denen Margret fliehen könnte. Sie muss mit ihm reden, das ist es doch, was sie so viele Jahre über ersehnt hat. Hier ist er nun, und es ist das alte Spiel. Die ersten Fäden sind gesponnen.

»Was hat sich denn seitdem verändert, dass du jetzt hier auftauchst?«

»Nun …« Er legt eine Hand auf ihre Schulter, damit sie endlich von der Wollspinne ablässt und sich ihm zuwendet. »Vielleicht habe ich noch ein paar Tage gebraucht, um die Sache mit dem Stolz zu überdenken.«

Endlich dreht sich Margret um, in der Hoffnung, die Lüge in seinen Augen zu erkennen. Aber sie sieht: nichts. Pupillen, umgeben von braungrauer Iris und farblosen Wimpern. Dahinter ein leerer Raum ohne Echo.

»Können wir uns sehen? Können wir uns unterhalten?«

Margret blickt sich demonstrativ im Laden um. Sie sind allein in Binders Spieltraum.

»Wir sehen uns doch. Wir unterhalten uns doch«, sagt sie und beginnt, Zinnsoldaten von einem Regalbrett zu räumen, um Staub zu wischen.

»Das meine ich nicht«, sagt er, lächelt und entblößt dabei eine Reihe grauer Zähne. Margret lässt das Staubtuch sinken. Sie sieht ihn lange an und sagt: »Wir sind lächerlich alt geworden«, und dann lacht er, und dieses Mal klingt es echt und wie vor dreißig Jahren in einer Cafeteria, in die niemand wirklich gerne gegangen ist.

45

»Ich habe mir Sorgen um dich gemacht«, sagt Anna, taucht einen Schwamm in das heiße Badewasser und fährt damit über den Rücken ihrer Mutter, über die Schultern, die Arme.

Alles an dieser Situation ist falsch. Die Luft in dem kleinen Zimmer ist stickig, Wasserdampf kondensiert an den Kacheln und rinnt in langen Tränen die Wände hinunter.

»Ab und zu mal ein Blick auf dein Handy. Drei Tage lang keine Spur von dir. Da kommt man auf komische Gedanken. Gerade jetzt, da Papa.«

Margret holt Luft und lässt sich nach hinten ins Wasser gleiten. Sie hört entfernt die Stimme ihrer Tochter, die schließlich aufgibt. Wieso nicht so verweilen? Weil es der Körper nicht kann. Weil der Geist denkt, dass es schön wäre, wenn nichts mehr wäre, und dem Körper egal ist, was der Geist so treibt, er will halt weitermachen, sehen, wo die Sache endet und wie.

Margret taucht wieder auf, hustet, blinzelt, der Schaum brennt in den Augen, und ihre Tochter reicht ihr ein Handtuch, so wie sie es früher bei ihr getan hat, wenn Anna beim Haarewaschen brüllte, weil das Shampoo ihr in die Augen lief, wenn sie schrie, dass sie gleich blind werde, dass sie gar nichts mehr sehen könne, dass sie jetzt aus der Wanne steige, und sie und Gert ihr daraufhin entgegneten, sie solle sich doch nicht so anstellen, das sei doch alles gar nicht schlimm, und andere Kinder müssten doch auch. Was man eben so sagt als Eltern.

»Möchtest du raus?«, fragt Anna.

Margret schüttelt den Kopf.

»Gut, das Wasser ist ja noch warm.« Anna steht auf und wischt sich eine vor Schweiß und Wasserdampf klebende Haarsträhne aus dem Gesicht. »Wenn Onkel Bernhard nicht gewesen wäre, wenn er uns nichts von deinem Berlintrip gesagt hätte, dann hätte ich vermutlich die Polizei gerufen.«

Margret sitzt immer noch da und blickt auf den Schaum, der verhindert, dass der Blick ihrer Tochter auf ihren nackten Körper fällt, der ihren eigenen Blick verhindert. Hört das leise Knistern der Seife, sieht die in allen Farben des Regenbogens leuchtenden Bläschen, die eines nach dem anderen zerplatzen.

»Wie geht es Roman und dem Kind?«, fragt Margret.

Anna sieht sie verwirrt an. »Welches Kind?«

Margret nickt. »Stimmt ja. Da ist ja gar keins. Ich dachte nur.«

»Mama, bist du dir sicher, dass ich nicht doch einen Arzt rufen soll?«

»Wo ist Roman?«

»In Leipzig auf Lesereise. Übernimmt dort noch Moderationen, ein bisschen Geld muss er ja doch verdienen.«

»Allein?«

»Wie?«

»Ist er da allein?«

»Ja, sicher doch. Also er kennt in Leipzig ein paar Leute, aber. Mama, bist du dir ganz sicher …?«

Mit einem Ruck steht Margret auf, dass das Wasser aus der Wanne spritzt und Anna die Augen abwendet. War der nackte Körper der Mutter einmal selbstverständlich, ist er inzwischen beschämend. Schnell hüllt sich Margret in ein großes Handtuch, schlüpft in ihren Bademantel, sagt: »Ich würde jetzt gerne etwas schlafen«, und lässt Anna zurück in dem Raum, in dem sie einst unter Brüllen von ausgelaufenen Windeln befreit wurde, in dem sie weinte, wenn ihr die Fußnägel geschnitten wurden, weinte, wenn ihr die Haare gekämmt wurden, weinte, wenn sie die Zähne putzen musste. In dem sie weinte, wenn sie in die Badewanne sollte, und weinte, wenn sie wieder heraus musste. In dem sie Brechdurchfall erlitt und ihre erste Haartönung. In dem sie Make-up-Experimente durchführte und Wodka-Apfelsaft erbrach. In dem sie schließlich eine Gastzahnbürste, eine Übernachtungspuderdose, eine Flasche Haarspray und einen Lippenstift in eines der oberen Fächer packte, wohingegen sie alles andere, was bei Übernachtungen unverzichtbar erschien, in einem *Kulturbeutel* mitbrachte – ein Wort, das Gert stets amüsiert hatte.

Margret legt sich auf ihr Bett, zugezogene Vorhänge

halten das Licht draußen, wo es hingehört. Scham drückt sie fest ins Kissen. Die Erinnerung an Haut und Berührungen und Geräusche. Hat sie wirklich gesagt: »Es ist zu spät für all das«, oder bildet sie sich das nur ein?

Sie sieht ihn noch vor sich, wie er nackt am Fenster der Wohnung im dritten Stock stand, draußen leuchteten die Straßenlaternen, und jeder Passant, der einen Blick nach oben warf, hätte ihn so erblicken können, aber das machte ihm nichts aus. Er sah nach draußen ohne Scheu, während sie besudelt unter der Decke lag.

Da ist immer noch nichts.

Sicher, sie war erregt gewesen, der Körper hatte gehorcht, und am Ende war es ein gutes Gefühl, nach so vielen Monaten wieder menschliche Wärme auf und in sich zu spüren. Doch kaum hatte er sein Ziel erreicht, hatte sie ihn von sich gestoßen. Er hatte den Ekel in ihrem Gesicht erkannt und gesagt: »Mach die Sache nicht so groß. Ist es überhaupt Fremdgehen, wenn …«

Er hatte sich zu ihr umgedreht, sie hatte den hängenden Bauch gesehen und die ergrauten Brusthaare, den schlaffen, zurückgezogenen Penis. Das Verlangen war gestillt, und der Geist schwach. Das Alter hatte ihn nicht klüger gemacht, nicht weiser oder liebevoller. Er sagt noch immer dieselben Sachen, um sie herauszufordern. Fragt nach ihrem Schreiben, weil er weiß, dass es ihr schmeichelt und sie zugleich in Verlegenheit bringt. Will es ganz genau wissen, was sie sich dabei denkt, sich in das Liebesleben ihrer Kinder einzumischen, sich für das ihrer Eltern zu interessieren, kommt mit untiefer Tiefenpsychologie, horcht sie aus, um das Gesagte gegen sie zu verwenden.

Ein gemeinsames Frühstück in einem Straßencafé, dazu hat es noch gereicht, so viel Anstand war dann doch. Er bestellte Bier, um ihr zu gefallen. Sie sah ihm dabei zu, wie er mit dem Löffel den Schädel seines Eis einschlug, während sie ihres mit dem Messer köpfte.

Sie zeigte ihm die Holzschnitzerei aus dem Werkraum. Er sah sie kurz an und sagte dann: »Phallus. Die Proportionen sind etwas missraten.« Sie schüttelte den Kopf und packte es weg.

Er erzählte ihr, er habe einen Sohn, der in Frankreich studiere. Geheiratet habe er nur einmal, das reiche. Ein Haus habe er nie gewollt, er wolle sich nicht so lange an einen Ort binden und so weiter, und sie hatte gelacht, denn wo war er schon gewesen? Ein Semester in England, eins in Frankreich.

Und sie?

Was hat sie getan in all den Jahren außer einmal im Sommer an die Ostsee, Nordsee oder nach Schweden? Wo genau liegt denn die Welt, die sie verbessert hat?

Und so saßen sie sich gegenüber vor ihrem halb aufgegessenen Frühstück, um sie herum schwirrten Bedienungen, die Rührei, Kaffee und Orangensaft servierten, und hatten beide ihr Leben verschwendet und sich nichts mehr zu sagen.

46

Als Margret aufwacht, fühlt sie sich ausgeruht und kräftig wie seit Wochen nicht mehr.

Sie hört Stimmen und Musik aus der Küche nach oben

dringen. Da ist Leben im Haus. Sie hört Stühlerücken, Küchenschränke, die geöffnet und geschlossen werden. Es riecht nach Kaffee und aufgebackenen Brötchen. Vorsichtig dreht sie sich zur Seite und stellt ihre Füße auf den Holzboden, steht schließlich auf – es geht gut. Der Körper: hält.

Mit einer großen Bewegung schiebt sie die Vorhänge zur Seite. Nur noch wenige Blätter hängen an den Bäumen, nur noch schwarze Vögel sitzen auf den Ästen. Die Sonne steht schief, der Himmel ist hellblau, und Margret denkt, dass ihr das gefallen könnte.

Sie öffnet das Fenster, die Luft ist kühl und riecht erdig. Sie dreht sich zum Spiegel, betrachtet ihr rundes Gesicht, die schwarzen Knopfaugen, die hängenden Brüste, als hinter ihr plötzlich eine Amsel ins Zimmer fliegt, panisch mit den Flügeln schlägt, auf den Fußboden scheißt, den orangenen Schnabel weitaufgerissen, einmal gegen die Scheibe knallt, wieder auf dem Boden landet und im zweiten Anlauf dann doch noch den richtigen Ausgang findet.

Margret blickt auf das weiße Häuflein, das feucht in der Herbstsonne glänzt. Sie lässt es liegen, unfähig, eine Entscheidung zu fällen. Stattdessen zieht sie sich an, denn unten deckt Anna den Esstisch, an dem Roman bereits sitzt und Zeitung liest.

Es ist Samstagmorgen, niemand muss zu einer Lesung, niemand einen Artikel schreiben, niemand ins Geschäft gehen. Der Rasen im Garten soll ruhig wachsen, der Gartenzaun vergammeln. Aus dem Radio schallt Musik, die niemand mag, unterbrochen von Wortbeiträgen, die niemanden stören. Anna erzählt von einem Tierpark, in den sie als Kind gerne gegangen ist, um dort Wildschweine mit Maiskörnern aus einem Automaten zu füttern. Roman erzählt von einem Zoo, in dem man Fische streicheln kann. Margret hört zu und lacht, die Marmelade leuchtet rot auf ihrem Brot und der Himmel blau vor dem Fenster. Sie sagt: »Wir sollten rausgehen und zu diesen Schweinen fahren und sie füttern. Ich bin seit eurer Kindheit nicht mehr dort gewesen.«

Zu Margrets Verwunderung sind die beiden einverstanden, und sie fragt nicht nach, ob sie denn nichts Besseres zu tun hätten, wobei es sicher nichts Besseres gibt, höchstens etwas anderes, also warum nicht Schweine füttern gehen?

Roman hat die falschen Schuhe dabei, Margret gibt ihm Stiefel von Gert, passen genau, und nein, sie finde das nicht seltsam, es sei schon in Ordnung so, wenn er hier wäre, hätte er doch auch.

Anna legt einen Arm um die Schultern ihrer Mutter, und es geht gut. Kurz bleiben sie so vor dem Spiegel stehen, der im Flur hängt. Anna, zwei Köpfe größer, schlank, die Haare dunkler, die Augen heller. Keine jüngere Version von Margret. Und auch Gert nicht wie aus dem Gesicht geschnitten. Sondern Anna. Mit eigener Vergangenheit, Gegenwart, Zukunft.

Eine kurze Autofahrt und ein paar Hundert Meter über einen schmatzenden Waldweg. 50 Cent die Packung, aber man kann es noch auf dem Automaten lesen, auch wenn es übermalt wurde: »Mais: 1 DM«.

Die Schweine quietschen vor Vergnügen und Dreck und Fresslust und was sie sonst noch bewegen mag, wenn die Parkbesucher Hände voll Körner über den Stacheldrahtzaun werfen. Die Krähen können sie nicht mehr hören, nur noch das freudige Grunzen fettzufriedener Tiere.

Anna sagt: »Ich werde zu Roman ziehen. Nach Berlin. Sobald das Volontariat zu Ende ist.« Nein, eine Stelle habe sie da nicht, aber sie sei zuversichtlich. Margret sagt: »Gut«, und denkt sich nichts dabei. Papa werde sie aber nicht vernachlässigen, immer wenn es gehe, werde sie, sagt Anna. Und Margret sagt: »Gut.« Sie solle nicht meinen, dass sie Papa vergessen habe und nur noch an das eigene Glück denke, sagt Anna, und im Hintergrund kämpfen die Schweine um die letzten Maisreste.

Margret wendet sich schließlich zu Roman und sagt: »Ich habe Ihr Buch gekauft und habe es gelesen.« Roman sagt: »Ja, das sagten Sie. Und es tut mir leid.« Margret lächelt. Alle Gedanken zerspringen. Keine nächtlichen Autofahrten und Kinder aus zerbrochenen Beziehungen. Stattdessen ein Leben mit Laptop am Esstisch, mit aufgeschnittenen Äpfeln und Ostfriesentee, mit Lampenfieber vor Lesungen und Schreibblockaden, gegen die Telefonate mit Anna und Spaziergänge mit Marcel helfen.

Margret hält ihm kurz die Schnitzerei hin. »Was denken Sie?«, fragt sie, während er das L in seiner Hand hin und her wendet. »Vielleicht ein Hebel?«, mutmaßt er. »Oder ein Bieröffner?« Margret nickt. »Erzählen Sie weiter«, was er auch tut.

Eine Mutter gibt es nicht mehr, dafür einen Vater, zu dem noch engen Kontakt, und er nennt die Straße, in der sein Vater wohnt, und die Firma, in der er gearbeitet hat. Es gibt einen älteren Bruder, Gymnasiallehrer, Deutsch und Geschichte. Drogen gibt es keine, Ausschweifungen nur in der Fantasie, alles schon gesehen, wenig mitgemacht, zum Schreiben reicht es. Das nächste Projekt wohl ein Krimi, denn so, wie das zweite Album immer scheiße sei, sei es doch auch mit dem zweiten Buch, und ein Krimi erscheine ihm sicherer, der Agent freue sich darauf, nur er selbst, er quäle sich damit. Und dann sagt er, dass er sich gerade schäme, mit ihr über Krimis zu reden, denn in Krimis gehe es immer um Tote, Tote zum Vergnügen einer großen Leserschaft, aber im wahren Leben, da sei der Tod nicht vergnüglich, nicht unterhaltsam oder aufregend, sondern ein tiefes schwarzes Loch, das alle Fragen unbeantwortet lasse.

Das sei dann wohl die Kunst, sagt Margret. Ein Buch zu schreiben, das nicht unterhaltsam oder aufregend oder vergnüglich sei. In dem niemand dem Ende entgegenfiebere, da das Ende alles ist, nur nicht erbauend. »Und für das die Menschen auch noch Geld ausgeben wollen«, sagt Roman und lacht.

47

Irgendwo ist da die Erinnerung an ein längst verloren geglaubtes Gefühl: an den ersten Morgen, an dem Margret aufwachte und alles hell war. Ein Fenster stand auf Kipp und ließ Luft in das Zimmer, die nach Maiglöckchen roch. Es war ein Morgen, an dem man schon nach dem Aufstehen wusste, dass man den Rest des Tages nicht mehr wach werden würde. Neben Margret lag Gert, das erste Mal lag er so vor ihr, nackt und verletzlich, und es ist lange her, seit sie ihn zuletzt so gesehen hat. Noch heute weiß Margret, wie angenehm es war, neben ihm aufzuwachen. Wie ruhig sie sich fühlte nach einer Nacht ohne Traum und neben einem Mann, der schlief, als sei er tot. Ohne Geschnaufe und Geröchel und Gepruste und Geschnarche. So war das damals. Ein Mann, der auch am Morgen gut roch, trotz getrockneten Spermas auf dem Laken und an den Beinen. Wie erholt sie sich fühlte und dass ihr nichts wehtat, obwohl es in diesem Zimmer nicht einmal ein Bett gab, nur eine Matratze auf dem Boden, ohnehin kaum Möbel, geschweige denn Bilder an den Wänden. Dafür Staubflocken, die über den Fußboden huschten, wenn man das Fenster öffnete und der Wind durch das Zimmer pfiff. Das war die Zeit, in der sie sich nicht hätte vorstellen können, nachts in ein Gästezimmer zu fliehen, um Schlaf finden zu können. Damals.

Damals drehte Gert langsam den Kopf zur Seite, öffnete die Augen, sah Margret an, betrachtete sie als etwas Selbstverständliches, etwas, das von nun an da sein, das bleiben würde, weil es gar nicht anders sein konnte. Sie sah, dass er schluckte, ehe er mit belegter Stimme fragte: »Was willst du frühstücken? Heute und morgen und übermorgen?« Dann lachte sie und zitierte ihn fortan immer wieder: heute, morgen und übermorgen.

Da Gerts Vermieterin im selben Haus wohnte, mussten sie vorsichtig sein. Sie durften nicht zu laut sein, wenn sie miteinander schliefen, und wenn Margret das Haus verließ, dann nahm sie ihre Stiefel in die Hand und schlich auf Socken die Stufen hinunter, damit die neugierige Frau nicht gleich den Kopf aus der Wohnungstür steckte.

Doch lange konnten sie ihre Beziehung nicht geheim halten. Die Vermieterin, eine Frau Mitte 50, die noch wusste, was sich gehörte, ging allzu oft mit der Gießkanne die Topfblumen im Hausflur wässern, als dass ihr entgehen konnte, was sich da ein Stockwerk über ihr abspielte.

»Lass das Waschweib doch denken, was es will«, hatte Margret gesagt, doch Gert hatte ihr nicht geglaubt. »Am Ende setzt sie uns noch vor die Tür«, hatte er gesagt.

Um das Katholikenherz der guten Frau zu beruhigen, klingelte Gert daher an einem Nachmittag im Erdgeschoss, und – »Darf ich vorstellen?« – präsentierte Margret als seine Verlobte. Es war schwer, nicht aus der Rolle zu fallen, und zurück auf der Matratze lachten sie noch lange über so viel Spießbürgerlichkeit.

Die Erzählung von diesem Erlebnis machte die Runde, und wenn sie nachmittags andere Studenten an der Dreisam trafen, begrüßten die das Paar als »unsere Verlobten«, und so verselbständigte sich die Sache, bis Gert eines Tages meinte, es sei jetzt auch mal gut mit dem Verlobtsein, ob sie ihn denn nicht heiraten wolle? Und wieder lachte Margret über diesen neuen Witz und sagte schließlich: »Ja.«

48

In Margrets Leben gibt es keinen Geist mehr. Still ist es geworden in dem Haus, nur der Wind pfeift um die Ecken und rüttelt an den Rollläden. Auf dem Rasen im Garten liegen die letzten winzigen Äpfel und verfaulen, während die Rose in dem Baum weiter wuchert und bereits die ersten Dornen Richtung Hauswand ausgestreckt hat.

Halloween ist an Binders Spieltraum vorbeigezogen und

hat vor, nächstes Jahr wiederzukommen. Doch jetzt »müssen wir erst einmal Weihnachten überstehen«, hat Jörg Binder gesagt und nicht gewusst, wie recht er damit hatte. Der Gedanke an Weihnachten schmerzt.

Eigentlich liebt Margret die Vorweihnachtszeit. Das Schaufenster wird zu einer weißen Winterlandschaft, die wenig mit der grauen Welt jenseits des Spieltraums zu tun hat. Ein Zug fährt durch Wattetürme und Sprühschnee, über ihm hängt ein Sternenhimmel aus Goldpapier und ein gutmütiger Mond aus Styropor. Jedes Jahr sagt Jörg Binder, Margret solle sich nicht *verkünsteln*, sie könne ruhig auf die Deko aus dem Vorjahr zurückgreifen, die sei doch schön gewesen, und überhaupt dauere die Vorweihnachtszeit doch nur ein paar Wochen, der Aufwand stehe in keinem Verhältnis. Doch Margret will nicht auf das Gefühl verzichten, einer wunderbaren Arbeit nachzugehen, einer, die sich lohnt und gefragt ist und angenommen wird. Nein, in diesen wenigen Wochen will sie tüchtig sein und kreativ und den Kunden zeigen, wie schön und von Vorteil das ist, was den klanglosen Namen »lokaler, inhabergeführter Einzelhandel« trägt.

Doch nach dem Arbeitstag, an dem sich Großeltern erkundigen, womit Achtjährige spielen, wartet das Haus am Wendehammer, ungeschmückt. In all den Jahren hatte Gert immer einen Baum aus dem Wald mitgebracht, dazu frisches Moos und duftende Tannenzapfen. Sie hatte das so hingenommen und ihn machen lassen. Warum hat sie ihm nie gesagt, wie gerne sie diesen erdigen Geruch im Haus hatte? Auch für das Fleisch war Gert zuständig gewesen, er schoss selbst oder bezog es von einem befreundeten Jäger, sie bereitete es zu, mit Wacholderbeeren und Rotwein und Zwiebeln.

Und dieses Jahr?

Die Kinder werden kommen aus Pflichtgefühl. Um sie nicht *allein zu lassen.* Doch bei der Vorstellung, für Anna und Michael aufwendig kochen und auch noch Geschenke besorgen zu müssen, verspürt sie den Wunsch nach genau dem: alleine sein. Ein Film im Fernsehen und ein Glas Wein. Dann früh ins Bett gehen und einfach weitermachen. Denn auch wenn es sich für sie nicht so anfühlt – es geht weiter.

Rita hat einen neuen Mann im Leben, aber wen sollte das noch schocken, da ihre Eltern längst tot sind und der Bruder zweimal geschieden?

Bernhard ruft einmal die Woche an. Er fragt sie: »Wie geht es Gert?« Und sie fragt ihn: »Wie geht es Melanie?« Und dann sagt er, was die Ärzte sagen, und das ist selten neu oder wirklich interessant, und er sagt, wie das Wetter ist oder dass der Kirschbaum vom Nachbarn so groß geworden sei, dass er die Sicht versperre, oder dass sein Auto neue Bremsbeläge bräuchte und dass er so gerne mal wieder nach Italien fahren würde, aber ob das mit Melanie, *in ihrem Zustand?* Und Margret sagt: »Jaja« oder »wie du meinst« oder einfach gar nichts und hört zu und verdreht nicht die Augen.

Mit Ingrid kann Margret nicht telefonieren. Doch sie erhält Post von ihr. Ingrid schneidet Zeitungsartikel aus, die ihr aufgefallen sind. Kurze Texte, oft nur wenige Zeilen lang. Kleine Meldungen, die sie erstaunen oder zum Lachen bringen. Manchmal nur ein Foto. Ein Auto, das zu schnell unterwegs war und von einem Blitzer abgelichtet wurde – inklusive eines Hundes, der am Wegesrand ein Häufchen machte. Ein Waschbär, der in die Kamera zu winken scheint. Aber auch das Bild von farbigen Frauen, die im Wasser treiben und sich an Frischwasserbehältern festklammern. Die Fotos und Texte sind stets unkommentiert, aber Margret hat eine Mappe für sie angelegt und bewahrt sie alle auf.

Und Margret selbst hat weitergeschrieben. Jeden Abend, wenn sie eigentlich schlafen sollte. Am nächsten Morgen hat sie die kleinen Geschichten wieder gelöscht und aus Anstand vergessen. Dafür liest sie Gert immer noch vor. Marlen Haushofer. »Denn das könnte auch dir gefallen.«

Alltag scheint einzukehren. Doch dann erhält Margret drei Anrufe. Einen Anruf aus Hamburg, einen aus Berlin, einen letzten aus dem Krankenhaus.

49

Michael meldet sich, dabei ist gar nicht Sonntag. In den Flitterwochen in Südfrankreich haben sie es gemerkt. Eine schwere Müdigkeit ging der Übelkeit voraus.

»Es ist alles perfekt. Du wirst Oma!«, sagt er, und Margret sieht ihn vor sich, wie er mit geradem Rücken vor dem Fenster der Wohnung steht, Jessica hinter ihm auf dem Sofa, eine Hand auf dem Bauch, der noch nichts verrät. Wie er auf die Straße blickt und das Telefon in der Hand hält und dabei lächelt. Alles ist perfekt. Und: »Du bist die Erste, die es erfährt.« Margret sagt: »Herzlichen Glückwunsch«, dabei klingt Michael so, als würde er ihr zu irgendeinem Verdienst gratulieren. Michael redet ungewöhnlich viel und schnell, sagt, dass es ja noch zu früh sei und dass die Wohnung erst einmal reichen werde, und dass sie es natürlich gehofft hatten, dass es dann aber doch so schnell, und bislang alles ohne Auffälligkeiten, aber der verflixte dritte Monat noch nicht um, Jessica gehe es gut, sie glühe förmlich und lasse schön grüßen, und Margret nickt nur stumm und lässt ihn reden und sagt irgendwann an der richtigen Stelle »ja« und horcht dann in sich hinein, in die große dunkle Höhle, die sie seit Wochen erfüllt, holt tief Luft und ruft hinein.

Und tatsächlich.

Da kommt etwas zurück.

Ein leichtes Vibrieren, zart wie eine Frühlingsbrise und vermutlich nicht die Eruption, die Michael sich von seiner Nachricht erhoffte. Doch sie bildet es sich nicht ein, es ist wirklich da, und es wird größer. Sie lächelt und legt sich eine Hand auf den Bauch.

Am Ende noch die Frage nach Gert, »Gibt's was Neues von Papa?«, die neue Schlussformel nach jedem Telefonat und jeder E-Mail. Der Mann im Koma als Familieninstitution. Aber es gibt nichts Neues, was natürlich nicht gut ist, aber zumindest auch nicht schlecht, also darf sich Michael freuen.

Margret legt auf. Oma. Immer noch lächelt sie, und es tut nicht weh, und es kostet keine Kraft.

Im Garten ist es still geworden. Die Wespen sind abgezogen, satt von den Früchten des Sommers, geblieben sind nur braune Schnecken, die Spuren auf dem Gartenzaun und an der Hauswand hinterlassen. Der Boden ist von einer Laubschicht bedeckt. Vor dem Winter muss hier noch viel getan werden, denkt Margret und zieht Gummistiefel an. Der Apfelbaum ist zwar in einem schlechten Zustand, eine Schaukel wird er aber noch tragen können. Und neben dem Haselnussstrauch ist Platz für einen Sandkasten. Ist immer Platz für einen Sandkasten gewesen.

Ist das wirklich schon so viele Jahre her, dass Gert beim Frühstück zu ihr gesagt hat: »Den könnten wir auch mal langsam abbauen?«, und, ohne eine Antwort abzuwarten, aufgestanden und mit einer Werkzeugkiste wiedergekommen ist? Einen halben Vormittag hat er gebraucht, um die Spuren ihrer burgenbauenden Kinder zu beseitigen. Wie viele Kuchen hatten sie hier schon gebacken? Wie viele Gras- und Wurzelsuppen angerührt? Schwermütig war sie gewesen an diesem Tag, an dem sie Abschied nahm von einem weiteren Stück des Heranwachsens und Großziehens. Es geht nicht mehr um Aufbau, dachte sie damals, nur noch um Abbau, Rückbau, Loslassen. Was sie mit der neu gewonnenen, wenige Quadratmeter großen Rasenfläche anfangen sollte, wusste sie damals nicht, weiß sie heute noch nicht.

Aber jetzt. Jetzt kommt wieder was.

Sie recht die Blätter auf dem Rasen zu einem großen Haufen zusammen. Dann lässt sie lauwarmes Wasser in einen Eimer laufen und trägt ihn ins Schlafzimmer. Der Amselschiss hat sich mit den Tagen gelb verfärbt, die Ränder sind braun verkrustet, doch er lässt sich mit wenig Mühe entfernen. Zurück bleibt eine auffallend blanke Stelle auf dem staubigen Holzboden.

Margret kippt den Eimer ins Klo, lässt neues Wasser

hineinlaufen. Holt den Wischer und entfernt Strich um Strich all die feinen Härchen, Hautschuppen, Spinnentierchen, Fasern und Fusseln, die sich seit Gerts Umfall angesammelt haben. Das Wasser färbt sich schwarz, der Boden riecht nach süßem Wachs.

Das reicht nicht, denkt sie, holt erneut frisches Wasser und öffnet die Tür zu Michaels früherem Kinderzimmer. Die Sportposter an der Wand, die Regale voll Comics und Sachbüchern über Raumfahrt, Waldtiere und Dinosaurier. Eine Chronik der Fußballweltmeisterschaften. Leitz-Ordner mit Unterrichtsmaterial für die Abiturprüfung. Die Sportposter haben auf der vergilbten Raufasertapete weiße Quadrate hinterlassen. Einfach nur drüberstreichen oder gleich neu tapezieren? Das Bett kann bleiben, aber die Matratze muss abgesaugt werden, der Teppich in die Reinigung. Im Keller stehen noch Kisten voll Lego und Playmobil und Annas altes Puppenhaus. Dafür ist es noch zu früh, für alles ist es zu früh, für die Stoffaffen von Binders Spieltraum ist es zu früh, aber gerade die mit der Trommel sind so beliebt und schnell ausverkauft, so dass sie sich gleich nach dem Weihnachtsgeschäft einen zurücklegen lassen wird, nur zurücklegen, noch nicht kaufen, das könnte Unglück bringen, hat jemand gesagt, vermutlich Rita, Rita, die ja noch gar nichts weiß, und was ist mit Anna, weiß sie es schon? All das in wenigen Sekunden und ungeordnet und gleichzeitig, während der Wischer Bahn für Bahn für Ordnung sorgt und erst damit aufhört, als im Wohnzimmer das Telefon klingelt.

50

Es heißt, wer es nicht wirklich will, der nimmt Tabletten. Tabletten und Alkohol. Es sei die weiche Methode. Die Methode der Frauen. Wer wirklich entschieden ist, wer keinen Hilferuf senden und gefunden werden will, der wählt andere Wege. Einen Kopfschuss, einen Sprung aus höchster Höhe, einen Schritt aufs Gleis, kurz bevor der ICE über die Strecke rauscht.

Gert hat nie erfahren, dass es eine Zeit gab, in der sich Margret darüber schlaugemacht hat. Fünf, sechs Jahre ist es her, dass sie sich selbst genug war, dass sie jeden Morgen aufwachte mit dem Gedanken »Wozu?«. Das Gefühl war ihr nicht neu, immer wieder hatte es in ihrem Leben solche Phasen gegeben. Zeiten, in denen sie die eigene Mittelmäßigkeit kaum ertragen konnte. In der es ihr schwerfiel zu akzeptieren, dass sie weder besonders attraktiv noch besonders intelligent oder sonst in irgendeiner Weise herausragend war. Eine pummelige mittelalte Frau in einer deutschen Stadt, die sich gemäß der sich an der Einwohnerzahl orientierenden Definition als Großstadt bezeichnen darf, jedoch weit davon entfernt ist, eine zu sein. Eine Frau, die niemand vermissen würde, die aus dem Nichts gekommen war, nichts vollbracht hatte und die sich am Ende ins Nichts verabschieden würde.

Was sie damals besonders bedrückte, war die Tatsache, dass sie sich ihrer eigenen Lächerlichkeit bewusst war. Dass sie so sehr nach Anerkennung lechzte, anstatt die Größe zu besitzen, mit dem glücklich zu sein, was sie hatte, was doch viel war. Sie kannte diese Frauen, kannte sie seit der ersten Schwangerschaft mit Michael. Diese Frauen, die – gefragt nach dem, was sie ausmache und erfülle – sofort mit »meine Kinder, meine Familie« antworteten. Und dabei strahlten. Weizenblonde Zwiebackpackungsfamilien. Hängemattenmütter, die im Garten ihren Kaffee tranken und versonnen ihren Kindern zusahen, wie sie im Sommer nackt durch den Rasensprenger hüpften.

»Nur dumme Menschen sind nicht melancholisch«, hat Rita gesagt, hat es oft gesagt, da ihr der Satz gefällt, da sie ihn für besonders tief und klug hält, doch Margret überzeugt er nicht. Vermutlich ist es genau umgekehrt. Man muss sehr intelligent sein, weise sogar, um glücklich zu sein. Eine Zeit lang hatte sie gehofft, dass sich mit dem Älterwerden eine innere Ruhe einstellen würde, dass vielleicht das der Vorteil des Alterns sei: dass man nicht mehr so viel will, dass man sich vielleicht auch abfindet und das genießen kann, was man hat. Sicherlich macht Älterwerden allein nicht klüger, aber wenigstens etwas ruhiger, etwas abgeklärter? Vielleicht, so dachte sie damals, würde sie sich im Alter auf die wirklich wichtigen Dinge besinnen. Auf Gesundheit und die Abwesenheit körperlicher Schmerzen und die Schönheit der Natur. Vielleicht würde sie in ein paar Jahren eher über den Dingen stehen können? Doch damals, als es besonders schlimm in ihr wütete, tobte der Geist durchs Haus und rief ihr zu, dass es noch nicht zu spät sei, wie sie denn nur so ignorant sein könne, sehe sie denn nicht all die Möglichkeiten, die sich immer noch böten? Und sie stellte ihn sich vor, Andreas, wie er barfuß in weißen Leinenhosen auf einer Promenade in Südfrankreich spazieren ging, mit Freunden und Frauen, lachend, in der Hand eine Flasche Weißwein. Freunden, die sich für Kunst interessierten und für Politik und die andere Leute kannten, wichtige Leute, vielleicht auch berühmte Leute. Abends würden sie teuren Fisch in einer leichten Soße essen und Muscheln und Krustentiere. Ein Regisseur wäre dabei und eine Schauspielerin. Sie würden schimpfen auf die deutsche Politik und die französische und Europa als Ganzes. Und am Ende hätten sie eine Idee für ein Pamphlet, einen Roman oder ein Drehbuch. Vielleicht würde die Schauspielerin sich aufregen und ein Weinglas an die Wand schmettern, irgendjemand würde darüber lachen, ein anderer wütend den Tisch verlassen. Die Sonne würde untergehen, und die Möwen würden laut kreischen. Während sie in ihrem Haus auf dem Sofa saß und zum wiederholten Mal dieselbe Seite las, da sie sich nicht konzentrieren konnte, neben ihr Gert, der bei den Tagesthemen eingeschlafen war, den Mund halb geöffnet, darüber quergespannt: ein Speichelfaden.

Doch dann starb Margrets Mutter. Dazu hatte der Geist nichts zu sagen. Er verzog sich in die hinterste Ecke des Hauses, während blieben: Gert, Michael und Anna. Das Foto mit Bernhard und Ingrid auf der Bank. Ein anonymes Grab, so war es ihr Wunsch gewesen, jedoch in der Nähe ihres Mannes, mit dem sie gelebt und den sie vielleicht sogar all die Jahre geliebt hatte. So viele Geheimnisse hatte ihre Mutter mit ins Grab genommen. In den Tagebüchern stehen Stationen, Orte und Namen. Nur die Wahrheit hat sie nicht aufgeschrieben.

Wer versucht, sich mit Medikamenten das Leben zu nehmen, der scheitert oft.

Aber Ingrid ist tot.

Sie hat keinen Brief hinterlassen, kein Tagebuch geführt. Margret ist der Polizei keine Hilfe. Sie zeigt den Beamten die Mappe mit den Zeitungsartikeln und den Fotos. Der letzte Brief ist fünf Tage alt. Er zeigt einen Schwarm Kraniche, der in V-Formation über Brandenburg hinwegfliegt.

Nichts hat Margret gewusst. Nichts von den Schmerzmitteln, der allmählichen Abhängigkeit. Dazu der Alkohol. Nein, ihr sei nichts aufgefallen, im Gegenteil, in den vergangenen Wochen habe sich das Verhältnis gebessert, Ingrid habe sich geöffnet, und wieso sei das ganz bezeichnend, was solle das denn heißen? War es denn wirklich das, oder könnte es auch eine unglückliche Verbindung aus den Schmerzmitteln, Schlafmitteln und dem Wodka? Sie war Mitte 70, kann es denn nicht sein, dass?

Es gibt keinen Bericht, keinen Skandal, keine Post. Das Telefon im Haus am Wendehammer schweigt, der Briefkasten bleibt leer.

Anna ruft an, Michael ruft an. In ihrer letzten E-Mail habe sie ihm zu Jessicas Schwangerschaft gratuliert: »Es ist gut, dass ihr ein Kind bekommt«, habe sie geschrieben und einen Artikel angefügt, in dem ein Wissenschaftler berechnete, wie sich die Temperaturen, der Meeresspiegel, die Polarkappen in den nächsten dreißig Jahren verändern würden und welche Tierarten es dann in Europa wohl geben werde und welche nicht mehr.

Der schwarze BMW fährt vor und noch einmal dieselben Fragen und wieder keine Antworten. Bernhards

Zusammenbruch im Wohnzimmer. »Was sind wir nur für eine Familie, in der niemand mit dem anderen redet?«, fragt er und heult, bis es Margret nicht mehr erträgt, sie sich zu ihm setzt, die Hand ausstreckt, sie dann doch zurückzieht und sagt: »Vermutlich eine ganz gewöhnliche.«

51

Ingrids Tod war Schweigen. Nichts hat sie hinterlassen. Niemand weiß, wo sie begraben werden soll. In Berlin, fernab ihrer Geschwister, aber vielleicht bei ihren Freunden? Hatte sie überhaupt welche? Wer ist zu benachrichtigen, und wer kümmert sich?

Am Ende ist es Bernhard, der Entscheidungen fällt. Er ist es, der den Sarg bezahlt und das Grab und die Todesanzeige. Beisetzung im engsten Familienkreis. Keine Musik, schlichter Stein. Margret hat widersprochen. Zumindest das wollte sie für ihre Schwester, zumindest das hat sie über sie gewusst: Sie liebte Musik. Also erklingt am Ende der kurzen Zeremonie, zu der Menschen gekommen sind, die die Geschwister nicht kennen und die sich ihnen nicht vorstellen, John Coltrane. Eine schmerzliche und kaum zu ertragende Kakofonie. Aber so war Ingrids Leben. Zu viele Töne, alle gleichzeitig und in der falschen Reihenfolge.

Bernhard und Anna weinen, Margret und Michael trösten. Roman ist nicht gekommen, Lesereise und Pressetermine. Jessica leidet unter Übelkeit und ist in Hamburg geblieben. Die Kinder wissen nichts von den Tabletten. Tante Ingrid war alt, nun ist sie tot. Das ist der Lauf der Dinge.

Bernhard war nicht einverstanden: »Hat diese Familie nicht schon genug Geheimnisse?«, hatte er gefragt, und sie hatte geantwortet: »Ich werde es ihnen sagen. Aber nicht jetzt«, aber er hatte ihr nicht geglaubt. Dennoch steht er traurig lächelnd neben Margret am Bahnsteig und winkt dem Zug zu, der Anna und Michael mehrere hundert Kilometer von ihnen wegbringt.

Also nur noch sie beide. Er, der zurück zu seiner kranken Frau muss, und sie, auf die ein halbtoter Mann wartet. Hinter ihnen ein Stadtteil mit leuchtenden Fenstern und Weihnachtsmännern, die träge an Betonbalkonen baumeln, darüber ein grauer Himmel, der Schnee verspricht, am Ende aber nur Matsch bringt. Weihnachten ist noch nicht überstanden.

»Ich will noch nicht«, sagt sie, und er nickt und zeigt ihr den Weg zu einem Café mit vier kleinen runden Tischen, von denen nur einer besetzt ist.

Schweigend warten sie auf die Bedienung, die Kaugummi kauend an ihren Tisch tritt und die Bestellung aufnimmt. Auf ihrem Kopf trägt sie einen Haarreif mit rot blinkendem Elchgeweih, was darf's denn sein? Schweigend blicken sie dem Blinken nach und warten darauf, dass es wieder kommt. Ein Zischen, ein Piepen, ein Surren, ein Blinken.

»Bernhard, was passiert eigentlich, wenn man über das Kabel eines Rasenmähers fährt?«, fragt Margret.

»Das Kabel eines Elektrorasenmähers?«, vergewissert er sich. »Nun, ich nehme an, dass der Rasenmäher ausgeht. Dass die Sicherung rausfliegt. Und dass du das Kabel reparieren lassen musst. Warum fragst du?«

Sie zuckt mit den Schultern. »Nur so.«

Er nickt und beide schweigen.

»Was machen wir mit den Tagebüchern?«, fragt er schließlich, vor sich schwarzer Kaffee und Kirschkuchen mit Schlagsahne.

»Finde einen Platz im Bücherschrank, stell sie hinein, aber sprich sie nicht heilig«, sagt Margret, und ihr Bruder nickt und teilt den Kuchen in zwei Stücke. Im Radio läuft »Last Christmas«, und niemand unternimmt etwas dagegen. Draußen vor dem Fenster entlädt sich der Himmel.

»Warum haben wir uns so wenig dafür interessiert, was Mutter vor uns getan hat? Was ihr angetan wurde, was sie selbst anderen angetan hat? Auf welcher Seite sie stand, was sie wusste und was nicht?«

Margret zuckt mit den Schultern und trinkt Kaffee, der ihr die Zunge verbrennt. »Wieso kennen wir niemanden auf der Beerdigung unserer Schwester?«, fragt sie, und Bernhard nickt wieder und isst seinen Kuchen in zwei großen Bissen auf. »Wieso hat sie uns nicht gesagt, wie es ihr ging?«, fährt Margret fort, und Bernhard hat keinen Kuchen mehr, hinter dem er sich verstecken kann. Die Kellnerin legt unaufgefordert die Rechnung auf den Tisch und geht wieder.

»Hat sie uns so wenig vertraut?«, fragt Margret.

Bernhard schüttelt den Kopf. »Wir sind doch ihre Familie.«

»Ja, mehr aber auch nicht.« Margret trinkt, jetzt ist der Kaffee kalt geworden, der perfekte Zeitpunkt verstrichen.

Sie sieht ihrem Bruder dabei zu, wie er ein übertriebenes Trinkgeld auf den Rechnungszettel legt. Die Bedienung nimmt es nickend zur Kenntnis und entfernt die Teller, auf denen drei Kirschkerne liegen.

»An Michaels Hochzeit. Da hätte sie es uns doch sagen

können. Sie hat uns so viel gesagt in dieser Nacht. Warum nicht auch das?«

Im Radio warnt ein Mann vor glatten Straßen und schlechter Sicht. Bernhard wartet, bis wieder Musik erklingt. Dann beugt er sich zu Margret vor: »Vielleicht hat sie es ja gesagt. Vielleicht haben wir es nur nicht gehört.«

Auf der Straße vermischt eine Kehrmaschine Grau mit Grau. Unschlüssig stehen sie vor dem Café, während Männer und Frauen mit schnellen Schritten und klaren Zielen an ihnen vorbeiziehen.

»Weißt du noch, wie mir einmal das Gurkenglas heruntergefallen ist?«, fragt Bernhard.

Margret nickt. »Ja, war eine ziemliche Sauerei. Die Gurken waren in der ganzen Küche verteilt, sogar hinter dem Vorhang haben wir noch welche gefunden und überall Scherben. Und meine Socken waren nass vor Essig.«

Bernhard lächelt. »Ingrid hat behauptet, sie sei es gewesen. Sie sei auf den Küchenschrank geklettert und habe das Glas aus dem Regal gefischt. Weil sie wusste, dass Vati sie nicht schlagen würde.«

»Hat aber nichts genutzt. Er hat dir trotzdem eine gelangt.«

»Ja.« Bernhard schüttelt den Kopf. »Weil ich nur danebengestanden und nichts unternommen habe. Weil ich es als Bub doch besser hätte wissen müssen.« Er lacht.

Margret kramt in ihrer Manteltasche und holt die Schnitzerei hervor.

»Was ist das?«, fragt sie.

Ihr Bruder nimmt es in die Hand, fährt mit den Fingern vorsichtig über das Holz. »Vielleicht kann man damit Gurkengläser öffnen?« Er macht eine Hebelbewegung, lächelt. »Nun, ich habe keine Ahnung. Vielleicht ist es ja nur ein Abfallprodukt? Vielleicht wurde es aus etwas Größerem herausgesägt? Und es ist dieses Größere, das du finden musst?«

Margret zuckt mit den Schultern. »Ja, vielleicht.«

Am Ende steigt Bernhard in sein Auto, und Margret will auf einen Zug warten. Er könne sie doch bringen, sagt er, der kleine Umweg? Doch sie schüttelt den Kopf.

»Ich würde jetzt gerne alleine sein und aus dem Fenster gucken«, sagt sie, und er nickt, dankbar für die plumpe Wahrheit. Margret lässt sich umarmen, fahr bitte vorsichtig, melde dich, wenn du angekommen bist, bestell schöne Grüße an wen auch immer.

52

Wenige Tage später ruft das Krankenhaus an. Noch mit dem Hörer in der Hand zieht Margret Schuhe und Mantel an. Das Herz hämmert, das Blut in den Adern gefriert. Kurz blickt sie in den Garten, der kahl daliegt, während die Rose der Kälte trotzt. Hört wie durch eine Glasglocke: »Bitte haben Sie keine falschen Erwartungen. Das ist nicht wie im Film.« Sie antwortet, sagt Worte, die sie nicht hören kann, nimmt Gerts Schnitzerei aus dem Bücherregal und steckt sie in ihre Manteltasche.

»Hören Sie? Er wird nicht aufwachen und der Alte sein, verstehen Sie?«, aber da liegt der Hörer bereits einsam auf dem Tisch und Margret ist zur Tür hinaus. Es ist Freitagnachmittag, und es regnet. Die Straßen sind voll. Die letzten

Einkäufe vor dem Fest. Mit dem Fahrrad wird sie schneller sein, denkt sie und fährt los. Vorbei an geklinkerten Häusern und Einfahrten, am Regenrückhaltebecken und an Edeka. Quer durch die Schrebergärten und durch große Pfützen. Über ihr ein schwer hängender grauer Himmel. Regen von der Seite, Regen von vorn. Ihre Finger sind klamm, für Handschuhe war keine Zeit.

Meine Liebe

Meine Liebe ist eine Unbekannte. Ich weiß nicht, woher sie kommt und wann sie wieder geht. Ich weiß nicht, warum ich Menschen liebe oder warum meine Liebe manchmal vergesslich wird. Warum sie sich so oft keine Mühe gibt und allein sein möchte, ungeliebt.

Sie fährt schnell. Einmal schließt sie kurz die Augen und lässt vorsichtig das Lenkrad los, streckt die Arme zur Seite. Kurz darauf ein empörtes Hupen, »Passen Sie doch auf!«, aber sie lacht und hat keine Angst.

Sie fährt vorbei an der Bushaltestelle, an der Männer und Frauen mit Regenschirmen stehen und Kinder in Gummistiefeln in die Pfützen springen. Ihr Herz schlägt schnell, und als das Ampelsignal auf Rot springt, wechselt sie auf den Bürgersteig und fährt weiter, so dass es nun die Fußgänger sind, die sich über sie ärgern, aber sie lächelt immer noch, und die Augen tränen vor Kälte.

Ich verstehe meine Liebe nicht. Aber das muss ich auch gar nicht. Sie ist das Gegenteil von Verstehen. Nur auf sie aufpassen sollte ich. Mehr Zeit mit ihr verbringen, das sollte ich.

Ein Krankenwagen mit Blaulicht überholt sie, Margret tritt fester in die Pedale, obwohl sie weiß, dass es keine Eile hat. Von jetzt an wird alles viel Zeit brauchen, alles wird ganz langsam gehen. Ein Anfang, ein Ende. Ein Baby und ein alter Mann.

Als sie das Krankenhaus erreicht, ist ihr Rücken nass vom Schweiß und ihr Gesicht nass vom Regen. Sie streicht sich die Haare hinters Ohr und lässt das Fahrrad unabgeschlossen vor der Tür stehen.

Die Gerüche treffen sie wie eine Wand, Pfefferminzöl hat sie nicht dabei, doch heute geht es auch so.

Sie drückt den Knopf zum Fahrstuhl, und es dauert, die Beine wippen, und kurz überlegt sie, die fünf Stockwerke zu Fuß zu gehen, doch dann leuchten die roten Ziffern über der Tür in einem Countdown auf, noch 3, noch 2, noch 1. Die Fahrstuhltür öffnet sich. Menschen steigen ein und aus, kranke und gesunde und zwischen ihnen: Margret. Steigen ein und steigen aus, drücken Knöpfe von Etagen, die ihr im Weg stehen, die sie aufhalten, bis auch sie endlich den gewünschten Stock erreicht, keine Fahrstuhlfahrt war je länger, und während sie den Flur mit großen Schritten entlangläuft, schwer atmend, fragt sie sich kurz, was genau sie vorzufinden hofft. Versucht dann aber, nicht zu denken, nur zu gehen, schnell zu gehen, das ist jetzt wichtig, den Körper voranbringen trotz Eiswasser in den Adern, und endlich ist sie da und klopft an, wartet aber keine Antwort ab, öffnet lieber gleich die Tür und sieht Gert in dem Bett, immer noch liegend, immer noch blass, um ihn herum Männer und Frauen in Weiß, und sie sieht, dass Gerts Augen geöffnet sind und dass er blinzelt. Sie lässt ihre Tasche zu Boden sinken und schlägt die Hand vor den Mund.

Und endlich, endlich kann sie weinen.

53

»Weißt du noch damals?«, wird er zu ihr sagen, und sie wird sagen: »Wie könnte ich es je vergessen?«

Und er wird sagen: »Tja, siehst du. Und ich weiß gar nichts aus dieser Zeit«, und sie wird lachen.

»Mann, habe ich Durst, hast du gesagt«, wird sie sagen, und könnte es nicht so sein? Vielleicht so sein, egal, was Michael und die Ärzte sagen?

Dann wird er die Decke aufschlagen, und sie wird darunterkriechen und sich fest an ihn schmiegen und den Geruch einatmen, den sie ja doch vermisst hat.

»Das hast du damals gesagt. ›Mann, habe ich Durst.‹«

»Hatte ich ja auch«, wird er sagen, und sie wird lächeln.

»Und die ganzen Wochen zuvor? Nie Durst gehabt?«

Er wird lachen und ihr sagen, wie sehr es ihm leidtue, sie so lange allein gelassen zu haben. Wie gerne er dabei gewesen wäre an Michaels Hochzeit. Bei Ingrids Beerdigung. Bei allem davor und allem danach.

»Bist ja zurückgekommen«, wird sie sagen.

»Bin aber nicht mehr der Alte«, wird er sagen und auf seine Beine klopfen und auf seinen Kopf.

»Reichst mir so«, wird sie sagen, und er wird lächeln, und sie wird ihr Gesicht in seinem Arm vergraben und seinen Duft tief einatmen. Doch noch der Alte.

Dann wird sie hinter sich greifen und aus dem Nachttisch die Holzschnitzerei holen. Er wird sie in die Hand nehmen und mit Erstaunen betrachten.

»Was ist das?«, wird sie ihn fragen, und er wird antworten: »Noch nicht fertig ist das«, und sie wird den Kopf schütteln. Er wird lachen und sagen: »Ein Holzpferd. Ein Pferdchen. Das soll es einmal werden. Und dann soll es noch einen kleinen Freund bekommen und einen Esel und vielleicht noch eine Kuh und ein Huhn.«

»Für wen hast du es geschnitzt?«, wird sie ihn fragen, und er wird den Mund etwas verziehen und brummen und dann sagen: »Für niemand Bestimmten. Da war ja niemand. Aber so ein bisschen Hoffnung, dass es da noch einmal jemanden geben könnte. Die hatte ich ja schon.«

Und sie wird lächeln und ihn ansehen und sich fragen, wie sie ihn nur hatte vergessen können.

»Was hättest du denn getan, wenn ich keinen Durst bekommen hätte?«, wird er sie fragen.

Für die Antwort wird sie einen Moment brauchen. Dann wird sie sagen: »Ich hätte wohl jemand anderes werden müssen.«

Draußen, im Garten, steht ein Apfelbaum. Eine Rose ist in ihn hineingewachsen, hat sich um seinen Stamm und seine Äste geschlungen. Die Früchte des Baums sind klein und kümmerlich und zu sauer zum Essen. Sie fallen auf die Erde und verfaulen. Man hätte den Baum längst fällen sollen. Doch die Rose hält fest an diesem alten Stamm und wächst immer weiter, doch niemand beachtet sie, denn es ist Frühling. Und der Apfelbaum trägt weiße Blüten.

»Ich betrachte das Leben oft mit großem Staunen«

Cornelia Achenbach im Interview über Glücksvorstellungen, Lebensentwürfe, Leerstellen und das Schreiben.

»Darüber reden wir später« dreht sich um eine Familie, die durch einen Schicksalsschlag aufgerüttelt wird. Im Mittelpunkt steht Margret. Ihre Kinder sind erwachsen, ihr Mann Gert liegt nach einem Schlaganfall im Koma. Plötzlich findet sich Margret allein in ihrem großen Haus wieder. Dieser Wendepunkt lässt sie auf ihr Leben und auf ihre Ehe blicken. Was hat Sie daran gereizt, sich in Margret hineinzuversetzen, eine Frau, die mehr als 20 Jahre älter ist als Sie selbst?
Jung kenne ich schon, alt werde ich gerade. Das machte es für mich spannend. Für Margret gibt es kein Vorbild aus meinem Umfeld, die Figur ist frei erfunden. Wenn überhaupt, so trägt sie Wesenszüge von mir. Ich habe mich gefragt, wie ich wohl selbst einmal sein könnte. Oder besser gesagt: Wie ich eigentlich nicht sein möchte. Ich finde es aber auch nicht ungewöhnlich, eine Protagonistin gewählt zu haben, die 20 Jahre älter ist als ich. Warum denn nicht? Ich könnte mir auch vorstellen, einen Roman aus Sicht eines Mannes oder einer Jugendlichen zu schreiben. Sich nur um sich selbst zu drehen ist doch langweilig.

Ein Lederkoffer mit Tagebüchern ihrer Mutter gibt Margret den Anstoß, nach drei Jahrzehnten Schreibpause wieder

Texte zu verfassen. Haben auch Sie sich beim Schreiben Ihres Romans von privaten Aufzeichnungen inspirieren lassen?
Die Tagebücher meiner Großmutter stehen in meinem Bücherregal. Ich erzähle in meinem Roman aber nicht ihre Geschichte, auch wenn einzelne Szenen dem Leben meiner Großmutter entnommen sind. So hat meine Großmutter tatsächlich hochschwanger einen Schaffner dazu bewegt, den Zug anzuhalten. Und tatsächlich hat sie sich im Nachkriegswirrwarr bei einem wildfremden Mann hinten aufs Motorrad gesetzt, um meinen Großvater zu suchen. Am stärksten übernommen habe ich aber ihren Tonfall. Also nicht, was sie über die Kriegszeit schreibt, sondern wie.

In den Tagebuchnotizen lernt Margret ihre Mutter als junge Frau kennen. Welche unbekannten Seiten an ihrer Mutter treten für Margret plötzlich zutage?
Margret erkennt, wie wenig sie über ihre Mutter jenseits der Mutterrolle weiß. War sie glücklich? Hatte sie ein erfülltes Leben? Welches Trauma hat sie durchlebt? Wofür hat sie gekämpft und wogegen nicht?

Ein zentrales Thema Ihres Romans ist, wie sich Glücksvorstellungen von Generation zu Generation verändern. Dabei spannen Sie den Bogen von den Kriegskindern bis in die Gegenwart. Können Sie uns etwas mehr darüber erzählen, wodurch die Glücksvorstellungen von Margret geprägt wurden?
Während materieller Wohlstand in der Generation ihrer Eltern eine große Rolle spielte, wurde Margret von ihrem studentischen Umfeld geprägt. Eine gesunde Skepsis

gegenüber Obrigkeiten, Wunsch nach Individualität, Selbstverwirklichung, einer Partnerschaft auf Augenhöhe – das waren ihre Vorstellungen von einem freien, glücklichen Leben. Zugleich wurde Margret geprägt von der Zeit des kalten Kriegs und Umweltkatastrophen. Die Tschernobyl-Katastrophe ereignete sich nur wenige Wochen vor der Geburt ihres Sohnes. Der Wunsch nach Freiheit wurde von dem nach Sicherheit verdrängt: ein Haus bauen, einen Garten anlegen, sich zufriedengeben mit dem, was man hat, den Kindern möglichst viel Liebe und Nähe schenken.

Immer wieder gab es in Margrets Leben Zeiten, in denen sie ihre eigene Mittelmäßigkeit kaum ertragen konnte. Woher rührt Margrets Anspruch, unbedingt in irgendeiner Weise herausragend sein zu müssen, um vor sich selbst bestehen zu können?

Margret will gesehen werden – kein ungewöhnlicher Wunsch. Bei Margret wird er sicher noch dadurch verstärkt, dass sie als jüngste von drei Geschwistern heranwuchs und oft nur »nebenher« lief. Die Schulkarriere von Bruder und Schwester hatte Vorrang. Hinzu kam, dass Margrets Ehemann Gert sich eine emanzipierte Frau wünschte, was auch immer er darunter verstand, und dass Margret auch ihren Schwarm Andreas durch ihren Intellekt und ihre Sprachfertigkeit beeindrucken wollte. Letztlich hat Margret es nur zu einem Teilzeitjob in einem Spielwarengeschäft gebracht. Dass das keine Schande ist, sieht man an ihrer Freundin Rita, für die ihre Stelle in der Volkshochschule eben nur eine Stelle ist, über die sie sich nicht definieren muss.

Auf der Einladungskarte zur Hochzeit von Margrets Sohn steht:* Zum schönsten Tag unseres Lebens. *Als sie das liest, schießt es Margret durch den Kopf: »Wie schrecklich. Wenn man sich so sicher ist, dass dies der schönste Tag ist und danach nichts mehr kommen kann.« Warum steht Margret dem Lebensentwurf ihres Sohnes Michael so skeptisch gegenüber?

Margret befindet sich in einer Situation, in der sie alle ihre Beziehungen in Frage stellt. Sie zweifelt an dem Konzept der Ehe – doch die lockere Beziehung ihrer Tochter scheint ihr ebenfalls wenig erfüllend zu sein. Dennoch ist ihr dieses scheinbar moderne Beziehungskonzept näher als das spießbürgerliche ihres Sohnes, der ihr ohnehin oft fremd ist. So vernünftig, in sich ruhend, gut sortiert.

Als Michael ein Kleinkind ist, lernt Margret den Universitätsdozenten Andreas kennen. Zwischen beiden entspinnt sich eine heimliche Freundschaft, von der Margret nie loskommt. Was bedeutet Andreas für sie?

Andreas steht für das Leben, das Margret nie geführt hat. Ein Leben ohne Kinder, voll Freiheit und Reisen. Er steht für Literatur und Kunst, Genuss und eine erfüllte Sexualität. Andreas ist im Vergleich zu Gert der kreative Kopf, der Querdenker, der Unangepasste. Aber genau das macht es auch unmöglich, sich längere Zeit an ihn zu binden. Für Margret ist Andreas die ewige Verlockung. Und zugleich eine Stimme im Kopf, die sie immer wieder daran erinnert, wie sie eigentlich sein wollte – unkonventionell, reflektiert, nicht so furchtbar träge.

Über Gerts Schlaganfall und Michaels Hochzeit rückt die Familie enger zusammen. Dadurch erblickt Margret ihre älteren Geschwister Bernhard und Ingrid plötzlich in einem völlig neuen Licht. Warum wissen wir oft gerade über unsere engsten Angehörigen so wenig Persönliches?
Vielleicht, weil wir sie so oft als selbstverständlich betrachten. Weil sie Institutionen sind, die immer schon da waren und die wir zu kennen glauben. Wir können uns nicht vorstellen, dass es da noch etwas Neues zu erfahren gibt, haben unser festes Bild, geben uns wenig Mühe. Wir drehen uns um uns selbst in unserem Alltag und klappern oft nur an der Oberfläche.

In Ihrem Roman finden sich gelegentlich Textpassagen, in denen Sätze unvollendet bleiben. Können Sie etwas mehr über diese Art der Sprache und die Leerstellen erzählen, die dadurch entstehen?
Unvollendet bleibt häufig Geschwätz und Geplapper – Floskeln und Wendungen, die jeder kennt und daher auch jeder selbst ergänzen kann. Während wirklich Bedeutendes unausgesprochen bleibt, werden auf Hochzeiten, Beerdigungen oder sonstigen Familienzusammenkünften die immer gleichen Phrasen gedroschen. Die ewig gleichen Sätze füllen die Hohlräume in Gesprächen, versuchen zu vertuschen, dass man sich nichts zu sagen hat, dass man sich wenig für den Gesprächspartner interessiert, sich keine Mühe geben mag, weil es ja auch Mühe macht, und eine tiefergehende Konversation Konsequenzen haben könnte, die ebenfalls mit Mühe und Anstrengung, aber auch Verletzungen einhergehen könnte.

Gibt es in Ihrem Roman eine Figur, die Ihnen beim Schreiben besonders ans Herz gewachsen ist?
Das ist sicherlich Margrets Bruder. Bernhard stolpert in diesen Roman, ist seinen Schwestern intellektuell unterlegen, wirkt häufig unbeholfen in seinem Auftreten und ist dennoch ein liebevoller Mensch, der einfach nicht aufhört, an den Menschen in seiner Umgebung festzuhalten, ganz egal, wie oft sie ihn vor den Kopf stoßen.

Margret hat immer davon geträumt, Schriftstellerin zu werden, doch sie hat dieses Ziel früh aufgegeben – im Gegensatz zu Ihnen. Können Sie uns etwas mehr darüber erzählen, wie Sie zum Schreiben kamen?
Ich bin kein Fall von »Eigentlich habe ich schon immer geschrieben«. Als Jugendliche und Studentin habe ich mich für alles Mögliche interessiert, aber nicht fürs Schreiben. Das kam erst in den vergangenen Jahren. Ich hatte auch viel zu große Achtung vor Autoren – ich habe es mir schlicht nicht zugetraut, einen Roman zu schreiben. Stattdessen bin ich Journalistin geworden – die Liebe zur Sprache war ja da. Irgendwann haben sich aber immer wieder kleine Szenen in meinen Kopf eingeschlichen, und ich habe angefangen, sie aufzuschreiben. Die ersten Texte waren furchtbar schlecht. Doch als ich im vergangenen Jahr eine Schreibwerkstatt in Hamburg besuchte, die von der Autorin Mareike Krügel geleitet wurde, machte die mir Dampf, ich solle das bloß weiterschreiben. Und kurz darauf haben sich tatsächlich Menschen gemeldet, die sich für das interessierten, was ich da am Küchentisch zusammentippte.

Wie lautet Ihr Motto für ein glückliches, erfülltes Leben?
So ein Motto habe ich nicht, ich suche selbst noch nach einer Formel. Derzeit stehe ich noch daneben, betrachte es oft mit großem Staunen und versuche, meinen Mitmenschen freundlich und verständnisvoll zu begegnen. Manchmal gelingt es.

Interview: Elke Kreil

Cornelia Achenbach, 1982 in Lörrach geboren, studierte Politik und Romanistik in Freiburg und Lille. Sie arbeitet als Redakteurin für die »Neue Osnabrücker Zeitung« und lebt mit ihrer Familie in Osnabrück. »Darüber reden wir später« ist ihr erster Roman.

Dieses Buch ist auch als E-Book erhältlich.

Das in diesem Buch eingesetzte Papier stammt aus nachweislich kreislauforientierter, nachhaltiger Forstwirtschaft.

Wunderraum-Bücher erscheinen im
Wilhelm Goldmann Verlag, München,
einem Unternehmen der Random House GmbH.

1. Auflage
Originalveröffentlichung März 2020

Umschlaggestaltung und Konzeption: Buxdesign | München
Umschlagmotiv: © Getty Images/Arcangel
Satz: Buch-Werkstatt GmbH, Bad Aibling
Druck und Bindung: GGP Media GmbH, Pößneck
Printed in Germany
ISBN 978-3-336-54817-0

www.wunderraum-verlag.de